GUNNAR KUNZ

Schwarze Reichswehr

GUNNAR KUNZ

Schwarze Reichswehr

Kriminalroman

GMEINER SPANNUNG

Besuchen Sie uns im Internet:
www.gmeiner-verlag.de

Im Ehnried 5, 88605 Meßkirch
Telefon 07575/2095-0
info@gmeiner-verlag.de

1. Auflage 2018

Lektorat: Sven Lang
Herstellung: Mirjam Hecht
Umschlaggestaltung: U.O.R.G. Lutz Eberle, Stuttgart
unter Verwendung eines Fotos von: © Alfred Grohs;
https://commons.wikimedia.org/wiki/File:Alfred_Grohs_zur_Revolution_1918_1919_in_Berlin_Große_Frankfurter_Straße_Ecke_Lebuser_Straße_Barrikade_Kampf_während_der_Novemberrevolution_in_Berlin_02_Bildseite_Schaulustige.jpg
Druck: CPI books GmbH, Leck
Printed in Germany
ISBN 978-3-8392-2257-7

PROLOG

Gewöhnlich bringt einem der Weihnachtsmann Puppen, Zinnsoldaten und Gebäck, vielleicht auch mal eine Rute, aber gewiss keine Leiche. Die Besucher des Weihnachtsmarktes auf dem Arkonaplatz jedenfalls rechneten nicht damit, an diesem Nachmittag eine größere Sensation geboten zu bekommen als den Hauptmann von Köpenick aus Zucker, der in einer der Buden ausgestellt war. Manche bestaunten auch die technischen Wunderwerke, die man als Spielzeug kaufen konnte: Flugzeuge, Zeppeline, eine Dampfmaschine.

Zwei Kinder, Geschwister vermutlich, entdeckten den Neuankömmling als Erstes. »Der Weihnachtsmann!«, riefen sie. »Der Weihnachtsmann ist da!«

Der Ruf wurde von anderen Kindern aufgenommen, und im Nu war die Gestalt im roten Kapuzenmantel von ihnen umringt. Ohne Scheu berührten sie sein Kostüm, wollten wissen, ob er wirklich am Nordpol wohne und ob er etwas für sie dabeihabe. Erwachsene stießen sich an, deuteten auf die vermummte Gestalt und grinsten.

Der Mann reagierte nicht auf die Fragen der Kinder, sondern beschleunigte seine Schritte und drängte sich durch die Menschen, die zwischen den Buden flanierten und Geschenke für das Fest einkauften oder sich zumindest am Anblick der Dinge erfreuten, die sie sich nicht leisten konnten. Sein künstlicher weißer Bart verbarg sein Gesicht, nur Nase und Augen waren zu sehen. Seine Pupillen huschten hektisch hin und her, als befänden sie sich in Panik.

Die beiden Geschwister ließen sich nicht abschütteln. Das kleine Mädchen zupfte immer wieder am Gewand des Mannes und wollte wissen, ob er sie dieses Jahr auch wirklich nicht vergessen würde wie die letzten beiden Jahre. Ihr älterer Bruder wurde zusehends ungehaltener, weil die Gestalt im roten Mantel ihn nicht beachtete. »Du bist gar nicht der echte Weihnachtsmann«, rief er, »du bist ein Betrüger.«

Das Geschrei der Kinder brachte Golo Bartels dazu, sich umzudrehen. Er war nicht mehr nüchtern und darüber hinaus schlechter Laune, nachdem ihm heute Morgen aufgegangen war, dass er das Fest auch dieses Jahr wieder würde allein verbringen müssen. »Sieh da, der Weihnachtsmann«, nuschelte er. »Bestimmt hast du eine Rute unter deinem Mantel versteckt, was?« Er wieherte über seinen eigenen Witz und schwankte, als er einen Schritt auf ihn zumachte. »He«, lallte er, »hast du ein Geschenk für mich?«

»Allerdings«, klang es unter dem Bart hervor.

Bartels' Augen weiteten sich vor Überraschung, als er erkannte, wer sich unter dem Kostüm verbarg, und ein Adrenalinstoß versetzte seinen Körper in Alarmbereitschaft. Doch da hatte sein Gegenüber bereits einen Armeerevolver aus der Manteltasche gezogen, presste ihm diesen an die Stirn und drückte ab. Bartels brach zusammen. Um sicherzugehen, beugte sich der Mörder über sein Opfer und schoss ihm zwei weitere Male in den Kopf.

Menschen schrien und versuchten, sich in Sicherheit zu bringen. Das kleine Mädchen, das keine zwei Meter vom Ort der Tat entfernt stand, machte sich in die Hosen. Ihr Bruder, dessen Gesicht mit Bartels' Blut bespritzt war, taumelte rückwärts und kreischte vor Entsetzen. Einer der Passanten schien mit dem Gedanken zu spielen, sich auf den Mörder zu stürzen, doch als die Waffe in dessen Hand einen Kreis beschrieb und sich auf die Umstehenden richtete, überlegte er es sich anders.

Ungehindert verließ der Weihnachtsmann den Arkonaplatz, überquerte den Fahrdamm und verschwand in einer Seitenstraße, ohne dass ihn jemand aufzuhalten wagte.

I

Samstag, 3. Dezember, bis Freitag, 23. Dezember 1927

Nein, eine »große Zeit« war die Stresemannzeit nicht. Sie war kein voller Erfolg, nicht einmal, solange sie dauerte. Zuviel Unheil grollte unter der Oberfläche, zuviel dämonisch böse Kräfte blieben im Hintergrund fühlbar. [...] Aber wie auch immer, für uns jüngere Deutsche ist sie, mit all ihren Schwächen, die beste gewesen, die wir erlebt haben.

Sebastian Haffner

1

Schwer vorstellbar, dass der größte Teil der Bevölkerung immer noch in Armut lebte, wenn man die Auslagen in den Kaufhäusern sah. Da wetteiferten Kühlschränke, Porzellan und Eau de Cologne um die Aufmerksamkeit der Passanten neben Lebkuchen, Hexenhäusern aus Pfefferkuchen, Christstollen und Fresskörben voller Schnapsflaschen, Würsten und Trauben. Außerdem gab es die erste elektrische Geschirrspülmaschine der Firma Miele für stolze vierhundert Reichsmark, Armbanduhren ab zwölf Mark fünfzig und Staubsauger für hundertvierzig Mark.

Hendrik schlenderte mit Diana durch die Konsumtempel und genoss ihre Gesellschaft. Es war lange her, dass er sie so unbeschwert erlebt hatte. Sie lachte und schwatzte wie früher, diskutierte mit ihm über die Wende nach rechts durch den Bürgerblock, der seit Anfang des Jahres unter Einbeziehung der Deutschnationalen regierte, über die Ablehnung des Antrags auf Abschaffung der Todesstrafe und die Hinrichtung von Sacco und Vanzetti in den USA. Ausnahmsweise trug sie mit ihrem Jumperkleid und dem kleinen Topfhut in verschiedenen Blauschattierungen sogar Kleidung, die farblich und stilistisch aufeinander abgestimmt war, wenn man von den Goldkäferschuhen aus vergoldetem Leder absah. Vorhin hatte sie Marzipan und Spekulatius erstanden und futterte nun ununterbrochen. Sie ernährte allerdings auch zwei.

Es ging ihr gut. Die Arbeit als Assistentin von Max Bodenstein gefiel ihr, sie bereitete ihre Dissertation vor, und dass sie wieder schwanger war, erfüllte sie mit Vorfreude. Weil sie auf keinen Fall eine weitere Fehlgeburt riskieren wollte, achtete sie darauf, sich zu schonen, auch wenn sie nie einen Weltrekord im Stillsitzen aufstellen würde.

Seinen Bruder hatte Hendrik ebenfalls lange nicht mehr so gelöst gesehen wie während der letzten Wochen. Die Aussicht auf ein Kind machte Gregor beinahe umgänglich. Neulich hatte er sogar im Restaurant seine Krawatte gelockert und sich so etwas wie ein Lächeln abgerungen.

Die Dekorationen der Kaufhäuser waren wie immer aufsehenerregend. An den Außenwänden befanden sich Leuchtreklamen, die einen Weihnachtsmann in seinem mit Geschenken beladenen Auto oder die drei Weisen aus dem Morgenland samt Sternschnuppe zeigten. Die Schaufenster waren mit Tannenzweigen, Krippen und winzigen Christbäumen mit noch winzigeren Kerzen dekoriert und lockten mit Schallplatten, elektrischen Bügeleisen und Drillbohrern zum Kauf. In einem davon hatten Konditoren das Brandenburger Tor aus Zucker, Stärkemehl und Gummiarabikum nachgebaut.

In der Haupthalle des Warenhauses Wertheim in der Leipziger Straße stand ein großer Weihnachtsbaum mit elektrischen Kerzen, vor dem ein Kinderchor Weihnachtslieder zum Besten gab. Kitschig, ja, trotzdem wurde Hendrik warm ums Herz, als er die strahlenden Kinderaugen sah, das Leuchten und Funkeln ringsumher und das Lächeln, mit dem ihn die Mutter eines der Kinder bedachte, als sich ihre Blicke begegneten. Wie sagte Augustinus so schön? *Die Seele nährt sich von dem, woran sie sich erfreut.*

Diana zog ihn ungeduldig weiter. Seit Wochen zerbrach sie sich den Kopf über ein originelles Geschenk für Gregor und schleifte Hendrik nun auf der Suche danach durch sämtliche Abteilungen, einschließlich der für Kinderkleidung.

»Wäre das nicht etwas für meinen Bruder?«, meinte er und deutete grinsend auf eine Sammlung Herrenstöcke mit elektrischem Licht.

Diana knuffte ihn. »Sei ein bisschen ernst.« Sie begutachtete verschiedene Geschenkartikel und schüttelte jedes Mal den Kopf. »Hast du schon etwas in den Zeitungen gelesen, sind die Weihnachtsbäume aus Thüringen eingetroffen? Haben sie irgendwas angekündigt?«

»Nein, noch nicht. Wir suchen uns wieder eine schöne Tanne auf dem Tempelhofer Feld aus, ja?«

»Klar.«

Hendrik lächelte. Traditionellerweise feierten sie das Weihnachtsfest zusammen: er, Gregor, Diana und ihr Bruder. Er selbst würde das Kochen übernehmen, Weihnachtsgans natürlich, Gregor das Schmücken des Baumes, Diana würde sich mit mehr oder minder großem Geschick am Backen von Keksen und Plätzchen versuchen und ihr Bruder Michael die Musikauswahl für das Grammofon besorgen.

Hendrik freute sich auf die Festtage und das Beisammensein mit den Menschen, die ihm etwas bedeuteten. Es war im Augenblick die einzige Freude in seinem Leben. Wegen seiner kritischen Äußerungen über Hindenburg boykottierten immer wieder Studenten seinen Unterricht, einige forderten gar, ihm den Lehrauftrag zu entziehen. Selbst einige Kollegen unterstützten die Aufwiegler. Der Rektor der Universität machte ihm ebenfalls das Leben schwer. Die Philosophie wurde ihm zusehends verleidet. Dazu trugen natürlich auch Veranstaltungen wie die Nietzsche-Tagung im Oktober bei, auf der Oswald Spengler allen Ernstes die Ansicht vertreten hatte, Nietzsches »Übermensch« sei in Mussolini bereits verwirklicht.

»Bestimmt gibt es dieses Jahr wieder eine öffentliche Weihnachtsfeier mit Musikdarbietung im Lustgarten«, sagte Diana. »Kommst du mit?«

»Mal sehen.« Hendrik suchte nach einer Gelegenheit, sich abzusetzen, weil er ein Geschenk für Diana besorgen wollte.

»Ich schaue mal kurz zu den Uhren, ja?«, sagte er. »Ich treffe dich bei den Springbrunnen im Onyxsaal, in einer halben Stunde. In Ordnung?«

»Ist gut.«

Das ging ja leichter als gedacht! Zufrieden entfernte er sich von Diana, begab sich statt zu den Uhren in die Bücherabteilung – und wäre beinahe in Josephine hineingelaufen. »Oh, hallo!«, entfuhr es ihm.

»Guten Tag, Hendrik.«

»Auch Weihnachtsgeschenke kaufen?«

Sie nickte.

Gut sah sie aus. Sehr gut sogar. Mit geröteten Wangen und Augen, in denen sich die Aufregung des Weihnachtstrubels widerspiegelte. Sie blickte sich um, vermutlich, um herauszufinden, ob Diana in der Nähe war. Hendrik erwartete halb, dass sie so etwas sagen würde wie »Allein hier?«, aber sie tat es nicht.

»Wie geht es dir?«, erkundigte sie sich.

»Prima«, log er. Seufzte. »Schlecht«, gab er zu.

»Ärger mit den Studenten?«

Wie gut sie ihn doch kannte! »Es wird immer schlimmer. Das Unterrichten macht mir keinen Spaß mehr.«

»Tut mir leid zu hören.« Sie drehte ihren Ring am Finger.

Die Geste verriet ihm, dass sie nicht weniger verlegen war als er. Ob sie sich immer noch mit diesem Offizier traf?

»Dabei kannst du so mitreißend sein, wenn du von deinen Philosophen erzählst.«

»Danke für die Blumen. Und bei dir? Was machen die Kinder in deiner Gemeinde? Stehst du immer noch eurem Pfarrer bei, wenn's Probleme gibt?«

Sie nickte. »Erinnerst du dich an die Drillinge? Ihre Mutter hat endlich eine Entziehungskur angefangen.«

»Das ist gut.«

»Außerdem arbeite ich im Waisenhaus.«

»Ja?«

Sie hatte eine bestimme Art zu lächeln, die ihn stets für sie eingenommen hatte. Es begann an den Mundwinkeln und breitete sich von da über ihr Gesicht aus.

»Ich wollte mich nützlich machen«, sagte sie.

Während des Gesprächs hatten sie mehrmals Kunden ausweichen müssen, denen sie im Weg standen. Jetzt zwängte sich eine dicke Frau zwischen ihnen hindurch und blickte sie dabei böse an.

»Tja, ich sollte dann mal wieder«, meinte Josephine.

Hendrik hätte sie gern umarmt, aber er unterließ es. »Schön, dich getroffen zu haben.«

»Ich habe mich auch gefreut, dich zu sehen.« Sie machte eine unwillkürliche Bewegung, als wollte sie ihm die Hand reichen, nickte ihm stattdessen zu und ging Richtung Freitreppe davon.

Hendrik sah ihr nach. Kurz bevor sie aus seinem Blickfeld entschwand, drehte sie sich noch einmal zu ihm um und lächelte.

Ich hätte ihr sagen sollen, wie gut sie aussieht. Hendrik atmete schwer, wandte sich dann wieder den Regalen zu und streifte durch die Abteilungen auf der Suche nach einem Geschenk für Diana, aber mit dem Herzen war er nicht bei der Sache. Als er eine halbe Stunde später dem Onyxsaal zustrebte, hatte er nichts gekauft.

Diana erwartete ihn schon. »Erfolgreich?«

Er schüttelte den Kopf. »Irgendwie bin ich heute unentschlossen.«

Sie traten auf die Straße. Autos drängten sich dicht an dicht, mit Paketen beladene Menschen hasteten vorbei. Ein Weihnachtsmann fuhr auf einem Motorrad eine Spielwarenreklame spazieren. Die Heilsarmee bat um Spenden. Da es bereits schummrig wurde, waren die Straßen hell erleuchtet, in den Schaufenstern glitzerte es, überall buhlten Leuchtreklamen um die Aufmerksamkeit der Passanten. Berlin, flächenmäßig die größte Stadt der Welt und von der Bevölkerungsdichte her nach New York und London die drittgrößte, zeigte sich in vorweihnachtlichem Glanz. Fehlte nur noch der Schnee.

»Was meinst du«, überlegte Diana, »wollen wir noch schnell dem Weihnachtsmarkt auf dem Arkonaplatz einen Besuch abstatten?«

»Warum nicht?« Vielleicht half das bunte Gewimmel, seine Gedanken zu zerstreuen.

Sie nahmen eine der Straßenbahnen, die seit vergangenem Jahr beheizt wurden und eine Temperatur von mindestens zehn Grad gewährleisteten. Die Heizkörper wurden mit dem Fahrstrom betrieben, und Diana, die leicht fror, sah immer zu, dass sie direkt neben einem solchen Heizkörper zu sitzen kam.

Überhaupt war der technische Fortschritt nicht aufzuhalten. Ein in New York lebender russischer Emigrant hatte einen Fotomat konstruiert, der nach Einwurf einer Fünfundzwanzig-Cent-Münze in wenigen Minuten acht Fotos in verschiedenen Posen lieferte. Vorgestern war im Haupttelegrafenamt in der Oranienstraße, dem Knotenpunkt des gesamten elektrischen Verkehrs Europas, der Bildtelegrafendienst Berlin–Wien eröffnet worden, der demnächst auch in den Dienst der preußischen Polizei gestellt werden sollte. Fortan bestand die Möglichkeit, Steckbriefe in wenigen Minuten über ganz Deutschland zu verbreiten. Und Gregor hatte im vergangenen Monat die Flucht eines Mörders verhindert, indem er ein Zugtelefon benutzte, das Gespräche durch eine Wagenantenne und eine neben den Gleisen verlaufende Drahtleitung ermöglichte.

Als sich Hendrik und Diana dem Arkonaplatz näherten, war der Duft von Tannen und Gebäck schon von Weitem zu riechen. Fliegende Händler, die den Hütern der Ordnung seit jeher ein Dorn im Auge waren, säumten die Straße: Kriegsinvalide, Schausteller und Arbeitslose, die selbst gefertigte Puppenstuben und Hampelmänner, Knarren und Scherzartikel feilboten. Die heimischen Händler sahen die Konkurrenz nicht gern und versuchten jedes Jahr aufs Neue, sie per Gesetz aus der Stadt zu vertreiben. Überall, wo noch ein Fleckchen frei war, hatten sich Kinder postiert und verkauften hüpfende Frösche zu zehn Pfennig, laufende Mäuse, Wunderkerzen und Postkarten, immer auf der Hut vor der Polizei.

Zu Hendriks und Dianas Überraschung war ein Teil des Platzes abgesperrt, von einer dichten Traube Menschen umringt und von Polizisten bewacht. Sie näherten sich der Absperrung und erkannten einen der Wachtmeister.

»Was ist denn los?«, wollte Diana wissen.

»Ach, guten Abend, Frau Lilienthal«, erwiderte der Wachtmeister. »Ein Mord. Ihr Mann ist schon hier.«

Diana reckte den Kopf. Tatsächlich. Gregor hockte neben einer Leiche und ließ den Tatort auf sich wirken, wie so oft. Edgar Ahrens, sein Assistent, war ebenfalls vor Ort und unterhielt sich mit einem Mann der Spurensicherung. Er winkte ihnen zu, als er sie erblickte.

»Dürfen wir …?«, fragte Diana mit treuherzigem Augenaufschlag.

Der Wachtmeister sah nach links und rechts und wies sie dann mit einer schnellen Kopfbewegung an durchzugehen.

»Danke«, flüsterte sie.

Gregor war anscheinend mit seiner Untersuchung fertig, denn er erhob sich gerade, als Hendrik und Diana auf ihn zugingen, und drehte sich um.

Diana setzte zu einer Entschuldigung an. »Wir wollten bloß zum Markt, und da –«

»Die Vergangenheit holt einen immer ein«, sagte Gregor. Seine Augen blickten durch sie hindurch. »Immer dann, wenn man es am wenigsten erwartet.«

»Was ist los?«

Jetzt erst schien er sie zu erkennen, und sein Blick wurde wieder klar. Er sah sich nach Edgar um. »Wir fahren zu seinem Büro«, sagte er.

Edgar stutzte. »Er hat ein Büro? Woher weißt du das?«

Aber Gregor stapfte bereits davon.

»Wir kommen mit«, entfuhr es Diana. Ihr Wunsch entsprang nur zur Hälfte kriminalistischer Neugier, sie sah besorgt aus.

Hendrik war es auch. Es brauchte mehr als einen Mord, um seinen Bruder zu erschüttern. Und er war erschüttert, das war offensichtlich. Warum? Es lag nicht an den Umständen des Todes, so viel stand fest. Also warum dann? Was verband ihn mit dem Toten?

2

Während der Fahrt sagte Gregor kein Wort. Erst kurz vor dem Ziel brach er sein Schweigen. »Er heißt Golo Bartels«, presste er hervor. »Im Krieg war er mein Unteroffizier.« Mehr war nicht aus ihm herauszubekommen.

Diana hätte ihn gern aufgemuntert, aber sie wusste, wenn er sich in sich zurückzog, konnte ihn nichts erreichen. Besonders wenn es um den Krieg ging. Dabei war er im Laufe der Jahre offener geworden, was das betraf. Manchmal konnte er über das eine oder andere Erlebnis an der Front sprechen, gelegentlich sogar über Lilly, seine erste Frau. Auch seine Albträume waren verschwunden.

Früher war er manchmal nachts aufgeschreckt. Nicht mit einem Schrei – nie hatte er geschrien –, aber seine Hände, die das Kissen oder die Decke oder manchmal auch ihre Handgelenke packten, waren wie Stahlklammern gewesen, und es hatte sie alle Kraft gekostet, ihn zu beruhigen. Das war unheimlich gewesen. Beängstigend. Manchmal hatte sie geweint, wenn er wieder eingeschlafen war, weil sie es nicht ertrug, ihn in diesem Zustand zu erleben, weil sie sich so sehr wünschte, ihm einen Teil seiner Last abnehmen zu können, und zugleich wusste sie, dass das unmöglich war. Aber das war Jahre her. Sie hatte geglaubt, das Schlimmste sei überstanden. So, wie er sich gerade verhielt, war sie da nicht mehr sicher.

Der Wagen bog in eine nur schwach beleuchtete Seitenstraße ein und hielt.

Das Büro des Toten befand sich im Erdgeschoss eines heruntergekommenen Hauses. Edgar probierte sämtliche Schlüssel, die Golo Bartels bei sich gehabt hatte; einer passte. Die vier traten ein.

Es roch nach kaltem Zigarrenrauch. Die Teppiche waren voller Flecken, die jemand vergeblich versucht hatte zu entfernen. Die Möbel wiesen Schrammen auf, hier und da platzte der Lack ab. Das beschädigte Polster eines Sessels war notdürftig geflickt worden. Auf dem Schreibtisch lagen Papiere kreuz und quer, an einer Seite drohte ein Aktenberg jeden Augenblick umzustürzen. Auf dem Beistelltisch stand ein Teller mit Essensresten, die bereits schimmelten. Golo Bartels schien nicht zu den ordentlichsten Menschen zu gehören.

Gregor war zunächst im Türrahmen stehen geblieben, um die Atmosphäre des Raumes in sich aufzunehmen. Jetzt machte er sich mit Edgar daran, die Papiere zu sichten. Alles, was sie einer näheren Untersuchung für wert befanden, wanderte in einen Korb, den sie zu diesem Zweck mitgebracht hatten. Diana und Hendrik hielten sich zurück, um nicht zu stören.

»Die Geschäftsunterlagen nehmen wir komplett mit«, sagte Gregor zu seinem Assistenten. Der Aktenberg wanderte in den Korb. »Sieh zu, ob du etwas findest, was uns über seine Aktivitäten in den letzten Tagen Aufschluss gibt, einen Kalender oder dergleichen.«

»Ist gut.«

»Kannst du Wertsachen entdecken?«

»Eine Handvoll Geldscheine, mehr nicht.« Edgar öffnete eine Schublade und leerte den Inhalt auf dem Tisch aus. »Kontoauszüge«, sagte er.

Gregor kam herüber und blätterte sie durch. »Ein Haufen Transaktionen«, meinte er. »Tu die Sachen zu den anderen.«

Der Korb füllte sich zusehends.

Diana hätte am liebsten mitgeholfen. Untätigkeit war nichts für sie. Aber Gregor wüsste das nicht zu schätzen. Außerdem hatte sie sich doch vorgenommen, sich zu schonen. Obwohl es natürlich bis zur Geburt noch lange hin war. Es würde ein Frühlingskind werden, vielleicht sogar ein Sommerkind. Ein gutes Omen. Nein, lieber nicht zu früh freuen. Wenn sie sich zu früh freute, würde eine neuerliche Fehlgeburt umso mehr schmerzen. Diana verscheuchte die Gedanken. Sie durfte nicht zu viel über das Kind nachdenken, das in ihr heranwuchs. Am besten überhaupt nicht. Dann ging vielleicht alles gut.

In einem Schrank entdeckten Gregor und Edgar Unmengen an Listen. Von Wehrverbänden, Vereinen, Arbeitsgemeinschaften. Von Uniformen, Zelten, Tornistern, Werkzeugen, Waffen. Außerdem Flugblätter über Veranstaltungen des Stahlhelm. Noch mehr Material für den Korb.

Ein paar Briefe fanden sich ebenfalls. Gregor nahm einen in die Hand und überflog die Zeilen. Diana beobachtete, wie sich sein Mund zu einem Strich verhärtete, als er die Unterschrift las. Mit einer jähen Bewegung warf er den Brief zu den anderen in den Korb. Diana reckte sich, um einen Blick darauf zu erhaschen. Ottmar von Mörike. Der Name sagte ihr nichts.

Gregor stand am Schreibtisch, scheinbar vertieft in einen weiteren Brief. Wer ihn nicht kannte, für den wirkte er konzentriert wie immer. Aber Diana sah, dass sein Blick in die Ferne gerichtet war, und erst nach einer Weile zwang er sich dazu, in die Gegenwart zurückzukehren. Die Angelegenheit machte ihm mehr zu schaffen, als er zugab.

»Kommst du allein zurecht?«, wandte er sich an Edgar. »Ich möchte die Nachbarn befragen.«

»Klar.«

Gregor stakste zur Tür. Diana folgte ihm und bat Hendrik mit einem Blick hierzubleiben. Ob er sie verstand oder Edgar aus Interesse weiter zuschaute, er kam jedenfalls nicht mit. Draußen atmete Gregor tief durch, als käme er aus einem stickigen Zimmer. Diana legte ihm die Hand auf den Arm.

Er drehte sich zu ihr um. Berührte ihre Wange. »Ich bin froh, dass du da bist«, sagte er.

Mit diesen simplen Worten verriet er mehr, was in ihm vorging, als es ein Gefühlsausbruch vermocht hätte. Diana umarmte ihn.

»Eines Tages erzähle ich dir alles«, versprach er. »Auch den Rest.« Er atmete tief durch und rief den Kommissar in sich wach, der stets korrekt seine Arbeit tat. Dann klopfte er an die gegenüberliegende Tür.

Eine vielleicht fünfzig Jahre alte Frau öffnete. »Ja?«

Gregor zeigte ihr seine Dienstmarke. »Gregor Lilienthal, Kriminalpolizei. Ich würde Sie gern zu Ihrem Nachbarn befragen.«

»Wieso? Was ist mit ihm?«

»Er wurde ermordet.«

Sie wich einen Schritt zurück. »Wie schrecklich!«

»Was können Sie uns über Herrn Bartels sagen?«

Die Frau blickte zur Tür des Büros hinüber. »Nicht viel. Wir hatten kaum Kontakt. Hin und wieder sind wir uns im Hausflur begegnet. Einmal hat er mich um etwas Zucker gebeten.«

»Sicher haben Sie das eine oder andere beobachtet. Hatte er regelmäßige Arbeitszeiten?«

»Nein. Er kam und ging, wann er wollte. Manchmal hat er auch hier übernachtet. Er war …« Sie zögerte. »Er war oft betrunken.«

»Hatte er Besuch? Geschäftspartner?«

»Nein, nie.«

»Frauen?«

Sie wollte schon den Kopf schütteln, da fiel ihr etwas ein.

»An sich nicht. Aber neulich war tatsächlich eine Frau bei ihm. Ich traf sie, als sie das Büro verließ.«

»Kannten Sie sie?«

»Nein, ich habe sie noch nie gesehen. Sie weinte, als sie herauskam.«

»Weinte?«

»Ja. Sie versuchte es zu verbergen, als sie mich bemerkte, aber es war nicht zu übersehen. Draußen hat sie geschluchzt.«

»Wie sah sie aus?«

»Hübsch. Ein apartes Gesicht. Blond. Eine gute Figur hatte sie. Ich wunderte mich noch, was so jemand von Herrn Bartels will.«

»Wie alt?«

»Mitte zwanzig, würde ich schätzen.«

Diana hatte den Toten nicht von Nahem gesehen, aber nach allem, was sie im Laufe der letzten ein, zwei Stunden mitbekommen hatte, war er kein Herzensbrecher. Was also wollte eine hübsche junge Frau von ihm? Und weshalb war sie in Tränen von hier fortgegangen?

Gregor bedankte sich bei der Nachbarin und stieg die Treppen hinauf, um auch die anderen Bewohner des Hauses zu befragen. Dabei erfuhr er jedoch nichts Neues. Allgemein wurde bestätigt, dass Golo Bartels unregelmäßig arbeitete und häufig betrunken war. Die weinende Frau hatte niemand sonst gesehen.

Als sie die Treppen wieder nach unten gingen, blieb Gregor plötzlich stehen. »Ich muss mich einen Augenblick setzen«, sagte er, nahm auf einer der Treppenstufen Platz, ließ seinen Oberkörper nach vorn sinken und schloss die Augen.

»Was ist los?«, rief Diana. »Was fehlt dir? Soll ich Hilfe holen?«

Er griff nach ihrer Hand und hielt sie fest, ohne die Augen zu öffnen. »Es geht gleich wieder«, flüsterte er.

»Du machst mir Angst, Gregor. Lass mich dir helfen.«

Er drückte ihre Hand zur Beruhigung und atmete ein paarmal tief durch. Dann richtete er sich wieder auf. Sein Gesicht war bleich.

Diana setzte sich zu ihm und legte ihm den Arm um die Schultern. »Ist es wegen diesem Bartels? Was hat er dir angetan?«

»Bartels? Nichts. Na ja, fast. Er war kein angenehmer Vorgesetzter, das kann ich dir versichern. Aber darum geht es nicht.«

»Worum dann?«

»Das alles hier … Es bringt Erinnerungen zurück, von denen ich dachte, ich hätte sie hinter mir gelassen. Der Krieg, die Dinge, die ich getan habe, der Mord … Ich hätte nicht gedacht, dass es mich immer noch so mitnimmt.«

»Mord?«

»Ja, es gab … Ach, egal.«

Diana umarmte ihn, so fest sie konnte. »Es ist nicht egal. Sprich mit mir! Erzähl mir, was dich bedrückt.«

»Das hier kommt einfach zu unerwartet. Dass ich auf so blutige Weise mit meiner Vergangenheit konfrontiert werde … Plötzlich steht alles wieder vor meinen Augen: die Explosionen, die Schreie, Lilly …«

Diana wusste, dass Gregor sich schuldig fühlte, weil er nicht bei seiner Frau gewesen war, als sie starb. Weil er keinen Heimaturlaub bekommen hatte. Viel mehr wusste sie nicht. »Erzähl mir davon.«

Er legte seine Hand auf ihre. »Ein andermal, Diana. Versprochen.«

Schritte kamen die Treppe hinauf. Es war Hendrik. »Wir haben alles ins Auto geschafft«, sagte er. »Edgar wartet unten.« Sein Blick wanderte zwischen den beiden hin und her. »Was ist los?«

Gregor schien mit sich zu ringen. »Ich möchte euch um einen Gefallen bitten«, sagte er. »Ich werde Männer verhören müssen, die … Männer, die zu verhören mir nicht leichtfallen wird. Ehemalige Kameraden. Ich weiß nicht, ob ich das allein durchstehe. Ich traue meinen eigenen Kräften nicht. Möglicherweise verliere ich die Beherrschung. Ich … wäre euch dankbar, wenn ihr mich dabei begleiten würdet.«

Diana schluckte. Nicht in einer Million Jahren hätte sie mit so etwas gerechnet. Gregor, der jede Einmischung in seine Arbeit immer nur widerwillig hingenommen hatte – und jetzt das! Es musste ihm wirklich schlecht gehen.

Hendrik setzte sich ebenfalls auf eine der Stufen. »Klar, Gregor«, sagte er. »Machen wir.« Er sah besorgt aus.

Gregor fuhr sich durchs Haar. »Es hat damals einen Mord gegeben, ein paar Monate vor Kriegsende. An einem meiner Kameraden. Einem Freund. Ich habe ihn nicht aufklären können. Die Männer, die ich damals verdächtigte … Es sind dieselben, die ich auch jetzt wieder verhören muss. Ich habe Akten über sie angelegt und sie all die Jahre im Auge behalten, weil ich hoffte, sie irgendwann überführen zu können.«

Das überraschte Diana nicht. Es sah Gregor ähnlich. An jedem Problem, wie groß oder klein es auch sein mochte, biss er sich fest und ließ nicht eher wieder los, bis es zu seiner Zufriedenheit gelöst war. Aufgeben kam für ihn nicht infrage.

Diana suchte Hendriks Augen. Wir müssen auf Gregor achtgeben, signalisierte sie.

3

»Der schwierigste Gang zuerst«, hatte Gregor gesagt. Daran musste Hendrik denken, während sie durch die Flure des Reichswehrministeriums geführt wurden. Er hatte keinen Schimmer, was sie erwartete. Gregor hüllte sich mal wieder in Schweigen. Er hatte sich geweigert, Diana mitzunehmen – »Nicht dorthin!« –, und sein Ton war so bestimmt gewesen, dass weder sie noch Hendrik zu protestieren wagten. Vielleicht bereute er bereits, sie beide um Hilfe gebeten zu haben. Jedenfalls war er noch zugeknöpfter als sonst, und wenn man genau hinsah, konnte man erkennen, dass er seine Zähne aufeinanderpresste. Montaigne hat ganz recht, dachte Hendrik: *Wir schleppen unsere Ketten mit uns.*

Ottmar von Mörike erweckte den Eindruck eines Mannes, der selbst seine Zahnbürste drillen würde. Kein Haar auf seinem Kopf traute sich, falsch zu liegen, und auch der Raum war ein Muster an Ordnung. Der Offizier saß hinter einem wuchtigen Schreibtisch, schenkte ihnen kaum Beachtung, nachdem ein Adjutant sie vorgestellt und das Zimmer wieder verlassen hatte, sondern füllte weiter Listen aus, ohne ihnen einen Platz anzubieten. Hendrik war unsicher, ob er sich setzen sollte. Da sein Bruder stehen blieb, tat er es ihm gleich, zog sich aber in den Hintergrund zurück. Er wünschte, er hätte seinen Skizzenblock dabei. Zu gern hätte er von Mörike als Mandrill gezeichnet.

Gregor betrachtete das Gesicht des Mannes, Zentimeter für Zentimeter, als vergliche er es mit einem inneren Bild.

»Nun?«, fragte von Mörike, als er schließlich aufsah.

Gregor bohrte seine Augen in die des Offiziers. Falls er

eine Reaktion erwartete, wurde er enttäuscht. »Ich bin hier wegen des Mordes an Golo Bartels«, sagte er, ein Muster an Selbstbeherrschung.

»Ärgerliche Sache, das.«

»Bartels arbeitete für Sie, soviel ich weiß.«

»Richtig.«

»In welcher Funktion?«

»Er war so etwas wie mein Adjutant.«

»Aber sein Büro befand sich nicht hier im Ministerium.«

»Nein.«

»Warum nicht?«

»War praktischer so. Seine Aufgaben führten ihn kreuz und quer durch die Stadt.«

»Das klingt mehr nach einem Laufburschen.«

Der Offizier reagierte nicht.

»Was genau hat Herr Bartels gemacht?«, hakte Gregor nach.

»Verwaltungssachen.«

»Und dazu musste er kreuz und quer durch die Stadt laufen.«

»So ist es.«

»Würden Sie diese Verwaltungssachen bitte näher erklären?«

»Militärische Angelegenheiten. Geht Sie nichts an. Sie sind bloß Zivilist.«

Oje, dachte Hendrik, das läuft nicht gut!

Gregor lächelte, aber seine Augen blieben kalt. »Sie verkennen die Situation, Herr von Mörike.«

»Major, wenn ich bitten darf.«

»Dies ist eine kriminalistische Untersuchung. Wenn Sie sich weigern, meine Fragen zu beantworten, muss ich Sie leider ins Polizeipräsidium zitieren.«

»Militärische Angelegenheiten sind vertraulich. Was

haben Sie überhaupt bisher unternommen, um den Mörder zu fassen?«

»Ich bin derjenige, der die Fragen stellt.«

Der Offizier schnaubte verächtlich.

»Wann haben Sie Herrn Bartels zuletzt gesehen?«

»Freitag. War hier zum Rapport und um neue Befehle entgegenzunehmen.«

»Welcher Art?«

»Geht Sie nichts an.«

»Nein?«

Hendrik hörte an Gregors Stimme, was seine Miene verbarg. So hatte er seinen Bruder noch nie erlebt. In der Regel war er korrekt und undurchsichtig. Es kam vor, dass unter seinem disziplinierten Äußeren Zorn hervorblitzte, aber das hier war … anders. Tödlich. Bleib ruhig, Gregor! Bleib ruhig!

»Nein.«

»Im Büro Ihres Adjutanten haben wir Einkaufslisten für militärische Ausrüstung in großem Umfang gefunden, außerdem Unterlagen, aus denen hervorgeht, dass er Kontakte zu paramilitärischen Organisationen hatte. Möchten Sie dazu etwas sagen?«

»Bedauere.«

»Das sieht mir alles sehr nach Bewaffnung illegaler Truppen aus.«

»Vorsichtig mit dem, was Sie behaupten. Sie sind bloß ein kleiner Polizeibeamter, schlucken Sie keine Brocken, die zu groß für Sie sind.«

Jetzt konnte Gregor doch nicht länger an sich halten. »Sie sitzen immer noch auf dem hohem Ross, was?«, sagte er kalt. »Passen Sie auf, dass Sie nicht herunterfallen.«

»Kennen wir uns?«

»In Flandern war ich einer Ihrer Gefreiten.«

»Tatsächlich? Habe zu viele Soldaten kommen und gehen sehen, als dass ich mich an jeden einzelnen erinnern könnte.«

»Ja, für Sie waren wir nur Kanonenfutter.« Alles an Gregor zitterte. »Sie mögen mich vergessen haben, aber ich erinnere mich. Ich erinnere mich.«

Einen Augenblick lang befürchtete Hendrik, sein Bruder würde den Major packen und über den Schreibtisch ziehen.

»Wenn Sie gedient haben«, schnarrte von Mörike, »dann sollten Sie wissen, wie man einem Vorgesetzten gegenübertritt. Anscheinend habe ich damals versäumt, Ihnen Respekt beizubringen.«

Gregor hatte sich wieder im Griff. »Respekt bekommt nur der, der ihn verdient«, sagte er. »Und Ihnen ist anscheinend entgangen, dass der Krieg vorbei ist.«

»Dummkopf! Der Krieg ist nie vorbei.«

»Was haben Sie mit der Phoebus Filmgesellschaft zu tun?«

»Bitte?«

»In Bartels' Büro fanden wir Unterlagen, die darauf schließen lassen, dass er in den Phoebus-Skandal verstrickt ist.«

»Lächerlich. Der Skandal betrifft die Marine, nicht uns. War's das jetzt? Habe zu tun.«

Gregor legte ihm eine von Bartels' Listen auf den Schreibtisch. »Ist das Ihre Unterschrift?«

»Sie vergeuden Ihre Zeit.«

»Nein, *Sie* vergeuden sie. Sie behindern eine Mordermittlung. Vielleicht sollte ich mit einem Durchsuchungsbefehl wiederkommen.«

»Tun Sie, was Sie wollen.« Ottmar von Mörike wedelte mit der Hand, eine Geste, die andeuten sollte, dass er die Befragung als beendet betrachtete.

»Wissen Sie, wer die Frau war, die neulich Herrn Bartels in dessen Wohnung aufgesucht hat?«

»Frau?« Jetzt sah der Major zum ersten Mal irritiert aus. »Absurd. Bartels pflegte keine Frauenbekanntschaften.«

»Es wurde jedenfalls eine Frau bei ihm gesehen.«

»Vielleicht zum Putzen.«

Gregor überging die Bemerkung. »Wo waren Sie Samstag am späten Nachmittag?«

»Wollen Sie mir unterstellen, ich hätte etwas mit dem Mord zu tun?«

»Beantworten Sie meine Frage.«

»Hier, im Ministerium. Es gibt ein Dutzend Zeugen dafür.«

»Ich benötige die Namen.«

Der Major sah ihn von oben herab an. »Lasse ich Ihnen zukommen. Sind wir jetzt fertig?«

Gregor nickte. Ohne ein Wort des Abschieds ging er zur Tür, schaffte es jedoch nicht, den Raum zu verlassen, ohne sich noch einmal umzudrehen. »Ich hoffe, Sie haben es getan«, presste er hervor.

4

Feuchtkalte Luft drang durch Hendriks Kleidung, kroch seinen Rücken hinauf und ließ ihn frösteln. Nebel wand sich zwischen den Bäumen hindurch, legte sich auf Moos und Flechten und bewirkte, dass die Umstehenden zu Schemen verblassten. Gut, dass Diana zu Hause geblieben war. Eine Frühaufsteherin war sie ohnehin nicht, und das Wetter hätte ihrer Gesundheit kaum gutgetan. Um diese Zeit sollte man im Bett liegen und nicht durch Brandenburger Wälder kriechen. Ohnehin hätte Gregor sie nicht mitgenommen: viel zu gefährlich.

Die Männer, die herumstanden und ihre Waffen überprüften, schienen sich auf die Wehrübung zu freuen. Feldgraue Uniformen überwogen, aber es waren auch Braunhemden zu sehen. Stahlhelm und SA organisierten die Übung gemeinsam. Der größte Wehrverband im Deutschen Reich und Hitlers Sturmabteilung empfanden sich zwar als Konkurrenten, doch einte sie der Hass auf die Republik. Einige Männer trugen ein silbermattiertes Wikingerschiff auf schwarzer Tuchunterlage auf dem linken Oberarm; wie es aussah, war also auch der verbotene Bund Wiking beteiligt. Nicht wenige Männer trugen das Eiserne Kreuz, was Hendrik unweigerlich an Diogenes von Sinope denken ließ, der Siegerkränze als Ruhmgeschwüre bezeichnet hatte.

Es befanden sich auffällig viele Oberschüler und Studenten unter den Wartenden. Der Stahlhelm, ursprünglich ein Verband ehemaliger Frontsoldaten, nahm mittlerweile auch junge Männer ohne Fronterfahrung auf, um sie militärisch auszubilden. Dass überall im Land Gepäckmärsche und Unterweisungen im Scharfschießen stattfanden, war ein offenes Geheimnis, auch wenn solche Übungen gegen den Versailler Vertrag verstießen.

Gregor hielt nach jemandem Ausschau, hatte ihn jedoch bisher nicht entdecken können. Es handelte sich um einen gewissen Guntram Beier, einen seiner ehemaligen Kriegskameraden, jetzt Mitglied beim Stahlhelm und vermutlich immer noch illegal beim Bund Wiking, so viel hatte Hendrik mitbekommen.

Die Bewaffneten beäugten sie feindselig, hielten sich angesichts von Gregors Polizeimarke aber mit Drohungen zurück, wenngleich die eine oder andere abfällige Bemerkung fiel. Vielleicht trug auch Gregors schlechte Laune dazu bei, die Männer einzuschüchtern. Die Reichswehr hatte dafür gesorgt, dass er keinen Durchsuchungsbefehl für Ottmar von Mörikes Diensträume bekam. Auch eine Vorladung des Majors ins Polizeipräsidium war verhindert worden, obwohl Gregor Himmel und Hölle in Bewegung gesetzt hatte. Der Polizeipräsident mochte sich offenbar nicht mit der Reichswehr anlegen. Jetzt stapfte Gregor mit schlecht verhohlener Wut zwischen den Möchtegernsoldaten herum und suchte Guntram Beier.

Dass die SA-Männer es wagten, in voller Montur an der Übung teilzunehmen, war an Dreistigkeit kaum zu überbieten. Schließlich war die NSDAP samt ihrer Unterorganisationen im Gau Berlin-Brandenburg wegen fortgesetzter Gewalttaten verboten worden. Was Hitler allerdings nicht daran hinderte, in geschlossenen Versammlungen Hetzreden zu halten. Hendrik fand den Mann einfach nur lächerlich und war geneigt, die Bewegung als Zeitgeistphänomen abzutun. Henning Voss, einer seiner Bekannten, Schauspieler am Deutschen Theater, hatte die verbalen Attacken der Nationalsozialisten neulich als »Aufstand der Komparsen« bezeichnet. Aber Gregor nahm Hitler und seine Anhänger ernst, das gab Hendrik zu denken, schließlich verfügte sein Bruder durch die Kollegen von der Politischen Polizei, die sämtliche Versammlungen von NSDAP und KPD beobachteten, über Informationen aus erster Hand.

Die Wartenden wurden ungeduldig. Eine Gruppe war offenbar bereits losgezogen, denn man hörte Schüsse aus der Ferne, vom Nebel merkwürdig verfremdet. Auf dem Sammelplatz brach derweil ein Streit aus, der mit Fäusten ausgetragen wurde. Unter den Uniformierten gab es etliche Raufbolde, die sicher schwer unter Kontrolle zu bringen waren.

Hendrik fiel ein junger Mann auf, nicht viel älter als zwanzig, der einen Stahlhelm-Anhänger für die Hitlerbewegung zu begeistern suchte.

»Gerade wenn dich die soziale Verelendung nicht kaltlässt, müsstest du zu uns kommen«, sagte er. »Du hättest auf dem Parteitag in Nürnberg dabei sein sollen. Aufmärsche, Fackelzüge, Fahnenweihen – das vergisst keiner so leicht. Hitler vertritt eine große Idee, den Glauben an eine gerechte Welt, an einen nationalen Sozialismus. Er wird die fetten Wohlstandsbürger hinwegfegen, das verspreche ich dir. Ihr schwatzt alle nur, aber wir tun was, wir arbeiten aktiv auf den Untergang der Novemberverbrecher hin. Die NSDAP steht an vorderster Front im Kampf gegen den Judenstaat.« Er bemerkte Hendriks Blicke. »Was gucken Sie so?«

»Ich kenne Sie irgendwoher«, erwiderte Hendrik. »Habe ich Sie nicht an der Universität gesehen?«

»Und wenn?«

»Nichts. Ich war bloß neugierig.«

»Neugier kann tödlich sein.« Der junge Mann machte einen Schritt auf Hendrik zu und hielt ihm seine Walter vor die Nase, mit der er schon die ganze Zeit herumfuchtelte. Vermutlich in der Hoffnung, davon abzulenken, dass er alles andere als ein durchtrainierter Muskelprotz war. Irgendwas war mit seinem Arm, den er unnatürlich hielt, als versuche er, ihn zu schonen.

»Ich hatte nicht vor, mit Ihnen zu streiten.«

»Horst«, rief einer der Männer, die die Übung zu leiten schienen. »Horst Wessel.«

Der junge Mann drehte sich um. »Komme schon.« Er steckte die Waffe ein und eilte davon.

Horst Wessel hieß er also. Der Name sagte Hendrik nichts.

»Halte dich von diesen Leuten fern.« Gregor tauchte hinter ihm auf. »Einige von denen sind unberechenbar. Am besten, du kommst mit mir.«

Vermutlich hatte er recht. Hendrik folgte seinem Bruder durch die Menge. Die Lichtung füllte sich. Lastwagen brachten weitere Übungswillige. Die Hakenkreuzfahnen nahmen zu.

Einmal kamen sie noch an diesem Wessel vorbei, der mit einem Kameraden auf einem Baumstumpf saß. »Wir bräuchten ein Lied, das unsere Entschlossenheit preist«, hörte Hendrik ihn sagen. »Ein Marschlied. Die Fahne führt uns an, nichts hält uns auf, oder so ähnlich.« Wessel summte vor sich hin und probierte verschiedene Melodien aus.

Endlich hatte Gregor den Mann gefunden, den er suchte, und steuerte auf ihn zu. Hendrik schätzte ihn auf Anfang dreißig. Guntram Beier trug ebenfalls das Wikingabzeichen an seiner Uniform. Er sah kaum wie ein Frontsoldat aus, war nicht übermäßig groß und eher drahtig als muskulös, aber das machte sein entschlossener Blick mehr als wett. Der Mann schien unter permanentem Druck zu stehen, als würde er jeden Müllberg und jede Sandkiste erstürmen wollen, um dort seine Fahne zu hissen. Er erkannte Gregor sofort. Und schien nicht begeistert über sein Auftauchen. »Was willst du denn hier?«, fragte er.

»Mit dir sprechen.«

»Ich habe nichts zu sagen. Ich rede nicht mit Leuten, die den Büttel für die Novemberverbrecher machen.«

»Wirst du aber müssen, weil ich dich andernfalls ins Polizeipräsidium schaffen lasse.«

Die Männer in der Nähe beobachteten das Geschehen mit unverhohlenem Misstrauen, was Gregors ehemaligem Kriegskameraden unangenehm war. Er trat ein paar Schritte beiseite. »Also, was ist?«

»Golo Bartels wurde ermordet.«

»Tatsächlich?«

»Erschossen.«

Guntram Beier zuckte die Achseln.

»Es scheint dich nicht sonderlich zu kümmern.«

»Warum auch. Wegen dem wird sich keiner vor Gram verzehren. Der war immer nur auf seinen Vorteil aus. Er hat der deutschen Armee nicht gerade Ehre gemacht, das müsstest du doch am besten wissen.«

»Über Ehre wollen wir lieber nicht reden. Soviel ich weiß, bist du jetzt vorbestraft, weil du mit Gesinnungsgenossen ein Arbeiterlokal überfallen und mehrere Arbeiter schwer verletzt hast.«

»Ein Staat, der sich ans Ausland verkauft, kann mir meine Ehre nicht nehmen«, erwiderte Beier hitzig. »Im Gegenteil: Es gibt nichts Ehrenvolleres, als einen solchen Staat zu bekämpfen.«

Immer diese Fanatiker! Am liebsten hätte Hendrik John Locke zitiert: *Die Stärke unserer Überzeugung ist kein Beweis für ihre Richtigkeit.* Aber es war wohl besser, den Mund zu halten.

»Wenn du so denkst, wie hast du da die Revolution überstanden?«

»Gar nicht. Ich bin tot. Was an mir lebt, das bin nicht

ich. Solange diese korrupte Republik besteht, existiert nur meine Hülle. Erst wenn Deutschland frei ist, wird auch meine Seele wieder frei sein.«

Gregor seufzte. Er hatte derartige Parolen vermutlich bis zum Überdruss gehört. »Was weißt du über den Mord an Bartels?«

»Wie kommst du darauf, dass ich etwas wüsste? Was habe ich mit ihm zu tun?«

»Du brauchst mir nichts vorzumachen. Ich weiß, dass die Reichswehr euch durch ihn finanziert, euch Waffen und Ausrüstung besorgt. Ich habe genug Material in seinem Büro gefunden, um das zu beweisen.«

Beier schwieg trotzig.

»Wann hast du Bartels zuletzt gesehen?«

»Das ist Jahre her.« Weil Gregor auf weitere Erklärungen wartete, fügte er hinzu: »Die Kontakte laufen nicht über mich.«

»Wo warst du Samstag am späten Nachmittag?«

»Im Wald.«

»Mit deinen Freunden?«

»Allein. Ich habe Schießübungen gemacht.«

»Mit anderen Worten: Du hast kein Alibi.«

»Warum sollte ich den Kerl umbringen? Ich hatte keinen Streit mit ihm. Außerdem habe ich ihn eine Ewigkeit nicht mehr gesehen, das ist die Wahrheit. Was soll das überhaupt? Warum bist du so erpicht darauf, seinen Mörder zu finden? Gerade du hast keinen Grund, ihm eine Träne nachzuweinen.«

»Ob mir jemand sympathisch ist oder nicht, hat keinen Einfluss darauf, wie ich meine Arbeit mache.« Gregor dachte nach. »Hast du noch Verbindung zu jemandem aus unserer Kompanie?«

»Warum sollte ich? Glaubst du etwa, ich würde mich mit

einem Kameradenschwein wie Franz abgeben? Die Soldaten, die Ehre im Leib haben, sind alle hier.«

Mittlerweile waren weitere Wagen mit Männern in Uniform eingetroffen. Einer von ihnen trat jetzt zu ihnen und bemühte sich dabei, sein Hinken zu kaschieren. »Gibt's Probleme?«, wollte er wissen.

Beier nahm Haltung an. »Guten Morgen, Herr Doktor!«, rief er.

Hendrik erkannte ihn sofort. Joseph Goebbels, der »Robespierre des Nationalsozialismus«, seit einem Jahr Hitlers Gauleiter für Berlin und Brandenburg. Die hiesige SS und SA waren ihm unterstellt und Ursache für regelmäßigen Straßenterror.

»Herr Goebbels«, sagte Gregor gedehnt. »Ich hätte mir denken können, dass ich Sie hier treffe.«

»Doktor, bitte«, erwiderte Goebbels sanft. Er lächelte, aber das Lächeln beschränkte sich auf seinen Mund.

»Sie wissen, dass diese Militärübung illegal ist?«

»Das sind Sportvereine, die Leibesertüchtigungen abhalten. Ein Kegelklub ist auch darunter.«

Gelächter bei den Umstehenden. Das gefiel ihnen, dass er einen Repräsentanten der Staatsmacht verspottete.

»In Uniform? Mit Waffen?«

»Ich kann die Leute nicht daran hindern anzuziehen, was sie gern tragen.«

»Trotz Verbot nicht tot«, grölte einer der Zuhörer. Goebbels selbst hatte diese Parole ersonnen.

Gregor ließ sich nicht irritieren. »Wird es wieder Verletzte geben wie immer, wenn Sie dabei sind?«

»Können Sie uns vorwerfen, dass wir uns wehren, wenn wir provoziert werden?«

»Es wäre das erste Mal, dass eine Provokation nicht von Ihnen ausginge. Sie versuchen aufzufallen, um jeden Preis.«

Das Lächeln auf Goebbels' Gesicht wurde breiter. »Berlin braucht seine Sensation wie der Fisch das Wasser.«

»›Sensation‹ nennen Sie das? Die Schlägereien, die Aufmärsche in den Arbeitervierteln, wo Ihnen doch klar sein muss, dass die sich das nicht gefallen lassen?«

»Wer die Straße erobert, der erobert die Massen.«

»Und dabei nehmen Sie hin, dass auch Ihre eigenen Männer verletzt oder sogar getötet werden.«

»Idealisten, die bereit sind, ihr Leben für die gerechte Sache zu wagen.«

»Sie wollen unbedingt Blut sehen, was?«

Hendrik wusste, wovon sein Bruder sprach. In Cottbus waren sechs Schupos von Goebbels' Männern krankenhausreif geschlagen worden. Im Februar hatte er in Berlins Arbeiterbezirk Wedding eine Großkundgebung aufgezogen, bei der die verfeindeten Parteien mit Schlagringen und Eisenstangen aufeinander losgingen. Im März wurde ein Zug gestürmt, in dem sich Männer des Roten Frontkämpferbundes aufhielten. Ergebnis: sechs Schwer- und zehn Leichtverletzte, außerdem ein demolierter Eisenbahnwagen mit zwölf Einschüssen. Anschließend waren jüdische Passanten niedergeknüppelt worden.

»Es gab eine gute Presse.«

»Doktor Goebbels hat Mut, deswegen hassen und fürchten sie ihn«, rief jemand hitzig. Schon wieder dieser Wessel! »Weil sie wissen, dass er recht hat, und weil sie ihn nicht belangen können, wenn er ihnen die Wahrheit ins Gesicht spuckt.«

Gregor beachtete ihn nicht. »Wenn es nach mir ginge, ich hätte Ihr Redeverbot nicht aufgehoben«, sagte er zu Goebbels. »Oder es zumindest erneuert, nachdem Sie die Frechheit hatten, auf Ihre Plakate ›Vom Polizeipräsidium genehmigt‹ zu schreiben.«

»War Isidor verärgert?«

Die Zuhörer lachten. Goebbels Ausfälle gegen den jüdischen Polizeivizepräsidenten Bernhard Weiß waren legendär.

»Wir werden sehen, ob Sie im Beleidigungsprozess gegen ihn immer noch so große Töne spucken.« Gregor schüttelte den Kopf. »Ehrlich gesagt, ich verstehe nicht, wie jemand wie Sie sich für jemanden wie Hitler hergeben kann. Hatten Sie nicht selbst mal sozialistische Anschauungen?«

Jetzt verdunkelte sich Goebbels' Gesicht zum ersten Mal. »Es kommt weniger darauf an, woran man glaubt, als *dass* man glaubt«, zischte er. »Adolf Hitler ist ein Genie. Alles hat dieser Mann, um König zu sein: Witz, Glaube, Leidenschaft. In ihm verkörpert sich der Wille des Volkes zur Freiheit. Er ist der Gesandte einer höheren Macht, ein Instrument jenes göttlichen Willens, der die Geschichte gestaltet.« Er fing sich ebenso rasch wieder, wie er sich hatte gehen lassen. »War's das jetzt?«, erkundigte er sich mit liebenswürdiger Stimme. »Dann würden wir gern mit unserer Sportübung fortfahren.«

»Wir werden Sie im Auge behalten, Herr Goebbels.«

»Das will ich hoffen. Wir wollen Isidors Schnüfflern doch etwas zu tun geben, nicht wahr?«

Hochrufe und Applaus aus der Menge.

»Na, dann«, sagte Goebbels zu Gregor, »Heil Hitler!«

»Heil Hitler!«, brüllten die Männer. Selbst die Mitglieder des Stahlhelm und des Wikingbundes fielen darin ein.

Da beschlich Hendrik zum ersten Mal das Gefühl, Hitlers Bewegung könnte doch mächtiger werden, als er bisher angenommen hatte.

5

Das war auch noch nicht vorgekommen, dass sie höchst offiziell und wegen einer Morduntersuchung an der Wahl zur Modekönigin teilnahmen! Diana hielt sich am Türgriff fest, als Gregor das Auto um die Kurve jagte und schließlich vor dem Zoosaal hielt. Sie sah auf ihre Uhr. Zehn Uhr abends. Zweiundzwanzig Uhr, wie es bei der Reichsbahn hieß, seit man dort im letzten Jahr die Vierundzwanzig-Stunden-Zeit eingeführt hatte. Sie würden es eben noch rechtzeitig zum Beginn der Veranstaltung schaffen.

In den Gängen wurden bereits Wetten auf die Siegerin abgeschlossen: »Die Dunkle mit den aufregenden Beinen, sage ich.« – »Nein, nein, sicher die kleine Blonde mit den bezaubernden Augen.« Es ging schlimmer zu als beim Pferderennen in Hoppegarten.

Der Marmorsaal war zum Bersten gefüllt. Man hatte den Eindruck, dass auch das Publikum an der Wahl teilnahm, so herausgeputzt waren Frauen wie Männer. Es wimmelte nur so von Perlfransen, Stirnbändern mit Straußenfedernschmuck, broschierter Seide und Stoffen aus Gold- und Silberlamé, von Fräcken, Gehröcken und Glacéhandschuhen.

Diana hatte schon wieder Heißhunger auf Schokolade. Verflixt! Dabei hatte sie doch erst heute Morgen alle Tüten mit Süßem geplündert, die eigentlich für Weihnachten bestimmt gewesen waren. Ihr Kind würde vermutlich eine Naschkatze werden, wenn sie so weitermachte.

Unwillkürlich strich sie über ihren Bauch. Es fiel ihr von Tag zu Tag schwerer, die Distanz aufrechtzuerhalten, die sie sich verordnet hatte. Freu dich nicht zu früh und warte erst mal ab, ob alles gut geht, war ihre Devise gewesen. Je mehr du dich auf das Kind einlässt, desto schmerzvoller wird es, wenn du es wieder verlierst. Deshalb hatte sie es sich versagt, mit ihm zu sprechen oder ihm Lieder vorzusingen. Aber wie konnte sie ihre Gefühle unterdrücken, wenn sie doch spürte, dass da etwas in ihr heranwuchs, das ihre ganze Liebe brauchte?

Es tut mir leid, dachte sie. Es war dumm von mir, dich nicht so anzunehmen, wie du es verdienst. Verzeih mir, mein Liebling. Ich habe einfach Angst, dich zu verlieren. Bitte, bleib bei mir. Verlass mich nicht. Schau, mein Bauch ist wie ein Schutzschirm, er lässt nichts an dich heran, was dir wehtun könnte. Und ich will in Zukunft immer mit dir sprechen, dir Schlaflieder vorsingen und dir erzählen, wie sehr dein Vater und ich uns auf dich freuen, damit du weißt, wie willkommen du bist.

Der Saal schwirrte von Getuschel, Rufen und Gelächter. Vergeblich versuchte eine Lautsprecherstimme, sich Gehör zu verschaffen. Schließlich kündigten Fanfaren den Einzug der ausländischen Modeköniginnen an. Unter Beifallskundgebungen schritt eine Wienerin in prachtvollem Abendkleid voran, von Pagen begleitet. Nach ihr kam die mollige Vizekönigin mit schwarzem Lockenkopf. Dann eine Ungarin, die Natürlichkeit ausstrahlte und dem Publikum ein immerwährendes Lächeln schenkte. Es folgte eine Pariserin, blutjung und schüchtern. Zum Schluss Hilde Zimmermann, die Königin des vergangenen Jahres, die nun ihre Krone abgeben musste. Alle bekamen Blumen mit Schleifen in den Farben ihres Landes überreicht.

Die eigentliche Schau begann. Eine Frau nach der anderen tänzelte über den Steg, drehte sich und warf dem Publikum verführerische Blicke zu.

»Hübsch«, sagte Gregor.

Diana stieß ihm den Ellbogen in die Seite, aber sie grinste dabei.

Adele Kanitz wurde angekündigt. Gregor und Diana richteten sich auf. Das war die Dame, die die Nachbarin von Golo Bartels anhand eines Werbefotos erkannt zu haben glaubte, die Frau, die unter Tränen aus seinem Büro gekommen war. Fräulein Kanitz hatte blonde Locken und wirkte erst auf den zweiten Blick, dafür umso nachhaltiger. Ihre Schönheit war weder aufreizend noch ätherisch oder gar unterkühlt, sondern die eines Mädchens von nebenan. Eines Mädchens, das bei der Arbeit sang, beim Tanzen rote Wangen bekam und ein Kompliment mit einem Lächeln erwiderte. Was hatte so jemand von Golo Bartels gewollt?

Die erste Runde war beendet. Während die Jury beriet, lehnte sich Gregor in seinem Sitz zurück und verschränkte die Arme hinter dem Kopf. »Das ist doch mal eine angenehme Morduntersuchung«, sagte er.

Diana drohte ihm mit dem Finger. »Pass auf, was du sagst.« Dann kuschelte sie sich an ihn, legte die Arme um ihren Bauch und ließ ihre Gedanken treiben.

Vor anderthalb Jahren hatte Max Planck von Erwin Schrödinger die Korrekturbogen einer Arbeit zur Wellenmechanik erhalten, in der eine neue Atomtheorie aufgestellt und der Frage nachgegangen wurde, ob Licht eher die Eigenschaft von Wellen oder von Korpuskeln besäße. Planck war begeistert davon und hatte sie ihr vor einigen Monaten zu lesen gegeben. »Epochemachend«, hatte er die Schrift genannt. Und zu Recht. Was derzeit in den Naturwissenschaften geschah, war aufregend. Ein neues Weltbild kündigte sich an, und sie war mittendrin.

Sie vermisste Planck. Er war inzwischen im Ruhestand und sie selbst zur physikalischen Chemie gewechselt. Auch dort ging es spannend zu. Ihre geplante Dissertation wollte sie unbedingt in der Station auf dem Monte Generoso schreiben, wo Walther Nernst versuchte, die Spannungen, die bei atmosphärischen Entladungen auftraten, zur Bombardierung von Atomen mit geladenen Teilchen zu nutzen, um dadurch neue Elemente zu erhalten, vor allem jenseits des Urans. Was für eine kühne Idee!

Ihre Träume wurden unterbrochen; es ging weiter. Die Hälfte der Anwärterinnen auf den Siegertitel war inzwischen ausgeschieden, Adele Kanitz noch im Rennen. Das Publikum nahm bereits Partei. Claqueure suchten sich gegenseitig zu überbieten, letzte Wetten wurden abgeschlossen. Von den zehn Damen, die schließlich in die engste Wahl kamen, schien Nummer neunzehn, die schwarzhaarige Nastja Ladka, die besten Aussichten zu besitzen, aber auch Nummer dreizehn, die brünette Else Henkel, stand hoch im Kurs. Die Jury tagte hinter verschlossenen Türen.

Hilde Zimmermann, die Exkönigin, erschien und verkündete hinter vorgehaltener Hand, die Gewinnerin sei »eine der unseren«, also aus dem Hause Gerson. Demnach vermutlich Nummer dreizehn. Das passte den Anhängern der Dame mit der Nummer neunzehn gar nicht; sie griffen zur Selbsthilfe und holten ihre Favoritin auf die Brüstung, um sie dem Publikum zu präsentieren.

Gregor blinzelte, ein Zeichen, dass er sich köstlich amüsierte. »Aufrührer im Frack«, sagte er. »Moderevolutionäre. Offenbar geht es hier nicht anders zu als bei den Ganoven in der *Mulackritze.*«

Die Jury stellte sich schützend vor den noch unbesetzten Thron, um die Revolte zu verhindern.

Nun konnte auch Diana ein Kichern nicht unterdrücken. Wie gut, dass sie mitgekommen war, was hätte sie sonst verpasst!

Skandale gehörten zu dieser Art Wettbewerb dazu, das war ja bekannt. Tumulte, Schiebereien, Gerüchte über Nacktaufnahmen – eben das machte für viele den Reiz solcher Veranstaltungen aus. Beim Wettbewerb um den Titel der Miss Universum 1909 hatten Konkurrentinnen wegen der Beziehungen der Favoritin zum Veranstalter Spiritus in deren Schminke gegossen und ihre Kleider versteckt, um sie am Auftritt zu hindern. Mal sehen, mit welchen Einfällen die Beteiligten heute aufwarten würden.

Fanfaren. Im Schnellverfahren gedruckte Flugblätter wurden verteilt. Die Modekönigin für das Jahr 1928 stand fest, es war die Dame mit der Nummer einundsiebzig, eine Blonde, allerdings nicht Adele Kanitz, sondern Tutti Fertig aus Pommern, die im Hause Hermann Gerson als Probierdame arbeitete. Applaus brandete auf, aber auch Pfiffe waren zu hören, ein minutenlanges Auf und Ab.

Die neue Königin, die Krone auf den Locken, erhob sich, warf den Purpurmantel ab und präsentierte sich noch einmal in ihrem Röckchen. Das überzeugte anscheinend auch die Kritiker, denn die Pfiffe verstummten, der Applaus nahm zu. So endete die Wahl denn mehr oder minder einvernehmlich. Nastja Ladka wurde zweite, Else Henkel dritte.

Gregor und Diana erhoben sich von ihren Sitzen, um Adele Kanitz aufzusuchen, die es immerhin unter die ersten zehn geschafft hatte. Sie unterhielt sich gerade neben dem Laufsteg mit einigen Herren, die ihr versicherten, wenn es nach ihnen gegangen wäre, wäre sie jetzt Modekönigin.

»Ich bitte um Entschuldigung«, sagte Gregor und hielt seine Polizeimarke hoch. »Fräulein Kanitz, dürften wir Sie einen Augenblick privat sprechen? Sie können uns möglicherweise in einer wichtigen Angelegenheit behilflich sein.«

Der Schreck, der sich beim Anblick der Marke auf ihrem Gesicht gezeigt hatte, machte bei Gregors beruhigenden

Worten einem irritierten Ausdruck Platz. »Oh, ja, sicher«, sagte sie.

Auf den Vorschlag von Fräulein Kanitz hin begaben sie sich in die Garderobe. Gregor verstand es, ihr die Befangenheit zu nehmen, indem er ihren Auftritt lobte und die Vermutung äußerte, sie sei doch sicher schon irgendwo gekrönt worden.

»Gekrönt noch nicht«, erwiderte sie, »aber nah dran war ich. Im März habe ich an den ersten Wahlen zur Miss Germany im Sportpalast teilgenommen. Fünfte bin ich geworden.«

Sie hatte einen nervösen Tic und rieb sich häufiger die Nase. Das machte sie sympathisch, weil es eine angenehm unprätentiöse Frau verriet, die noch nicht von der Welt des schönen Scheins verdorben war.

»Wie sind Sie dazu gekommen?«, wollte Gregor wissen.

»Es war eine Möglichkeit, mein Leben zu verändern. Hildegard Kwandt, die Siegerin, hat jede Menge Angebote für Engagements bekommen, für Modenschauen und Titelfotos von Zeitschriften. Gerda Sieg, die zur Kaiserzeit Miss Universum geworden ist, hat als Sängerin und Schauspielerin Karriere gemacht. Und als Postkarten-Model. Das ist eine Riesenchance.« Sie schien sich zu erinnern, in welcher Eigenschaft Gregor hier war. »Warum wollten Sie mich sprechen?«

»Wir bearbeiten einen Mordfall und hoffen, dass Sie uns weiterhelfen können. Zunächst einmal wüsste ich gern, in welchem Verhältnis Sie zu Golo Bartels stehen.«

»Golo – wer?«

»Bartels.«

Sie zuckte die Achseln. »Den Namen habe ich noch nie gehört.« Sie sah Gregor dabei an, aber ihr Blick flackerte.

»Das ist merkwürdig. Eine Nachbarin hat Sie vorhin auf einem Werbefoto zur Wahl der Modekönigin wiedererkannt.

Sie sagt aus, Sie seien kurz vor seinem Tod in Herrn Bartels' Büro gewesen und hätten es unter Tränen wieder verlassen.«

»Sie … sie muss sich irren.«

Gregor schien zu überlegen, welche Strategie angebracht war. »Fräulein Kanitz«, sagte er sanft, »dies ist eine ernste Angelegenheit. Es geht um einen Mord. Ich möchte nicht indiskret sein, ich möchte auch nicht an etwas rühren, was möglicherweise schmerzhaft für sie gewesen ist, und ich interessiere mich nicht dafür, was sonst noch in dem Büro vorgefallen sein mag. Alles, was ich will, ist, einen Mörder finden.«

Die junge Frau biss sich auf die Lippen. »Ich kann Ihnen nicht helfen«, sagte sie. »Ich weiß wirklich nicht, wer der Mann ist.« Jetzt senkte sie doch ihre Lider.

»Vielleicht kennen Sie ihn unter einem anderen Namen«, mischte sich Diana ein. Man musste Fräulein Kanitz goldene Brücken bauen, damit sie ohne Gesichtsverlust ihre erste Lüge zugeben konnte. Denn dass sie log, davon war Diana überzeugt. Sie nannte die Adresse des Büros.

Adele Kanitz schüttelte den Kopf. »Ich kenne den Mann nicht«, wiederholte sie bestimmt.

Diana wollte etwas erwidern, aber Gregor legte ihr die Hand auf den Arm. »Wenn das so ist, entschuldigen wir uns für die Störung. Sollte Ihnen doch noch etwas einfallen, was uns weiterhelfen könnte, rufen Sie mich bitte im Polizeipräsidium an. Gregor Lilienthal.«

Sie verabschiedeten sich und verließen die Garderobe.

»Sie lügt«, sagte Diana, sobald sie draußen waren.

»Ich weiß«, erwiderte Gregor. »Und mich würde sehr interessieren, warum.«

6

Nachdem der Winter eher mild begonnen hatte, waren die Temperaturen in den letzten Tagen gesunken. Über weite Teile Europas fiel Schnee, Züge hatten Verspätung wegen der Schneewehen auf den Gleisen, Unfälle häuften sich. Gestern war an der Potsdamer Straße eine Straßenbahn entgleist. Vereinzelte Fußgänger liefen auf Skiern durch die Stadt.

Auf den wichtigsten Verkehrsstraßen, an Kreuzungen, auf Brücken und Plätzen kamen Schneepflüge zum Einsatz. Arbeitslose wurden zum Schneeschaufeln herangezogen und räumten Seitenstraßen und Fußwege. Während des trockenen Frostes die Tage zuvor war das Straßenpflaster aus Kesselwagen heraus mit einer chemischen Lauge besprengt worden, sodass das Lösen des Schnees leichter fiel.

Die Kinder hatten einen Riesenspaß. Wo immer es einen Hügel gab, und sei er noch so klein, wurde gerodelt. Die Straßen hallten vom Kreischen derjenigen wider, die sich eine Schneeballschlacht lieferten. In den Parks wetteiferten Schneemänner um die Aufmerksamkeit der Passanten. Nicht wenige Kinder wagten sich mit Schlittschuhen auf die vereisten Seen.

Diana hatte sich bei Gregor untergehakt, um nicht auf den glatten Wegen auszurutschen, und rümpfte die Nase. Irgendwo wurde Kohl gekocht, und seit einigen Tagen reagierte sie empfindlich auf Gerüche. Seltsam, was so eine Schwangerschaft bewirkte! Wie so oft lauschte sie in sich hinein, ob sie nicht irgendeine Veränderung wahrnahm. Es kam ihr vor, als schlüge ihr Herz schneller als früher. Und erschöpft war sie, ohne Grund. Warum konnte man eine Geburt nicht ein bisschen beschleunigen? Noch sechs, vielleicht sechseinhalb Monate. Hundertachtzig Tage oder mehr! Wie soll ich das aushalten, so lange auf dich zu warten, mein Liebling?

Gregor hatte gewollt, dass sie bei der Kälte zu Hause blieb, aber dort fiel ihr die Decke auf den Kopf. Sie war ständig hin- und hergerissen zwischen dem Wunsch, sich zu schonen, und dem Impuls, loszurennen und irgendwas zu tun. Gestern war sie mit Hendrik auf dem Tempelhofer Feld gewesen, um mit ihm einen Christbaum auszusuchen. Am Ende hatten sie sich eine Edeltanne geleistet, obwohl Fichten schon ab weniger als eine Reichsmark zu haben waren. Aber dies sollte ein besonderes Weihnachtsfest werden, das Fest vor der Geburt ihres Kindes, und ein besonderer Baum konnte vielleicht das Schicksal beschwören, dass diesmal alles glatt ging.

Wie hielt man das bloß aus, neun Monate still zu sitzen? Vor allem, wenn man daran dachte, was andere Menschen in der Zwischenzeit für Abenteuer erlebten. Charles Lindbergh zum Beispiel, der im Mai nonstop von New York nach Paris geflogen und vor wenigen Tagen zu einer neuen Flugreise aufgebrochen war, diesmal nach Mittelamerika. Wie Diana ihn beneidete! Seit Jahren war sie nicht mehr geflogen, bestimmt hatte sie alles verlernt.

Aber es hatte keinen Zweck, sich darüber zu grämen. Besser, sie blickte nach vorn und tat etwas Sinnvolles. »Hast du etwas Neues herausgefunden?«, wollte sie von ihrem Mann wissen.

»Wir haben noch mal die Kinder vom Arkonaplatz befragt«, erwiderte er. »Einige waren dem Weihnachtsmann ja ziemlich nahe gekommen. Aber sie konnten uns trotzdem nicht weiterhelfen. Zwei von ihnen stehen noch immer unter Schock. Dafür habe ich mich über den Phoebus-Skandal informiert. Du erinnerst dich, dass wir in Bartels' Büro

Material gefunden haben, das darauf schließen lässt, dass auch er darin verwickelt war?«

Sie nickte.

»Ich habe mit der Redaktion vom *Berliner Tageblatt* gesprochen, die den Skandal aufgedeckt hat, und mit dem Untersuchungsausschuss. Regierung und Reichswehr versuchen natürlich, alles zu vertuschen, weil sie nicht wollen, dass das Ausmaß der geheimen Aufrüstung bekannt wird. Aber ich habe trotzdem erfahren, was ich wissen wollte. Ausgangspunkt scheint zu sein, dass Kapitän Lohmann, der Leiter der Seetransportabteilung, von der Marine beauftragt wurde, die schwarzen Kassen zu verwalten.«

»Woher kommt das Geld?«

»Aus dem illegalen Verkauf von Schiffen, die nach dem Versailler Vertrag hätten verschrottet werden müssen, aus geheimen Zuwendungen der Großindustrie und aus allem, was sie aus dem Wehretat abzweigen.«

»Wie kann man denn etwas aus dem Wehretat abzweigen?«

»Das ist leicht. Man setzt Fantasiepreise an, fälscht Rechnungen, und was übrig bleibt, wandert in den Geheimfonds. Ohnehin sind viele Teile des Budgets übertragbar und daher nur schwer zu kontrollieren, und große Summen werden nicht im Detail aufgeschlüsselt.«

»Das habe ich mir nie klargemacht.«

»Jedenfalls, es scheint, dass der erwähnte Kapitän Lohmann dabei übereifrig vorging. Er hat fleißig investiert, nicht, um sich persönlich zu bereichern, sondern im Sinne seiner Vorgesetzten. Aber da er von Wirtschaft keine Ahnung hat, hat er eben auch der maroden Phoebus-Film mehr als zehn Millionen Mark an öffentlichen Geldern zukommen lassen. Ich vermute, er erhoffte sich neben einem Gewinn auch propagandistischen Einfluss der Marine auf die Filmindustrie.

Anscheinend hat er sich eine Bürgschaft erschlichen, indem er den Finanz- und den Wehrminister gegenseitig glauben machte, der andere habe bereits alles geprüft und abgesegnet. Dafür wird jetzt, nach dem Bankrott der Phoebus, der Steuerzahler aufkommen müssen. Korvettenkapitän Canaris, der ja in den letzten Monaten aufgrund seiner Verstrickungen in die Schwarze Reichswehr häufig Thema in der *Weltbühne* war, scheint ebenfalls seine Hand dabei im Spiel zu haben.«

Derweil hatten sie ihr Ziel erreicht, ein Haus, hinter dessen Fenstern im Erdgeschoss bläuliche Lichtpunkte zu sehen waren. Hier lebte Friedhelm Bethke, ein weiterer ehemaliger Frontkamerad Gregors.

Noch immer war die Kriegsvergangenheit ihres Mannes für Diana ein Buch mit sieben Siegeln. Gelegentlich öffnete er sich ein Stück weit und sprach darüber, aber nur in knappen Worten, sodass seine Erlebnisse für sie abstrakt blieben. Es erschreckte sie, dass ihn die Geschehnisse von damals noch so belasteten, dass er nach Hendriks Aussage seinen ehemaligen Vorgesetzten Ottmar von Mörike am liebsten erwürgt hätte. Dennoch drängte sie Gregor nicht, ihr mehr zu erzählen, so schwer ihr das fiel. Er würde es von sich aus tun, sobald er dazu bereit war.

Gregor klopfte.

Eine dürre Frau öffnete ihnen. »Ja, bitte?«

»Wir möchten zu Friedhelm Bethke.«

Die Frau ließ sie ein. Gregor und Diana folgten ihr in eine weihnachtliche Wunderwelt. Ein halbes Dutzend Menschen war mit der Fertigung von Christbaumkugeln beschäftigt. Die bläulichen Lichtpunkte, die Diana von draußen gesehen hatte, entpuppten sich als Stichflammen von Gasbrennern, die zwei Lampenbläser benutzten, während sie mit den Füßen einen Blasebalg betätigten und Glaskugeln bliesen. Frauen füllten mit einem Stechheber Silber in die fertigen

Kugeln, eine Lösung aus salpetersaurem Silber, Ätzkali und Milchzucker, wie Diana noch aus ihrem Studium wusste, und schüttelten die Kugeln in heißem Wasser, wodurch sich das Silber gleichmäßig an den Wänden niederschlug. Kinder waren damit beschäftigt, von den trockenen Kugeln die Spieße abzuschneiden, auf die Schnittstelle ein Metallkäppchen mit Ring zum Aufhängen zu leimen, Kartons mit zwölf Fächern mit Watte auszulegen und die Kugeln vorsichtig darin zu verpacken.

Gregor trat auf einen der Männer am Gasbrenner zu. Obwohl der seine Arbeit geschickt verrichtete, wirkte er irgendwie fehl am Platz.

»Guten Morgen, Friedhelm.«

Der Mann schaute auf. »Gregor?«

»Kann ich kurz mit dir sprechen?«

»Sicher.« Herr Bethke schaltete seinen Brenner ab und erhob sich.

»Das ist meine Frau, Diana.«

»Sehr erfreut.«

Herr Bethke sprach leise, so leise, dass Diana sich anstrengen musste, um ihn zu verstehen. Ihr fiel auf, dass er Schwierigkeiten zu haben schien, einem in die Augen zu sehen. Er stellte die anderen Anwesenden vor, Verwandte und Nachbarn, die ihnen zunickten, ohne ihre Arbeit zu unterbrechen. Dann führte er Diana und Gregor in einen Nebenraum, befreite einen Tisch von Kartons und bot ihnen Platz an. Sie setzten sich.

Eine Weile sagte niemand ein Wort.

»Hast du … Bist du in Ordnung?«, fragte Gregor schließlich.

»Ich kann seit anderthalb Jahren wieder arbeiten. Hier.« Herr Bethke hielt seine ausgestreckte Hand hoch. Um zu zeigen, dass sie ruhig blieb?

»Freut mich für dich. Ist das hier ... Machst du das schon lange?«

»Seit März. Im März beginnen die Bestellungen für den Außenhandel, für den Versand nach Amerika und anderswo. Das ging bis Ende Juni. Danach mussten wir sehen, wo wir bleiben, bis im Herbst die Aufträge für Deutschland hereinkamen. Seit Oktober haben wir wieder Arbeit.«

»Als Betriebsschreiber hast du keine Anstellung mehr bekommen?«

Herr Bethke schüttelte den Kopf. »Ich will mich nicht beklagen. Eine meiner Schwestern arbeitet in Lauscha, dem Zentrum der Christbaumschmuckanfertigung. Sie hat dafür gesorgt, dass wir Aufträge erhalten. Wir sind gewissermaßen eine Außenstelle.«

Gregor deutete auf die Kartons. »Wie viele Kugeln schaffst du am Tag?«

»Siebenhundert. Ein guter Bläser schafft tausend, aber so weit bin ich noch nicht.«

Gregor nickte und ließ seinen Blick über die gestapelten Kartons schweifen. Es mussten Hunderte sein.

»Du hast damals viel für mich gewagt«, sagte Herr Bethke. »Danke.«

»Du dankst mir für etwas, für das ich keinen Dank verdiene. Ich habe einfach nicht nachgedacht. Ich fürchte, wenn ich es getan hätte, hätte ich dir nicht im selben Maße beigestanden.«

»Du hast es getan, das ist alles, was für mich zählt.«

Diana verfolgte das Gespräch, ohne zu verstehen, worum es ging. Ein weiteres Detail, das Gregor ihr nie erzählt hatte. Was sie jedoch am meisten überraschte, war seine Stimme. So weich hörte sie ihn selten sprechen. Mit ihr sprach er manchmal auf diese Weise, mit Michael. Mit Hendrik, wenn der mal wieder unter seinen Studenten litt. Diesen Tonfall reservierte er für Menschen, die ihm nahestanden. Oder Schlimmes durchgemacht hatten.

»Warum bist du hier?«, wollte Herr Bethke wissen.

»Golo Bartels ist tot. Ermordet.«

Herr Bethke verschob eine Kerze auf dem Tisch.

»Du sagst gar nichts.«

»Was soll ich denn sagen?«

»Zum Beispiel: Es gibt noch eine Gerechtigkeit.«

»Wenn es die gäbe, hätte es einen anderen erwischen müssen.«

»Da hast du wohl recht.«

Diana verstand keine der Anspielungen, aber sie wagte nicht nachzufragen. Sie fühlte sich unwohl. Als belausche sie ein intimes Gespräch. Oder eine Beichte.

»Im Lazarett habe ich gelernt, dass es zwei Arten Kranke gibt«, fuhr Herr Bethke fort. »Die harmlosen liegen in vergitterten Stuben und heißen Irre, die gefährlichen sperren die harmlosen ein und dürfen sie nach Herzenslust quälen. Bartels ist tot – was kümmert es mich? Es erwischt immer die Kleinen, die großen Verbrecher machen Karriere.« Er sagte es kühl, als beträfe es ihn nicht, aber Diana hörte das Zittern unterdrückter Wut in seiner Stimme.

»Bartels hat ihn beim Prozess gedeckt.«

»Und deswegen denkst du, ich könnte etwas mit dem Mord zu tun haben?«

»Es ist mein Beruf, dem nachzugehen.«

»Ja, das ist es. Aber ich habe es nicht getan.«

»Doktor Mentzel hat dafür gesorgt, dass du nicht als Kriegsversehrter anerkannt wurdest, stimmt's?«

»Ich hätte eine ›Rentenneurose‹, das waren seine Worte. Rentenneurose! Ich sei ein Simulant. Ein Drückeberger.«

»Ich hätte dir gewünscht, dass du mit deiner Klage erfolgreich bist. Dass Mentzel freigesprochen wurde, ist und bleibt ein Skandal.«

»Er konnte sich damit herausreden, dass all die glorreichen Autoritäten dieselben Methoden anwandten wie er. Und darauf, dass im Krieg ja keine Zeit war für etwas anderes. Die Richter waren überaus verständnisvoll. Nicht der kleinste Makel ist an ihm hängen geblieben, im Gegenteil. Er spreizt sich auf Ärztekongressen und führt eine erfolgreiche Praxis.«

»Ich weiß. Zurück zum eigentlichen Grund meines Hierseins. Wo warst du am Samstag, den dritten Dezember?«

»Hier. Gegen Ende der Saison arbeiten wir sieben Tage die Woche.«

»Die ganze Zeit?«

»Von morgens bis abends.«

»Wann hast du Bartels zuletzt gesehen?«

»1918. An dem Tag, als ich ins Lazarett kam.«

»Und die anderen? Hast du einen von denen wiedergetroffen?«

»Ich meide den Kontakt. Mit dem Kapitel habe ich abgeschlossen.«

Das mochte er sich vielleicht einreden, aber was immer während des Krieges vorgefallen war, es prägte sein Leben und belastete ihn, das war nicht zu übersehen.

»Du hast also keine Vermutung, wer es gewesen sein könnte?«

Herr Bethke schüttelte den Kopf. »Was ist mit dir?«, fragte er. »Willst du, dass man den Mörder fängt?«

»Natürlich.«

»Natürlich.« Herr Bethke nickte, mehr für sich selbst. »Bartels war eben nur ein kleiner Fisch, stimmt's? Einer, der sein bisschen Macht auskostete. Im Grunde eine bemitleidenswerte Figur. Diejenigen, die uns wirklich Schmerz zufügen, denen jeder Funke Menschlichkeit abgeht, die sitzen immer in unangreifbaren Positionen, das weißt du selbst am besten.« Jetzt hatte seine Stimme beinahe dieselbe Wärme wie Gregors.

»Du hast von Lilly gehört?«

»Sicher.«

»Du warst doch schon weg, als ich das Telegramm bekam.«

»Es hat sich herumgesprochen. Ich wollte dir schreiben. Wenn ich nicht so in meine eigenen Probleme verstrickt gewesen wäre …«

»Das verstehe ich.«

»Ich nehme an, dich hätte ohnehin kein Brief trösten können.«

»Nein.« Gregor erhob sich. Offenbar war ihm das Thema unangenehm. »Danke, dass du dir Zeit für meine Fragen genommen hast.« Er schüttelte ihm die Hand. »Ich bin froh zu sehen, dass es dir wieder besser geht.«

»Auf Wiedersehen, Gregor. Auf Wiedersehen, Frau Lilienthal.« Herr Bethke verbeugte sich leicht und brachte sie zur Tür. Dort hielt er noch einmal inne. »Zweifelst du manchmal an deinem Beruf?«, fragte er Gregor. »Ich meine, wenn du merkst, dass eine gerechte Sache verliert?«

»Immerzu, Friedhelm. Immerzu.«

7

»Franz Hasler, aha«, sagte Hendrik. »Und wer ist das nun wieder?«

»Ein Dieb«, erwiderte Gregor. »Das war er schon damals an der Front. Später hat er einen Beruf daraus gemacht. Dass er mal Schlosser gelernt hat, kam ihm sicher dabei zugute. Er saß zwei Jahre wegen Juwelendiebstahl und anderen Einbrüchen und gehört jetzt zur organisierten Unterwelt. Mitglied beim Ringverein *Immertreu*.«

»Und er stand auch mit Golo Bartels in Kontakt?«

»Nein. Zumindest deutet nichts in dessen Büro darauf hin. Aber er ist der Letzte auf meiner Liste.«

»Auf welcher Liste?«

»Auf der Liste mit denjenigen, die eines weiter zurückliegenden Mordes verdächtig sind.«

»Aus dem Krieg, nicht wahr? Du hast es ein-, zweimal angedeutet. Was ist damals geschehen?«

»Erzähle ich dir ein andermal.«

»Das sagst du immer.«

Die Brüder kämpften sich durch das Schneetreiben und hielten dabei ihre Hüte fest. Samstagabend hatte es begonnen, und auch jetzt blies einem der Sturm die Flocken ins Gesicht und in den Mantelkragen. Überall stockte der Verkehr, die Weichen der Vorortbahnen waren eingefroren. In London lagen zahlreiche Autos mit geplatzten Kühlern am Straßenrand. In der Schweiz herrschten teilweise zwanzig Grad Kälte.

Hendrik hatte trotzdem Spaß an dem Wetter. Es brachte ihn in Weihnachtsstimmung. Gestern hatte er ein paar Bücher für Anton gekauft, dem er immer noch privat Philosophieunterricht erteilte. *Lederstrumpf, Oliver Twist*, Geschichten von Edgar Allan Poe. In zwei Monaten wurde der Junge sechzehn. Wie doch die Zeit verging!

Und Josephine? Seit ihrer Begegnung neulich dachte er immerzu an sie. Er würde ihr gern eine Karte zu Weihnachten schicken. Aber vielleicht fand sie das peinlich. Vor allem wenn sie immer noch mit diesem Offizier zusammen war. Das könnte regelrecht unangenehm werden. Andererseits schien sie sich ehrlich gefreut zu haben, ihn zu treffen. Eine schwierige Entscheidung.

»Am Samstag haben die Kollegen von der Politischen Polizei eine Haussuchung in der Geschäftsstelle von Kapitän Ehrhardt vorgenommen«, sagte Gregor.

»Ich weiß, es stand in der Zeitung. Im Auftrag des Magdeburger Polizeipräsidenten, stimmt's? Weil der Verdacht aufkam, dass der verbotene Wikingbund weiterhin besteht. Es wurden Unterlagen beschlagnahmt, aus denen hervorgeht, dass Ehrhardt Kontakt zur Hitlerbewegung hält.«

»Ja. Was allerdings nicht in der Zeitung steht, ist, dass anscheinend auch Bartels darin verstrickt war, vermutlich im Namen der Reichswehr. Außerdem belegen die Unterlagen Beziehungen zwischen Wikingführern und hochrangigen Marineoffizieren. Beispielsweise zu Korvettenkapitän Canaris, der dem Wikingbund Gelder zukommen ließ. Schon wieder Canaris! Ich muss mich wohl mal näher mit ihm beschäftigen. Er scheint wesentlich am Ausbau der Schwarzen Reichswehr beteiligt.«

»Scheidemann hat doch schon Ende vorigen Jahres auf die Verbindungen zwischen Reichswehr, Ehrhardts Freikorps und dem Hitlerputsch hingewiesen.«

»Richtig. Aber jetzt haben es die Kollegen schwarz auf weiß und aus erster Hand.«

»Glaubst du, Bartels ist einem Fememord zum Opfer gefallen?«

»Nein. So etwas geschieht im Allgemeinen still und heimlich, nicht in der Öffentlichkeit.«

»Dann war es vielleicht eine Warnung an jemanden?«

»Möglich. Aber irgendwie kann ich das nicht glauben. Nenn es meinetwegen Instinkt. Die Verkleidung als Weihnachtsmann … Für mich klingt das improvisiert.«

Sie näherten sich dem *Schwarzen Walfisch*, einem der Tagungslokale von *Immertreu*. Ein Mann löste sich aus dem Schatten eines Nachbarhauses und schlenderte in die Schenke.

»Wir werden angekündigt«, sagte Gregor.

»Glaubst du, der Mann stand Schmiere?«

»Die riechen einen Polizeibeamten zehn Kilometer gegen den Wind.«

Sie betraten ebenfalls das Lokal. Die anwesenden Gäste benahmen sich derart unauffällig, dass selbst Hendrik merkte, dass sie gewarnt worden waren.

»Wir möchten Franz Hasler sprechen«, sagte Gregor zum Wirt. »Da drin, nehme ich an.« Ohne eine Antwort abzuwarten, steuerte er auf die Tür zu einem Hinterzimmer zu und öffnete sie.

Drinnen blickten ihnen gut zwanzig Männer entgegen, die betont zwanglos herumlungerten. Zigarettenrauch hüllte den Raum in bläulichen Dunst. In einer Ecke hing die Vereinsfahne mit dem Spruch: *Lass Neider neiden, Hasser hassen, was Gott uns gönnt, muss man uns lassen*. Es sah aus, als sei hastig umgeräumt worden. Bierkrüge standen unglaubwürdig dicht auf einem Tisch, auf dem sich eben wohl noch andere Dinge befunden hatten. Manche Männer hielten zu viele Karten in der Hand, andere keine einzige. Ein Stuhl war umgefallen und noch nicht wiederaufgerichtet worden. Hinter einem Kerzenständer lag ein Dietrich, den einer der Versammelten hastig verschwinden ließ. Hendrik bemerkte einen Hinterausgang, dessen Tür nur angelehnt war. Entweder hatte sich jemand mit schlechtem Gewissen davongemacht, oder sie diente der Vorsichtsmaßnahme.

»Sieh an, Gregor!«, sagte einer der Männer und drehte sich zu seinen Kameraden um. »Das is' mein alter Kumpel Gregor aus'm Krieg.«

»Hallo, Franz. Lange nicht gesehen.«

»Stimmt. Muss ich jetzt ›Herr Kommissar‹ zu dir sagen?«

Hendrik betrachtete den Mann. Man sah ihm den Dieb nicht an. Er hätte ebenso gut Ringer sein können. Im Grunde genommen wirkte er wie der erfolglose Bruder eines gut situierten Bürgers, der dessen abgelegte Kleidung trug und dessen Habitus imitierte, dabei aber immer eine Spur daneben lag. Er erinnerte ihn an einen Satz von Georg Christoph Lichtenberg: *Seine eigene Figur lachte ihn aus.*

Gregor ignorierte die Frage. »Du hast einen Bauch bekommen, Franz.«

»Wir werden alle älter.«

»Die Geschäfte laufen gut, was? Aber deswegen bin ich nicht hier. Können wir uns irgendwo privat unterhalten?«

»Also, ich muss schon sagen! Kommst hier rein, stellst mich vor meinen Freunden bloß, und jetzt soll ich auch noch mit dir in eine stille Ecke verschwinden? Nee, das sind alles meine Brüder, vor denen hab ich keine Geheimnisse.«

»So ungewöhnlich wird es ja wohl nicht sein, dass jemand von euch mit einem Kriminalbeamten spricht.«

»Nicht mit einem wie dir.«

Hendrik vermutete, dass Gregor die Bemerkung als Kompliment nahm. Im Großen und Ganzen stand die Polizei den Ringvereinen wohlwollend gegenüber. Man konnte seine Pappenheimer im Auge behalten, ab und zu gab es auch mal einen Tipp von der Zunft, die lieber einen Fremden ans Messer lieferte, als ihre Geschäfte durch eine Razzia stören zu lassen. Außerdem handelte es sich bei den Ganoven um die harmlosere Sorte, ihr Ehrenkodex verbot Mord und Sexualdelikte. Selbst Kriminalrat Gennat verkehrte auf vertraulichem Fuße mit ihnen. Doch obwohl Gregor den Leiter der Mordkommission schätzte und viel von ihm gelernt hatte, darin mochte er ihm nicht folgen. Mit Mitgliedern des organisierten Verbrechens wollte er sich nicht gemeinmachen.

»Also schön, wie du willst.« Gregor setzte sich zu ihm, Hendrik nahm auf einem anderen Stuhl Platz. »Ich will mit dir über Golo Bartels reden.«

»Was gibt's denn über den zu reden?«

»Er ist tot.«

»Ja, hab's gehört. Der linke Hund! Weißt du noch, wie er Joscha vierzehnmal das Bett bauen ließ, weil er immer was daran auszusetzen hatte? Und wie Friedhelm eine halbe Stunde Kniebeugen machen musste, weil seine Unterhose einen Zentimeter über den Rand des Schemels rausragte, auf dem er seine Kluft ausrichten sollte?«

»Ich bin nicht hier, um Erinnerungen auszutauschen.«

»Schade.«

»Du hast nicht zufällig etwas mit seinem Tod zu tun?«

»Hab den seit dem Krieg nicht mehr gesehen. Überhaupt, warum sollte ich unsern guten alten Bartels kaltmachen?«

»Weil er dafür gesorgt hat, dass du wegen Diebstahls belangt wirst, zum Beispiel.«

»Und dann warte ich neun Jahre, um mich zu rächen? Mann, da hab ich wirklich Besseres zu tun.«

»Wo warst du am Samstag, den dritten Dezember, am späten Nachmittag?«

»Lass mich denken. Richtig, da war ich in Geschäften unterwegs.«

»In Geschäften, aha. Wo?«

»Hab Ware abgeholt. Von einer Firma am anderen Ende der Stadt.«

»Name?«

»Fortuna Import-Export.«

Zweifellos hätte er ein einfacheres Alibi haben können. Seine Kumpane wären sicher bereit, jeden Eid zu schwören, dass er mit ihnen hier am Tisch gesessen hatte. Also entsprach seine Aussage vermutlich der Wahrheit.

»Schutzgeld?«, erkundigte sich Gregor. »Diebesgut verhökern?«

Hasler grinste. »Es kränkt mich, dass du mir so viel Schlechtes zutraust. Ich bin ein ehrenwerter Kaufmann. Stimmt's, Jungs?«

Die Männer am Nebentisch stießen sich an und grinsten mit.

»Ich mache öfters Geschäfte mit denen. Seriöse Geschäfte.«

»Ich werde es überprüfen.«

»Hab ich mir gedacht.«

»Hast du noch Kontakt zu jemandem aus dem Krieg?«

»Nee. Ich hab's nicht so mit Kriegserinnerungen. Mich interessiert mehr, was jetzt ist.«

Hendrik hörte nicht länger zu. Es war offensichtlich, dass sie hier nichts Neues in Erfahrung bringen würden. Gregor griff offenbar nach Strohhalmen. Er wirkte regelrecht besessen. Sein sonst so unbestechlicher Blick war durch seine Kriegserinnerungen getrübt. Die Vergangenheit bestimmte sein Vorgehen. Und wenn er nicht endlich bereit war, sich dieser Vergangenheit zu stellen, sah Hendrik schwarz für die Gegenwart.

8

Nun würde es doch keine weiße Weihnacht geben! In ein paar Stunden begann der Heilige Abend, und kein Schnee weit und breit. Schade. Hendrik sah aus dem Autofenster, hinter dem schmutzige Straßen und ein trüber Himmel vorbeihuschten, und verlor sich im Anblick der Leuchtreklamen.

Seit Kurzem waren die Verkehrszeichen im Reich vereinheitlicht worden. Gefahrentafeln mussten jetzt dreieckig sein, Sperrschilder besaßen eine Pfeilform, neu waren viereckige Geschwindigkeitstafeln. Außerdem durften die Verkehrszeichen keine Werbung mehr enthalten, weshalb die Automobilklubs sie nicht länger kostenlos lieferten.

Ein Dixi kam ihnen entgegen, einer dieser neuen Kleinwagen. Nächstes Jahr sollte ein Ford auf den Markt kommen, der angeblich eine Geschwindigkeit von neunzig Stundenkilometern schaffte.

Während Gregor und Diana vorn in ein Gespräch vertieft waren, ließ Hendrik seine Gedanken schweifen. Die kargen Weihnachtsfeste nach dem Großen Krieg kamen ihm in den Sinn. Damals konnte sich kaum jemand einen Christbaum leisten. Ein paar kümmerliche Tannenzweige, in die Löcher eines Besenstiels gesteckt, mussten als Ersatz herhalten. Kinder erhielten Äpfel und Spekulatiuskekse oder die abgetragenen Schuhe älterer Geschwister als Geschenk, mehr gab es nicht. Den Mädchen schenkte man vielleicht eine Puppe aus alten Soldatenmänteln und Strumpfresten.

Denk an etwas Schönes! An Josephine, zum Beispiel. Er hatte sich dazu durchgerungen, ihr einen Weihnachtsgruß zu schicken, und eine Stunde an der Formulierung von zwei

Sätzen gefeilt. Nicht zu aufdringlich sollte es klingen, aber doch von Herzen kommen. Ob sie sich darüber freute? Oder würde sie es albern finden? Oder, noch schlimmer, einen kurzen Blick darauf werfen und den Gruß dann zum Abfall tun? Nun, er konnte jetzt nichts mehr daran ändern.

»Edgar war vorhin bei dieser Import-Export-Firma, von der Franz Hasler gesprochen hat«, sagte Gregor gerade auf eine Frage Dianas hin, und Hendrik hörte wieder zu.

»Hat er etwas herausgefunden?«

»Es scheint sich um einen windigen Betrieb zu handeln, aber alles andere hätte mich auch überrascht. Immerhin scheint Haslers Alibi zu stimmen. Edgar hat mit einem Botenjungen gesprochen, der ihm glaubwürdig erschien, und der hat angegeben, dass Hasler am fraglichen Tag ein paar Pakete abgeholt hat. Vermutlich Hehlerware. Na ja, das soll uns nicht kümmern.«

Gregor fuhr auf den Hinterhof des Olex-Verwaltungsgebäudes, weil er tanken musste, und parkte dicht an der eisernen Jungfrau, wie die zwei Meter hohe schmiedeeiserne Zapfsäule genannt wurde. Er stieg aus, winkte Richtung Tankhaus und steckte den Einfüllrüssel in den Tank. Während er den Schlauch festhielt, begann der Olex-Angestellte, ein junger Bursche von vielleicht achtzehn, neunzehn Jahren, das Benzin per Hand in einen Zwanzig-Liter-Zylinder zu pumpen. Anschließend stellte sich der Junge in die Tür und beobachtete mit einem Auge das Auto, mit dem anderen den auslaufenden Zylinder samt Messglas. Offenbar besaß er noch nicht viel Erfahrung, denn plötzlich schwappte das Benzin über und spritzte auf Gregors Schuhe. Fluchend sprang der beiseite. Diana hielt sich ein Taschentuch vor die Nase. Der Benzingeruch machte ihr zu schaffen.

Endlich konnten sie weiterfahren und erreichten schon bald die Tempelhofer Vorstadt. Gregor hatte sich Fräulein

Kanitz' Privatadresse besorgt. Sie verbarg etwas, so viel stand fest. Auch wenn sie es leugnete, Gregor war überzeugt davon, dass sie die Frau war, die von der Nachbarin gesehen wurde, wie sie weinend aus Bartels' Büro kam. Er hatte gehofft, dass sie es sich überlegen und ihn von sich aus kontaktieren würde, aber da sie das nicht tat, wollte er ihr auf den Zahn fühlen.

Sie fuhren an der Markthalle am Marheinekeplatz vorbei. Gestern hatte Hendrik dort die Weihnachtsgans besorgt, eine von einer Million Weihnachtsgänsen, die dieses Jahr aus dem Oderbruch nach Berlin geliefert wurden.

Gregor parkte in der Jüterboger Straße, direkt vor dem Haus, in dem Adele Kanitz wohnte. Sie stiegen aus und schritten auf den Eingang zu. Gerade als Gregor öffnen wollte, wurde die Tür aufgerissen, und jemand eilte mit stürmischem Schritt hinaus. Der Mann stieß so hart mit Gregor zusammen, dass der das Gleichgewicht verlor und auf die Straße stürzte.

»Entschul-«, sagte der Mann, erstarrte – und rannte davon, zwischen Müttern mit Kinderwagen, Rentnern, die ihren Hund ausführten, und spielenden Kindern hindurch.

Im Nu war Gregor auf den Beinen und jagte dem Mann nach. »Stehen bleiben!«, brüllte er.

Hendrik sah, dass Diana drauf und dran war, es ihm gleichzutun. »Bleib hier«, rief er ihr zu, »denk an dein Kind!« Dann hetzte er hinter seinem Bruder her die Friesenstraße hinunter, auch wenn er keine Ahnung hatte, warum der den Mann verfolgte.

Der Abstand zwischen Gregor und dem Flüchtenden verringerte sich, deshalb überquerte der Mann die Bergmannstraße und stürzte in die Markthalle am Marheinekeplatz, wohl in der Hoffnung, seine Verfolger im Gedränge loszuwerden. Gregor folgte ihm auf dem Fuße, kurz danach hastete auch Hendrik durch das Portal.

Anscheinend war gerade Stoßzeit. Hunderte von Menschen wimmelten durch die Halle und drängten sich an den Ständen mit frischen Lebensmitteln aus der Mark Brandenburg, der Magdeburger Börde und dem Havelland. Der Geruch nach Tee, Vanille und Muskatnuss vom Kolonialwarenstand zu seiner Rechten mischte sich mit dem Duft der Blumen vom Stand zu seiner Linken. Das Summen von Rufen und Gesprächen erfüllte die Halle.

Gregor übertönte das Geschnatter an den Ständen, das Anpreisen der Waren und das Feilschen, indem er »Polizei! Haltet den Mann auf!« brüllte, doch bis die Menschen reagierten, war der Fliehende schon weiter.

Hendrik hielt Ausschau nach dem Hallenpolizisten, aber wie immer, wenn man einen brauchte, war er nicht da. Auch der Halleninspektor war nirgends zu sehen, nur ein Aufseher, der gerade an einem Stand mit lebenden Fischen die Miete kassierte. Der Flüchtende gab ihm einen Stoß, sodass der Bedauernswerte in das Marmorbecken mit den Fischen stürzte, und hetzte in einen Seitengang. Rücksichtslos zwängte er sich durch die Menschenmenge und schleuderte diejenigen beiseite, die ihm im Weg standen. Hausfrauen und Dienstmädchen, Rentner und Diener krachten in Butter- und Käsestände oder rissen Auslagen mit Brot und Kuchen um.

Gregor war dem Mann bereits gefährlich nahe. Der Flüchtende, der soeben am Stand eines Schlachters vorbeieilte, packte eine der Schweinehälften, die an den Haken einer Stahlvorrichtung hingen, und schwang sie gegen Gregors Kopf. Als der ihn beinahe zu fassen bekam, hechtete er in einen Seitengang, riss an den Auslagen eines Haushaltswarenstandes und kippte ihm Schüsseln und Bürsten, Stiefelwichse und Strumpfhalter in den Weg. Gregor rutschte auf einer Bürste aus, stürzte, fing sich im letzten Augenblick und hetzte weiter. Er rief nicht länger, sondern sparte sich seinen Atem.

Wütende Standbesitzer und gestürzte Käufer schimpften und fluchten hinter ihnen her. Vom Geschrei angelockt tauchte endlich der Halleninspektor auf, erkennbar an seiner Uniform, dem grauen Mantel und der Schirmmütze. Er entdeckte die Ursache des Übels, setzte ihm nach und geriet dadurch Gregor in den Weg. Käfige mit Hamstern und Meerschweinchen polterten auf den Hallenboden, einer sprang auf, zwei verängstigte Hamster huschten zwischen den Beinen der kreischenden Menge hindurch.

Hendrik versuchte, dem Flüchtenden an den gusseisernen Säulen entlang den Weg abzuschneiden, knallte dabei jedoch gegen den eisernen Kastenwagen mit Abfällen, den ein Hallenarbeiter eben auf den Hauptgang schob. Er taumelte zurück, fasste sich und stürzte weiter, ohne auf den Schmerz in seiner Schulter oder den schimpfenden Arbeiter zu achten.

Unerwartet tauchte ein Kellner der Speisewirtschaft mit einem Tablett vor ihm auf. Hendrik konnte nicht mehr ausweichen und lief in ihn hinein. Beide gingen zu Boden, das Tablett flog durch die Luft, Tassen zersprangen, Spritzer von heißem Glühwein ergossen sich über die Umstehenden. Bis Hendrik sich entschuldigt und die Situation geklärt hatte, war der Flüchtende längst verschwunden.

Auch Gregor hatte Pech gehabt. Er saß inmitten einer Lache aus zerbrochenen Eiern, zerstoßenem Eis und Fischen und schien die Verkäufer, die ihn anbrüllten, kaum wahrzunehmen.

Hendrik humpelte zu ihm hinüber. Sein Bruder war bleich, seine Knie zitterten. »Geht es dir nicht gut? Bist du verletzt? Was ist los, wer war der Mann?«

Gregor wandte sich ihm zu. Sein Adamsapfel hüpfte. So entsetzt hatte Hendrik ihn noch nie erlebt. »Es hört nicht auf«, sagte Gregor. Schluckte. Schluckte noch einmal. »Es hört nicht auf.«

»Was?«

»Die Vergangenheit … sie holt einen immer ein.«

II

Neun Jahre zuvor
Dienstag, 19. März 1918, bis Mittwoch, 15. Januar 1919

Der Kubismus beginnt in den Schützengräben.

Fernand Léger über einen Weltkrieg, in dem man beständig mit zerstückelten Menschen und verstreuten Gliedmaßen konfrontiert wurde.

9

Die Menschen werden zu Idioten gemacht, damit ihnen das Verbrecherische ihres Tuns nicht zu Bewusstsein kommt, dachte Gregor. Als wäre der Krieg an sich nicht schon schlimm genug, dass man auch noch die ewigen Schikanen der Vorgesetzten ertragen muss.

Unteroffizier Bartels ließ sich wie immer Zeit beim Morgenappell. Er inspizierte die Waffen, die Uniformen, sogar die Fingernägel, als handele es sich bei seinen Untergebenen um das Personal eines Luxushotels.

Gregor wappnete sich mit Geduld. An seiner äußeren Erscheinung gab es nichts auszusetzen, doch unter der Uniform fühlte er sich schmutzig. Wasser war knapp, waschen konnte man sich allenfalls in den rückwärtigen Stellungen, jeder Soldat roch nach Schweiß.

Golo Bartels war jetzt bei ihm angelangt. »Halten Sie sich gefälligst gerade, Lilienthal, Sie stehen da wie ein Affe!«

Gregor richtete sich auf und ließ seine Augen über den Himmel wandern, um den Mann nicht ansehen zu müssen. Bleigrau, wie immer. Es regnete und stürmte fast jeden Tag in Flandern. Alle sehnten den Sommer herbei. Die Wolken hingen tief, ohne jeden Zweifel würde es auch heute wieder regnen. Aber die Kameraden in der »Schlammpagne« hatten es auch nicht besser.

Bartels war mit der Inspektion des Gewehres fertig und begutachtete Gregors Uniform von oben bis unten, von unten bis oben.

Wie kleine Kinder behandeln sie uns. Damit wir nicht wie Erwachsene nachdenken und nach dem Sinn von alledem fragen.

»Was ist das da?«, brüllte der Unteroffizier. »Schlammspritzer auf den Hosenbeinen? Ein deutscher Soldat ist doch kein Dreckschwein!«

Natürlich hatte er Schlammspritzer auf der Uniform. Jeder hatte die. Was auch sonst in diesem Dreckloch. Der Anraunzer war reine Schikane, weil Bartels ihn nicht leiden konnte. Es störte ihn, dass er nie wusste, was in Gregors Kopf vorging. Es störte ihn immer irgendwas, aber das besonders. Unterwürfigkeit, Widerspruch, Zorn, all das genoss er. Keine Reaktion zu bekommen, frustrierte ihn.

Gregor sah nicht nach unten. Die Genugtuung würde er dem Kerl nicht geben. Lieber richtete er seine Augen auf den Sanitäter, der zum Notdurftgraben unterwegs war, um diesen mit Kalk zu bespritzen.

»Haben Sie dazu etwas zu bemerken, Gefreiter Bulette?«

Seit Bartels herausgefunden hatte, dass Gregor Polizist war, nannte er ihn manchmal so. Es sollte wohl eine verballhornte Form von »Bulle« darstellen. Gregor vermutete, dass der Unteroffizier in seinem früheren Leben gelegentlich mit dem Gesetz in Konflikt geraten war.

»Haben Sie Bohnen in den Ohren, Gefreiter Bulette?«

»Nein, Herr Unteroffizier.«

»Was – nein? Keine Bohnen in den Ohren oder nichts zu bemerken?«

»Beides, Herr Unteroffizier.«

Gregor blickte stur geradeaus. Eine bewährte Taktik, um dem, was in ihm schwelte, keine Nahrung zu geben. Die Offiziere faselten gern von Disziplin. Sie hatten keine Ahnung, was Disziplin wirklich bedeutete. Was es hieß, das, was in einem brodelte, niederzukämpfen, und jede Muskelregung, jeden Atemzug der Kontrolle seines Willens zu unterwerfen.

Bartels trat vor und versperrte ihm den Blick. Gregor sah durch ihn hindurch. Es spielt keine Rolle, was dieser Idiot daherredet. Es hat nichts mit dir zu tun. Es betrifft einen anderen, der zufällig im gleichen Körper wohnt. Du bist gar nicht hier. Du bist daheim bei Lilly.

»Wenn ich Sie noch mal mit schmutziger Uniform erwische, lasse ich Sie strafexerzieren bis zum Umfallen.«

»Zu Befehl, Herr Unteroffizier!«

Golo Bartels ließ zwei, drei Sekunden verstreichen, dann nickte er, als habe er einen Sieg errungen, und wandte sich dem nächsten Soldaten zu.

War es vorbei? Anscheinend. Nicht weil Bartels schon zufrieden wäre. Sondern weil er es nicht abwarten konnte, zu Joscha Luck zu kommen. Gregor mochte er nicht, aber Joscha hasste er. Seit zwei Monaten, um genau zu sein.

Im Januar war ihnen ein feindlicher Soldat in die Hände gefallen, ein Mann aus Florennes. Bartels hatte ihn als »Froschfresser« beschimpft, woraufhin Joscha ihn verbesserte: »Florennes liegt in Belgien.« Es war eine gedankenlose Bemerkung gewesen, ohne besondere Absicht gesagt, wie man eben einen Irrtum korrigiert. Aber Golo Bartels war nicht der Mann, der sich verbessern ließ, schon gar nicht vor seinen Untergebenen. Seither drangsalierte er Joscha, wo er nur konnte. Wer weiß, vielleicht war er sogar derjenige gewesen, der ihm die Taschenuhr aus dem Unterstand gestohlen hatte.

»Wie können Sie es wagen, mir so unter die Augen zu treten, Luck?«, schnauzte Bartels. »Der Ärmel Ihrer Uniform ist in einem erbärmlichen Zustand. Unser Professor hat es wohl nicht nötig, auf ein anständiges Erscheinungsbild zu achten, wie?«

»Melde gehorsamst, meine Hand ist noch nicht richtig verheilt.« Joscha hielt seine verbundene Linke hoch, die er sich neulich an einer Stichflamme verbrannt hatte, als ein Funke den Sack Schießpulver zu seinen Füßen traf.

»Ach, Sie Ärmster! Sollen wir Ihre Mama an die Front holen, damit sie Sie tröstet?«

»Ich habe versucht, den Ärmel zu flicken, so gut es ging.«

Gregor schloss die Augen. Halt den Mund, Joscha! Du machst es nur noch schlimmer.

»›Ich habe versucht, den Ärmel zu flicken, so gut es ging‹«, äffte Bartels sein Opfer nach. »Will unser Professor wieder den Klugscheißer spielen, ja?«

»Nein, Herr Unteroffizier! Ich wollte nur –«

»Sie sind eine Schande für die Armee, Luck!«, bellte Bartels los und riss die geflickte Stelle der Uniform wieder auf. »Sie taugen zu gar nichts, nicht mal zum Scheißen. Bis morgen ist Ihre Uniform in tadellosem Zustand, sonst trete ich Ihnen in den Arsch, kapiert? Zur Strafe für Ihre Unverschämtheit werden Sie heute Nacht Schanzarbeiten verrichten und anschließend Vorpostendienst machen.«

»Mit Verlaub, ich bin seit Wochen jede Nacht draußen, Herr Unteroffizier.«

Halt den Mund, Joscha! Halt den Mund!

»Sie haben mir nicht zu widersprechen, Luck!« Golo Bartels' Stimme überschlug sich. »Das heißt: ›Zu Befehl, Herr Unteroffizier‹, sonst gar nichts.«

Sag es schon, Joscha! Sag es!

»Z… zu Befehl, Herr Unteroffizier.«

»Wegtreten!«

Schinder wie Bartels haben in der Armee nichts zu suchen, dachte Gregor, während sich die Soldaten an die ihnen zugewiesenen Arbeitsplätze begaben. Zumindest nicht als Vorgesetzte. Golo Bartels liebte es, seine Untergebenen zu schikanieren. Er hatte schon ausgewachsene Männer zum Weinen gebracht, indem er sie bei Frost Stillstehen üben ließ, die bloßen Finger am eisigen Gewehrlauf, oder damit quälte, in fünfzehnstündiger Arbeit harte Stiefel weich zu schmieren. Eine Beschwerde würde nichts bringen. Die Offiziere sahen über das hinweg, was die Unteroffiziere taten. Wenn sie nicht ohnehin selbst Schinder waren.

Immerhin, der Morgenappell lag hinter ihnen, der Tag konnte nur besser werden. Gregor watete durch teilweise knietiefes Wasser zur vordersten Linie des Schützengrabens, wo er einen Mann der Nachtwache ablöste. In der Kompanie herrschte erhöhte Alarmbereitschaft. Irgendwas tat sich bei der Obersten Heeresleitung. Vermutlich planten sie eine Frühjahrsoffensive. Eine Urlaubssperre war verhängt worden, was insbesondere Joscha, der gehofft hatte, endlich wieder nach Hause zu dürfen, zunehmend verzweifeln ließ. Gerüchteweise sollten die Engländer von den Franzosen getrennt und ins Meer getrieben werden. Die Langeweile der letzten Wochen war jedenfalls einer gesteigerten Nervosität gewichen, hüben wie drüben.

Gregor stützte sich auf die Sandsäcke der Brustwehr und spähte durch den Sehschlitz des stählernen Schutzschildes. Was er erblickte, war ihm nur allzu vertraut. Eine Kraterlandschaft. Jeder Fußbreit Boden wieder und wieder umgewühlt, sodass niemand mehr zu sagen vermochte, ob es sich früher einmal um eine Wiese, ein Feld oder eine Straße gehandelt hatte. Granattrichter, mit Wasser vollgelaufen, das durch häufigen Einsatz von Gas vergiftet war. Zersplitterte Baumstümpfe. Kein Grashalm, nicht ein einziger. Ein halb versunkener Tank der Briten, der nie wieder einen Graben überrollen würde und nun vor sich hin rostete. Stacheldrahtverhaue. Leichen, die niemand hatte hereinholen können, von Granaten hundertmal umgedreht und wieder zerrissen, kaum zu unterscheiden vom Dreck, in dem sie lagen. Eine Schlammwüste, die nach Verwesung und Exkrementen roch.

Jetzt fing es auch noch an zu regnen, wie erwartet. Schon im Sommer war der Stellungskrieg in Flandern kein Vergnügen, aber Herbst und Winter machten das Leben in den Stellungen bis ins Frühjahr hinein unerträglich. Das Wasser weichte den Lehmboden auf und sorgte dafür, dass ganze Landstriche unbegehbar waren. Die Tonablagerungen in der Erde verhinderten ein Versickern. Hinzu kam, dass die vielen Kanäle, die das Land wie ein Netz durchzogen, nach starken Regenfällen regelmäßig über die Ufer traten.

In diesem nassen Boden konnte man keine tiefen Gräben ziehen wie an der Somme, Brustwehre aus Erde und Sandsäcken ersetzten in der Höhe, was in der Tiefe nicht gelang. Weiter oben im Norden waren Schützengräben unmöglich, da boten Sandsäcke den einzigen Schutz vor feindlicher Artillerie. Ohnehin waren die ordentlich gestaffelten Gräben, die es zu Beginn des Krieges gegeben hatte, vielfach Granattrichtern mit Schützennestern gewichen.

Gregor blickte nach oben. Der Wind peitschte die Wolken ostwärts. Das eintönige Grau am Himmel reichte bis zum Horizont. Vermutlich würde es den ganzen Tag regnen. Wie gestern. Und vorgestern.

Er stapfte durch den Graben, den ein Witzbold mit dem Schild *Piccadilly Lane* versehen hatte, zum Scherenfernrohr. Ein Blick hindurch überzeugte ihn davon, dass drüben, bei den Engländern, alles ruhig war. Wenn er das Fernrohr schwenkte, konnte er rechts den vorgezogenen Graben seiner Einheit mit dem Horchposten ausmachen. Auch dort keine Bewegung.

Er stellte sein Gewehr gegen die Holzbohlen der Schanzverkleidung und zog den Gurt des Stahlhelms fester, auch wenn das nichts nützte. Er brauchte dringend einen neuen Helm. Das Lederfutter war lose.

Weiter hinten fingen sie wieder an, Wasser aus den Gräben zu pumpen, eine Sisyphusarbeit. Oft stand man hier tagelang im Wasser. Grabenfuß, bei dem das Gewebe abstarb und sogar eine Amputation nötig sein konnte, war keine Seltenheit, Erkältungen, Rheuma, Prostataerkrankungen waren an der Tagesordnung. Einige Kameraden zogen auch im Unterstand ihre Stiefel nicht aus, weil sie sie sonst wegen der angeschwollenen Füße nicht wieder anbekämen. Die es doch taten, mussten häufig feststellen, dass die Haut an ihren Füßen gleich mit abfiel. Die Schützengräben waren ein einziger Schweinekoben, man suhlte sich darin wie die Säue.

Ob es in Berlin auch regnete? Gregor stellte sich vor, wie Lilly auf dem Alexanderplatz ihren Schirm herunternahm, ihr Gesicht gen Himmel hielt und erklärte: »Der Regen ist ein zärtlicher Liebhaber.« Mit der für sie typischen Ernsthaftigkeit, mit der sie alles sagte, ob nun »Die Kartoffeln sind teurer geworden« oder »Ich möchte vier Kinder, mindestens«.

Was sie wohl von mir halten würde, wenn sie sehen könnte, wie ich mich drangsalieren lasse? Wie verdreckt ich bin, innen wie außen? Wenn sie wüsste, was ich getan, welche Schuld ich auf mich geladen habe? Wie viel Blut an meinen Händen klebt?

Denk an etwas Schönes. Denk daran, wie sie aussah als Braut, ganz in Weiß, mit ihrem hinreißenden Lächeln, zaghaft, weil sie dem Glück noch nicht so recht traute. Wie sie mir bei ihrem Jawort um den Hals fiel, weil sie sich nicht länger zurückhalten konnte. Allerdings führte ihn der Gedanke unweigerlich zur Mobilmachungsabteilung des Kriegsministeriums, die es nicht interessierte, dass er mitten aus den Flitterwochen gerissen wurde, als sie seine Einberufung befahl.

Lilly schrieb ihm beinahe jeden Tag. Dass sie als Straßenbahnschaffnerin arbeitete. Dass ihre Nachbarin Zwillinge bekommen hatte. Dass sie ihn liebte. Nichts von Hunger und Entbehrung. Aber Gregor las zwischen den Zeilen, wie es um sie stand. Wenn sie immer wieder erzählte, dass sie sich mit ihrer besten Freundin traf, war ihm klar, dass es an deren Arbeitsplatz gewesen sein musste, bei einer der fahrenden Volksküchen. Wenn sie sich darüber empörte, dass skrupellose Geschäftemacher »Puddingpulver« aus Leim oder »Pfeffer« aus Asche verkauften, ahnte er, dass sie aus eigener Erfahrung sprach. Wenn sie Scherze über die ausufernde Bürokratie bei den Lebensmittelkarten machte, spürte er die Not dahinter. Schließlich hatte er selbst den Kohlrübenwinter daheim miterlebt und wusste, wie es um die Versorgung der Zivilbevölkerung bestellt war.

Wenn er doch nur bei ihr sein könnte! Er würde dafür sorgen, dass sie genug zu essen bekam. »Zu zweit kann man alles ertragen«, hatte sie immer gesagt. Zu zweit waren sie stark. Zu zweit würden sie auch diese Zeiten überstehen.

Aber würde sie ihn überhaupt noch wollen, nach allem, was er getan hatte? Würde sie sich nicht mit Schaudern von ihm abwenden, wenn sie erfuhr …

Diesmal ließen sich seine Erinnerungen nicht länger beiseitedrängen. Diesmal spürte er wieder seine Angst, während sie durch das namenlose belgische Dorf schlichen und überall einen Hinterhalt befürchteten. Diesmal sah er wieder in aller Deutlichkeit, wie er an einen Brunnen herantrat, um einen Schluck Wasser zu trinken, wie er herumwirbelte, weil er ein verdächtiges Geräusch gehört hatte. Wie er den Mann sah und den auf ihn gerichteten Gegenstand in seiner Hand, den er für eine Waffe hielt. Wie er schoss. Um anschließend zu erkennen, dass es sich bloß um einen alten Mann mit lahmem Bein gehandelt hatte, der ihm eine Wodkaflasche hinhielt, ein Friedensangebot zweifellos. Wie er versuchte, mit seinen Händen das Blut aufzuhalten, und immer wieder »Es tut mir leid! Es tut mir leid!« flüsterte. Und wie der Mann in gebrochenem Deutsch »Du bist schnell, *boche*« sagte. Und starb. Der Erste in einer langen Reihe von Toten, die auf sein Konto gingen.

Bin das noch ich? Ist das noch der Mann, dem ein Menschenleben heilig war? Der nicht zuletzt deswegen Polizist wurde, weil ihm der Schutz Unschuldiger das Wichtigste auf der Erde zu sein schien?

Wie konnte er mit diesen Händen, mit dem unsichtbaren Blut daran, je wieder Lillys Gesicht berühren? Wie konnte er darauf hoffen, dass sie je wieder ein gutes Wort zu ihm sprach? Was würde sie von ihm denken, wenn sie die Wahrheit erfuhr, wenn sie erfuhr, dass Krieg nicht nur Dreck und Entbehrung und Angst bedeutete, sondern Verrohung und Schuld, Schuld, Schuld?

Sie würde ihn in den Arm nehmen, ohne Zweifel. Sie würde ihn halten, wenn die Tränen, die er Tag für Tag hinunterschluckte, endlich hervorsprudelten. Sie würde ihn verstehen. Eine solche Frau war sie. Eine, die die Welt liebte, obwohl sie sich keine Illusionen über sie machte. Eine, die in seiner Seele lesen konnte. »Komm nur zurück, lebend und in einem Stück«, hatte sie beim Abschied zu ihm gesagt. »Nichts anderes zählt. Versprich es mir. Schwöre es.« In ihrer typischen Ernsthaftigkeit, als würde sein Versprechen einen Unterschied machen. Als wäre er Herr über Leben und Tod.

Das war das letzte Mal, dass er sie gesehen hatte. Neun Monate ohne seine frisch angetraute Frau. Neun Monate an der Front, ohne Heimaturlaub. Aber vielleicht gab es

Hoffnung. Vielleicht war das Schlachten bald vorbei. Erst der Sonderfrieden mit der Ukraine, jetzt der Friedensvertrag mit Russland, das bedeutete ein Ende des Krieges im Osten. Konnte man dann nicht auch im Westen Frieden schließen?

Sei nicht albern, Gregor. Ludendorff und Hindenburg jubeln über die frei gewordenen Kräfte, die sie nun in neuen Offensiven gen Westen werfen können. In der Heimat wurde fleißig Propaganda für die achte Kriegsanleihe gemacht. Nein, es sah nicht so aus, als hätte irgendjemand vor, den Krieg zu beenden. Dabei wäre jetzt die beste, vielleicht die letzte Gelegenheit dazu. Im Augenblick konnte man möglicherweise noch einen ehrenhaften Verständigungsfrieden aushandeln. Wenn die deutsche Armee erst am Ende war – und entgegen dem Wunschdenken der Obersten Heeresleitung zweifelte Gregor keinen Augenblick daran, dass das über kurz oder lang der Fall sein würde –, wären sie gezwungen, sich dem Diktat der Sieger zu beugen.

Regenwasser lief in seinen Kragen und den Hals hinunter, als er seinen Kopf beugte, um Lillys Taschentuch hervorzuholen, das er immer über dem Herzen trug. Auch wenn er nicht so naiv war zu glauben, ihre Liebe würde ihn vor feindlichen Kugeln bewahren, so verschaffte ihr Tuch ihm doch zumindest Trost, wenn ihn wieder mal die Mutlosigkeit übermannte. Daran zu riechen war ein tägliches Ritual. Und obwohl ihr Geruch verflogen war und sowieso alles von seinem eigenen Schweiß überdeckt wurde, konnte er sich einreden, ihr auf diese Weise nahe zu sein.

»Sie hat längst einen anderen«, sagte jemand hinter ihm.

Auch ohne sich umzudrehen, wusste Gregor, wer da sprach. Franz Hasler gefiel sich darin, anderer Leute Gefühle in den Schmutz zu ziehen.

»Halt den Mund, Franz.«

»Sie treibt's vermutlich gerade mit so 'nem Lackaffen von Offizier.«

»Halt den Mund, habe ich gesagt.«

»Lass ihn in Ruhe.« Joschas Stimme.

Jetzt erst drehte sich Gregor um.

Sie waren alle da, alle fünf, mit denen er die Baracke teilte. Überhaupt drängten sich mehr Soldaten als sonst an der vordersten Linie. Die Offiziere waren wohl ebenfalls nervös und befürchteten, die Engländer würden einem Angriff zuvorkommen.

»Sollt ihr auch Wache schieben?«

»Nee, wir müssen die Grabenwände verstärken. Hinten sind sie an einigen Stellen wieder eingebrochen«, sagte Joscha. Er trug ein halbes Dutzend Bretter unter dem Arm und machte sich daran, die Abschnitte zu stützen, die durch den Regen nachzugeben drohten. Hier und da waren die Wände und der Boden im Laufe der Zeit mit Holzlatten, Reisiggeflecht oder Wellblech verschalt worden, aber über Flickwerk war diese Arbeit nie hinausgekommen. An anderen Abschnitten der Front wurden angeblich sogar die mit Pflöcken gestützten Leichen gefallener Kameraden verwendet, um Mauern zu bauen.

Lothar Fichte half ihm dabei, der Siebzehnjährige, den das Kriegsministerium ihnen als Kanonenfutter geschickt hatte. Er war erst vorgestern an die Front gekommen und geriet noch immer bei jedem ungewohnten Geräusch in Panik. Jetzt trat er an die Brustwehr, um hinüberzusehen.

»Halt deinen Schädel unten, Frischling«, sagte Franz. »Es gibt immer einen mit Zielfernrohr, der nur auf einen Dummen wie dich wartet.«

Erschrocken duckte sich der Junge.

Gregor versuchte, ihn einzuschätzen. Würde er durchhalten? Beim ersten Feuergefecht zusammenklappen? Dem

Frontkoller erliegen? Oder sich eines Tages selbst verstümmeln in der Hoffnung, in die Heimat zurückgebracht zu werden?

»Hast du ein Mädchen zu Hause?«, wollte Joscha von ihm wissen, während er ihm ein Brett reichte.

Verlegen schüttelte Lothar den Kopf.

»Ist auch besser so«, mischte sich Franz wieder ein. »Spart dir Enttäuschungen. Dem da«, er deutete mit einer Kopfbewegung auf Guntram Beier, »ist seine Kleine schon abgehauen.«

»Eines Tages schlage ich dir deine vorlaute Schnauze ein«, erwiderte Guntram.

Er war zwar erst dreiundzwanzig, Jurastudent, obendrein der Kleinste und von daher kaum mit dem bulligen Schlosser Franz zu vergleichen, dennoch wusste jeder, dass mit ihm nicht gut Kirschen essen war. Guntram setzte alles daran, einem Sturmbataillon zugeteilt zu werden. Er gehörte zu jener Sorte Männer, die erst richtig aufblühten, wenn ihnen die Kugeln um die Ohren pfiffen. Franz machte sich oft über ihn und seinen brennenden Ehrgeiz, das Eiserne Kreuz zu bekommen, lustig. »Unseren Helden plagen wieder Kreuzschmerzen«, spöttelte er dann. Aber er achtete darauf, dass Guntram es nicht hörte.

»Irgendwelche Aktivitäten von drüben?«, erkundigte sich Friedhelm Bethke, der Letzte ihrer Zwangsgemeinschaft.

Gregor schüttelte den Kopf und wandte sich schnell wieder ab. Nicht weil Friedhelm ein unangenehmer Zeitgenosse gewesen wäre, im Gegenteil, er war Gregor bei Weitem sympathischer als Franz oder Guntram. Aber in seinen Augen loderte etwas, das er lieber nicht von Nahem sehen wollte. Etwas Unberechenbares. Etwas, das aus dem friedfertigen Betriebsschreiber jederzeit ein wandelndes Artilleriegeschoss machen konnte.

Letzten Monat waren er und ein halbes Dutzend anderer durch einen Volltreffer im Unterstand verschüttet worden. Sie hatten versucht, sich freizugraben, die meisten waren dabei erstickt. Eine zweite Granate hatte eine Öffnung freigelegt, durch die Friedhelm in letzter Minute gerettet werden konnte. Seither litt er unter Angstzuständen und Albträumen und konnte aus dem Nichts heraus in heftige Erregung geraten.

Lothar warf immer wieder einen Blick auf die Schanzverkleidung, hinter der irgendwo die feindlichen Linien lagen, und kaute auf seiner Unterlippe. »Sind die Engländer gefährlich?«, wollte er wissen.

»Klar«, erwiderte Franz. »Sie stechen dir die Augen aus, wenn du ihnen in die Hände fällst. Sie schneiden dir die Eier ab und lassen sie dich fressen.«

Weil er keine Miene dabei verzog, sah Lothar verunsichert in die Runde.

»Quatsch«, sagte Gregor.

»Glaub mir, ich weiß, wovon ich rede«, beharrte Franz. »Du hast noch nie einen Angriff mitgemacht, stimmt's?«

Lothar schüttelte den Kopf.

»Dann freu dich auf dein erstes Trommelfeuer. Manchmal dauert so ein Beschuss tagelang, nächtelang. Ein ununterbrochenes Rollen und Donnern der schweren Artillerie, dazwischen das Heulen und Jaulen der Granaten und die Explosionen. Du wirst taub davon. Es stumpft dich ab, bis du kaum noch klar denken kannst. Manche drehen dabei durch, weil ihre Nerven das nicht aushalten. Die Granatsplitter sind besonders fies. Die kommen von allen Seiten, ohne dass du ihnen ausweichen kannst. Wenn du gleich tot bist, kannst du noch dankbar sein. Ich hab Kameraden gesehen, denen es die Luftröhre zerfetzt hat oder die Wirbelsäule. Oder, noch schlimmer, das halbe Gesicht weggerissen. Ich hab halbe Pferde im Baum hängen sehen. Das Schreien getroffener Pferde ist kaum zu ertragen, sag ich dir. Am schlimmsten ist es natürlich, wenn draußen Kameraden mit Bauchschüssen liegen. Wenn du zuhören musst, wie sie nach ihrer Mutter oder ihrer Liebsten schreien, und nichts tun kannst, um sie hereinzuholen, bis ihre Stimmen irgendwann verröcheln. Aber, na ja, vielleicht hast du Glück.«

Lothars Augen waren so weit aufgerissen, dass sie einem beinahe weiß vorkamen. »Ja?«, hauchte er.

»Klar. Du könntest auch vom Sperrfeuer unserer eigenen Leute niedergemäht werden wie so viele vor dir.«

»Hör schon auf«, knurrte Joscha. »Es ist schlimm genug, wie es ist, du musst ihm nicht auch noch zusätzlich Angst machen. Verdammt, ich hoffe, der Schwindel ist bald vorüber. Die sollen endlich Frieden schließen.«

»Gegen die Franzosen und ihre Verbündeten kann es nur eins geben: Sieg oder Untergang«, polterte Guntram. »In diesem Kampf der Völker um das bloße Überleben gibt es keine Halbheiten. Spürst du nicht den heiligen Ernst, der über allem liegt, Lothar? Selbst der Erbärmlichste begreift jetzt, was Heldentum bedeutet, wenn er in Reih und Glied mit seinen Kameraden voranschreitet, um das Vaterland zu verteidigen. Freu dich, in diesen Zeiten stirbt es sich leicht, denn es geschieht zu einem großen Zweck.«

»Du hast einen Schuss«, sagte Joscha. »Ich sehe nirgends Heldenmut und Opferbereitschaft, nur Angst und Verzweiflung. In Wahrheit ist es bloß der Drill, der uns in den Tod marschieren lässt.«

»Du bist und bleibst ein gottverdammter Feigling. Wenn du schon nicht aus Begeisterung kämpfst, solltest du es wenigstens aus Pflichtbewusstsein tun, statt defätistische Reden zu schwingen. Kerle wie du sind schuld, wenn wir den Krieg verlieren.«

»Halt dein Maul. Ich habe den Engländern genauso die Stirn geboten wie du. Ich bin bloß nicht dämlich genug, den ganzen Scheiß zu glauben, den die Offiziere uns erzählen.«

»Kapiert ihr nicht, welche Schicksalsmächte hier walten? Dieser Krieg ist ein Segen, er bringt das Beste in uns Deutschen hervor. Alles bekommt dadurch einen Sinn. Das Ringen um Sein oder Nichtsein ist das Größte, was wir je erleben durften. Wir sollten dankbar sein für dieses Geschenk. Jubel sollte uns erfüllen, dass wir an diesem erhabenen Augenblick der Geschichte teilnehmen dürfen.«

»Dir haben sie wahrhaftig ins Gehirn geschissen.«

Guntram packte seinen Widersacher und schlug ihm die Faust ins Gesicht. Es kam so überraschend, dass Joscha sich erst wehrte, als seine Nase blutete. »Ich lasse nicht zu, dass du alles, was heilig ist, in den Dreck ziehst«, brüllte Guntram.

Sie rangen miteinander.

Gregor sprang dazwischen und trennte die beiden. »Seid ihr verrückt? Wollt ihr den Engländern die Arbeit abnehmen?«

Guntram keuchte und starrte seinen Gegner aus hasserfüllten Augen an, während der Regen von seinem Stahlhelm tropfte. Joscha wischte sich das Blut ab und wandte ihm demonstrativ den Rücken zu.

»Halt mir dieses Arschloch vom Leib«, sagte Guntram.

Schweigend setzten sie ihre Arbeit fort und versteiften weiche Teile der Grabenwand mit Holzlatten. Ihre Uniformen trieften mittlerweile vor Nässe.

Lothar hielt die Stille als Erster nicht mehr aus. »Ich glaube, es wird ruhig bleiben«, sagte er. Man konnte hören, dass er sich selbst Mut zu machen versuchte.

»Dann sind wir auch nicht besser dran«, erwiderte Franz.

»Wie meinst du das?«

»Dann werden wir eben von den Ratten gefressen. Kannst von Glück sagen, dass du bisher verschont geblieben bist. Groß wie Katzen werden die. Nicht nur, dass sie uns das Brot wegfressen, die trippeln auch nachts mit ihren widerlichen kleinen Füßen über dein Gesicht oder nagen dir die Zehen an.«

Lothar sah zu Gregor herüber. »Das stimmt nicht, oder?«

Gregor zuckte die Achseln. Er konnte Franz' Worte nicht leugnen. Ihm selbst war schon eine Ratte über das Gesicht gelaufen und hatte dabei einen Schwanz hinter sich hergezogen, der ihm meterlang vorgekommen war. Noch immer konnte er das eklige Gefühl ihrer Berührung spüren. »Auffressen werden sie uns schon nicht«, beschwichtigte er.

»Du könntest natürlich auch bei einem Beschuss im Unterstand begraben werden wie unser Freund hier«, fuhr Franz unverdrossen fort und beschrieb detailliert, wie sie Friedhelm mehr tot als lebendig freigebuddelt hatten.

Die Geschichte machte Friedhelm nervös; er fingerte an seinem Armeerevolver herum, und seine Augen irrten umher, als suchten sie nach einem Ausweg. Keine gute Idee, ihn an seinen schlimmsten Albtraum zu erinnern.

Lothar zog ein silbernes Kreuz aus dem Halsausschnitt seiner Uniform. »Das hier beschützt mich«, sagte er mit zitternder Stimme. »Unser Pfarrer hat es geweiht. Gott ist bei mir.« Er küsste es.

Joscha verdrehte die Augen. Franz lachte.

»Meine Familie betet jeden Tag für mich. Außerdem hat meine Mutter mir eine Seite aus der Bibel ins Hemd genäht. Es heißt, wer das tut, ist kugelfest.«

Friedhelm hatte sich nicht beruhigt, im Gegenteil, er hyperventilierte. Gregor beobachtete es mit Sorge. »Ruhig, Friedhelm«, sagte er.

»Ich kriege keine Luft. Ich kriege keine Luft.«

»Alles in Ordnung. Tief durchatmen.«

»Die sollen bloß kommen«, schrie Friedhelm. »Ich mach sie alle fertig. Alle.« Er riss seinen Revolver heraus und richtete ihn auf Franz. »Dich auch. Was willst du, he? Was willst du?«

»Nimm den Revolver runter, Friedhelm.« Gregor sagte es sanft, aber mit fester Stimme. »Das ist Franz, dein Kamerad. Er ist auf deiner Seite. Nimm den Revolver runter.«

Endlich schien etwas davon zu ihm durchzudringen. Seine verkrampfte Haltung lockerte sich, dann stieß er ein unsicheres Lachen aus und ließ die Hand mit dem Revolver sinken.

»Spinnst du?«, schrie Franz ihn an.

»Lass ihn«, sagte Gregor. So war das eben in diesem Krieg. Entweder man verstand sich zu schützen, indem man verrohte wie Franz, dem es nichts ausmachte, neben einer verstümmelten Leiche zu frühstücken, sich in Heldenwahn flüchtete wie Guntram oder Mauern um sich zog und nichts an sich heranließ wie er selbst. Oder man zerbrach innerlich.

Die Kameraden entfernten sich, um die Grabenwand an anderer Stelle abzustützen. Gregor war wieder allein.

Als er Stunden später abgelöst wurde, befahl man ihm, Kaffee zu holen. Durch die Zickzackwege der Laufgräben watete er zu jenem Punkt, bis zu dem die Pferdewagen fahren konnten. Das Wasser reichte ihm an manchen Stellen an die Knie und schwappte in seine Stiefel. Unterwegs traf er auf Kameraden, die sich vergeblich bemühten, eingestürzte Teile der Grabenwand zu befestigen. Einmal wurde er angehalten und musste helfen, ein Geschütz aus dem Morast zu ziehen.

Auch am Ende der Gräben sah es nicht besser aus. Laufstege führten hierhin und dorthin, und wo die Planken endeten, konnte man mitunter bis zum Oberschenkel im Morast versinken. Chlorgeruch hing in der Luft. Überall da, wo tote Männer und Pferde gelegen hatten, wurde Chlor gestreut.

Gregor ließ sich Kaffee in vier Kochgeschirre füllen und unterdrückte dabei ein Ekelgefühl. Einmal hatte er Wasser zum Aufbrühen aus einem der Granatlöcher holen müssen, in dem noch ein Toter lag. Das Wasser war grün gewesen von den Granaten. Mit Tabletten wurde es trinkbar gemacht, aber er brachte es trotzdem nie über sich, das Gebräu herunterzuschlucken.

In jeder Hand zwei Kochgeschirre machte er sich schließlich auf den Rückweg. Dabei kam er an einer Gruppe Soldaten vorbei, der es gelungen war, mehrere Leichen ihrer Kameraden aus dem Niemandsland hinter die Linien zu holen. Die Toten waren schrecklich verstümmelt. Einem fehlte das halbe Gesicht.

»Augenblick!«, rief jemand den Soldaten zu. Hauptmann von Mörike eilte herbei, eine Kamera in der Hand, und baute sich vor den Toten auf. »Hochinteressant!«, rief er aus. »Faszinierend!« Er hob die Kamera und knipste. »Erstaunlich, ganz erstaunlich.« Von seiner eigenen Begeisterung mitgerissen sprang er hin und her, visierte einen Toten an und schoss ein Bild. Visierte und schoss. Visierte und schoss.

Gregor war stehen geblieben. Die Hände mit den Kochgeschirren hingen an ihm herab. Er konnte seinen Blick nicht von dem hin- und hereilenden Hauptmann wenden. In ihm breitete sich eine große Stille aus.

Ottmar von Mörike hockte sich nieder, um jedes Detail des weggerissenen Gesichts auf Film zu bannen. Visierte und schoss. Visierte und schoss.

Du bist gar nicht hier, Gregor. Du bist daheim. Daheim bei Lilly.

10

Bemerkenswert, auf welch erfinderische Weise der Mensch versucht, in existenziellen Situationen einen Anschein von Normalität aufrechtzuerhalten. So beengt die Verhältnisse im Unterstand auch waren, eine Nische, die ihm die Illusion eines Zuhauses vermittelte, hatte sich jeder eingerichtet. Joscha umgab sich mit Gegenständen aller Art, mit Nippesfiguren, Fotos seiner Familie, Postkarten von daheim. Bei Lothar waren es die Reclam-Bücher, die er in jeder freien Minute las, hauptsächlich Klassiker: *Penthesilea, Der Prinz von Homburg, Wallenstein*. Friedhelm hatte irgendwo im Hinterland ein Stück Tapete aufgetrieben, das nun die Wand an seinem Feldbett zierte, darüber hatte er allen Ernstes ein Porträt des Kaisers angebracht. Und auf der schmalen Ablage neben seiner Pritsche lag eine Mundharmonika, die er recht passabel spielte. Guntram sammelte Uniformknöpfe, die er fein säuberlich auf einer Art Altar aufgereiht hatte. Franz genügte eine Zeitungsbeilage mit dem Bild von Asta Nielsen, das er ansah, wann immer er sich in seinem Bett auf die Seite drehte.

Gregor besaß nichts außer Josephines Tuch. Die Front war kein Zuhause und sollte es auch nicht werden. Die Welt hier und die Welt daheim hatten nichts miteinander zu tun. Für den Fall, dass er lebend nach Berlin zurückkehrte, gedachte er, alles zu vergessen, was ihn an das Dasein im Feld erinnerte.

Er saß neben der Margarinekiste, die ihnen als Tisch diente, und versuchte, den Gestank nach Schweißfüßen, nach Urin und Desinfektionsmittel zu ignorieren, während er seine Gasmaske überprüfte. An der Somme hatte die Michaeloffensive begonnen, und die Engländer waren entsprechend nervös. Jeden Tag konnte ein Gasangriff erfolgen, da war es geraten, seine Ausrüstung in Ordnung zu halten. Immerhin, die neuen Masken aus Leder, die sie Ende letzten Jahres bekommen hatten, waren deutlich besser als die alten Gummimasken. Zumal die Augengläser wegen der besseren Scheiben nicht mehr so leicht anliefen.

»Verdammt!« Franz knöpfte seine Uniform auf und kratzte sich. »Bei mir ist schon wieder eine Patrouille unterwegs.«

»Leichte Infanterie oder schwere Kavallerie?«

»Weder noch. Flöhe hatte ich schon eine Weile nicht mehr, und die Wanzen halten sich in letzter Zeit zurück. Nee, 's sind Läuse.«

Auch Gregor verspürte einen Juckreiz. Keiner wurde verschont. Das Ungeziefer kroch in jede Körperfalte. Sie hatten schon alles versucht, um die Unterkunft zu desinfizieren: heißes Seifenwasser, Karbol, Salmiakgeist, Petroleum – nichts half.

Lothar kratzte sich mit seinen schmutzigen Fingernägeln, obwohl Gregor ihn gewarnt hatte, dass er sich auf diese Weise Krankheiten zuziehen würde. Schon jetzt war seine Haut mit Schorf und Ausschlägen übersät, und an einer seiner Kratzwunden trat Eiter aus.

Das Geräusch, mit dem Franz Läuse knackte, war nervtötend.

»Machst du eine Viehzählung?«, erkundigte sich Guntram.

Neulich hatte Franz die toten Läuse in einer leeren Konservendose gesammelt und diese über eine Kerzenflamme gehalten, um sich anschließend mit dem so entstandenen Fett der Läuse einzureiben. Angeblich hielt das ihre lebenden Artgenossen fern. Ein Kamerad von ihm schwor darauf. Aber das Ergebnis ließ offenbar zu wünschen übrig.

Fluchend wandte sich Franz von den Plagegeistern ab und dem Granatsplitter zu, den er zu einem Briefbeschwerer verarbeitete. Was er zu Geld machen konnte, machte er zu Geld. Ein Blindgänger war für ihn ein Geschenk des Himmels, weil er aus dem Führungsring ein Dutzend Armbänder herstellen und diese im Hinterland meistbietend verkaufen konnte.

Gregor schüttelte den Kopf und wachste seinen Stiefel, der ihm vorhin im Schlamm stecken geblieben war. Friedhelm reinigte sein Gewehr. Lothar lag auf seinem Strohsack, hatte ein Wörterbuch aufgeschlagen und versuchte, Französisch zu lernen. Guntram drehte sich eine Zigarette.

Joscha tat nichts. Er saß auf seiner Pritsche und starrte Löcher in den Boden.

Gestern hatte irgendein Idiot zu ballern angefangen, was ein mehrstündiges Scharmützel mit gegenseitigem Beschuss zwischen ihnen und den Engländern zur Folge gehabt hatte. Drei Tote waren zu beklagen gewesen. Irgendwie war ein Pferd zwischen die Fronten geraten und erschossen worden. Hauptmann von Mörike hatte Joscha befohlen, ihm die Zunge zu holen. Zunächst hatte der sich geweigert, angesichts angedrohter Strafen war er dem Befehl dann doch nachgekommen und hinübergerobbt, hatte dem Tier die Kehle aufgeschlitzt, die Delikatesse herausgeschnitten und sie von Mörike gebracht, während die Kugeln über ihn hinwegpfiffen. Ein Wunder, dass er mit dem Leben davongekommen war. Der Kommentar des Hauptmanns bestand lediglich aus zwei Worten: »Tüchtiger Junge.« Seither befand sich Joscha in düsterer Stimmung.

Gregor hätte ihn gern aufgemuntert. Joscha war ihm von all seinen Kameraden am nächsten. Sie hielten sich bei Angriffen gegenseitig den Rücken frei, dachten ähnlich über den Krieg, die Oberste Heeresleitung und den Kaiser und zogen Kraft daraus, dass sie sich bei Schikanen in stillem Einvernehmen wussten. Wenn sie sich in Ruhestellung befanden, unternahmen sie manchmal etwas zusammen, schauten sich Kirchen und Denkmäler an oder gingen in einem der Seen schwimmen. Außerdem verbanden sie gemeinsame Erlebnisse wie damals, als sie von ihren Kameraden abgeschnitten waren und anderthalb Tage unter Dauerbeschuss in einem Kraterloch hatten aushalten müssen. Ja, er hätte Joscha gern aufgemuntert. Aber seit der sein Leben wegen einer Pferdezunge riskieren musste, war er kaum noch ansprechbar.

Eine Ratte huschte zwischen Gregors Stiefeln hindurch. Franz schnappte sich einen Klappspaten und schlug nach ihr, doch die Ratte war schneller und entkam durch ein Loch im Verschlag. »Drecksviecher.«

Lothar war bei dem gewalttätigen Ausbruch zusammengezuckt. Überhaupt war er seit dem gestrigen Schusswechsel nervös und betete bei jeder Gelegenheit zu seinem Kruzifix.

»Irgendwas geht vor«, meinte Franz.

»Wo?«, fragte Guntram.

»Im Hauptquartier. Ich kenne einen, der für den Telefonverkehr zur Obersten Heeresleitung zuständig ist, der bekommt so manches mit. Sie bereiten auch bei uns eine Offensive vor, ich schwöre es euch. Das gibt ein schönes Gemetzel.«

Lothar zog sein Kruzifix heraus und küsste es.

»Verdammt noch mal, du machst mich wahnsinnig!«, stieß Joscha hervor, schnappte sich das Ding, riss es mit einem Ruck ab und warf es zu Boden. »Glaubst du, Gott holt dich hier raus, bloß weil du ein dämliches Stück Silber küsst? Wach endlich auf! Nichts kann uns retten, gar nichts. Wir werden alle draufgehen, weil ein paar Idioten Spaß am Kriegspielen haben.«

»Lass den Jungen in Ruhe«, sagte Gregor. »Er hat dir nichts getan.«

»Er soll endlich aufwachen. Was hat es für einen Sinn, sein Leben an irgendeinen Kinderglauben zu hängen? Dass Gott gnädig ist, dass es eine Gerechtigkeit gibt, dass Hindenburg und Ludendorff schon wissen, was sie tun?«

Den Tränen nahe, mit zusammengekniffenen Lippen hob Lothar das Kruzifix auf, säuberte es, so gut es ging, und verzog sich in eine Ecke, um die zerrissene Schnur zu flicken.

Joscha stieß einen Schrei der Frustration aus und setzte sich wieder.

»Hör nicht auf diesen Feigling«, mischte sich Guntram ein. »Wir werden siegen, ich sage es dir. Keine Armee der Welt kann es mit uns aufnehmen. Die Offensive hat bereits begonnen, die Froschfresser und die Tommys haben uns nichts entgegenzusetzen.«

»Das ist der Wendepunkt«, stimmte Franz zu. »Noch eine große Endrammelei, dann kehren wir als Sieger nach Hause zurück.«

»Klar. Jetzt, wo die Russen Frieden geschlossen haben, ist es unmöglich, dass wir verlieren.«

Natürlich verlieren wir. Das ist klar, seit weltfremde Idioten den uneingeschränkten U-Boot-Krieg beschlossen und damit für den Kriegseintritt der USA gesorgt haben. Und überhaupt: Wie kann man erwarten, dass eine Nation einen Krieg gewinnt, dessen Führungskräfte das vorschriftsmäßige Grüßen für das Wichtigste auf der Welt halten? Aber Gregor sprach seine Gedanken nicht aus. Zeitverschwendung.

Außerdem wurde seine Aufmerksamkeit von Friedhelm abgelenkt. Der fing nämlich an, mit dem Bajonett seines Gewehres jedes Blatt seines Soldbuches aufzuspießen. »Ich mach nicht mehr mit«, wiederholte er dabei immer wieder,

»ich mach nicht mehr mit.« Dem Soldbuch folgten Briefe und andere Papiere.

Frontkoller, dachte Gregor.

Franz lachte. »Nun seht euch an, was der Bekloppte macht.«

Friedhelm sprang so plötzlich auf, dass sein Schemel umfiel. »Ich muss hier raus!«, schrie er und stürzte zur Tür.

Gregor fing ihn ab und hielt ihn fest.

»Ich muss hier raus! Ich ersticke!«, heulte Friedhelm und wehrte sich aus Leibeskräften.

»Du bist draußen«, keuchte Gregor. »Sie haben dich freigebuddelt, weißt du nicht mehr? Alles ist in Ordnung.«

Die Gegenwehr des Soldaten ließ nach. »Ich ersticke«, wimmerte er und sank zu Boden. »Ich halte das nicht mehr aus.«

In diesem Augenblick ging die Tür auf. Golo Bartels kam herein, stutzte und sah von einem zum anderen. »Was ist hier los?«

»Melde gehorsamst: nichts«, erwiderte Gregor. »Wir reinigen unsere Ausrüstung.«

Bartels grunzte, akzeptierte die Antwort jedoch. Dann sah er Joscha an. »Was, zum Teufel, tun Sie denn hier? Hatte ich Ihnen nicht befohlen, die Korporalschaftsstube zu fegen?«

»Ich war fertig mit der Arbeit, ich dachte –«

»Das Denken überlassen Sie den Pferden, die haben die größeren Köpfe«, erwiderte der Unteroffizier. Er sagte es nachsichtig, als würde er ein Kind rügen, das sich ungeschickt verhielt.

Da stimmte doch etwas nicht! Gregors Magen zog sich zusammen. Bartels ließ doch sonst keine Gelegenheit aus, Joscha zu schikanieren. Sein freundlicher Tonfall verhieß nichts Gutes.

»Die Feldpost ist da. Fichte?«

»H… Hier.«

»Ein Brief. Lilienthal?«

»Hier.«

»Gleich zwei Briefe. Der Gefreite Bulette ist beliebt, wie es aussieht. Hasler?«

»Hier.«

»Ein Paket.«

Er händigte die Gegenstände aus. »Das war's.« Er machte eine Pause. Grinste. »Ach nein, hier ist ja noch ein Brief. Luck?«

»Hier.«

Der Unteroffizier feixte Joscha an. »Mami hat geschrieben.«

Der Soldat streckte die Hand aus, doch Golo Bartels dachte nicht daran, ihm den Brief zu übergeben. Stattdessen öffnete er ihn und las: *»Mein liebes Bärchen.«*

»Sie haben kein Recht, das zu tun.« Joschas Stimme zitterte.

Der Unteroffizier ignorierte ihn. *»Mein liebes Bärchen«*, wiederholte er, *»viel zu lange haben wir von dir nichts mehr gehört. Wir sind in ständiger Sorge um dich. Ziehst du dich auch warm genug an? Du frierst doch immer so leicht an den Ohren. Sind deine Vorgesetzten gut zu dir?«* Bartels ließ den Brief sinken. »Selbstverständlich«, sagte er zu den anderen. »Wir achten immer darauf, dass Bärchen auch sein Mützchen über die Ohren zieht.«

Guntram und Franz lachten. Lothar blickte betreten zu Boden.

»Geben Sie mir sofort den Brief«, forderte Joscha. Jetzt zitterte auch seine Hand.

»Um Oma steht es schlimm«, las Bartels weiter. *»Sie wird wohl das Ende des Monats nicht überleben. Sie macht wie-*

der ins Bett und weiß nicht mehr, wie sie heißt oder wo sie ist. Manchmal hat sie noch lichte Momente, dann erinnert sie sich sogar an solche Sachen wie, dass du früher nie einschlafen konntest, wenn du nicht einen Pullover von mir zum Kuscheln hattest oder dass du mal die Hose falsch rum angezogen hast.« Bartels sah auf. »Da hat sich nicht viel geändert, was?«

Franz klopfte sich auf die Schenkel vor Lachen. Lothar war rot im Gesicht und wusste nicht, wohin er gucken sollte. Joscha zitterte am ganzen Körper.

Gregor ging zur Tür.

»Wo wollen Sie hin, Gefreiter Bulette?«

»Raus. Ich nehme an Ihren sadistischen Spielchen nicht länger teil.«

»Sie bleiben hier!«

»In meiner Freizeit entscheide ich, was ich tue.« Gregor öffnete die Tür und verschwand nach draußen, die Flüche ignorierend, die der Unteroffizier ihm nachschickte. Ich bin nicht hier. In Wirklichkeit bin ich daheim. Bei Lilly.

Er suchte sich einen ruhigen Platz auf einer vor den Baracken aufgestellten Bank und besah sich seine Briefe. Einer stammte von Hendrik, der sich noch immer in Berlin befand. Seine Schussverletzung vom letzten Jahr war vermutlich von einem Pfuscher behandelt worden, Entzündungen und weitere Komplikationen waren die Folge gewesen. Sieben Monate hatte er im Lazarett gelegen, und noch immer konnte er das linke Bein nicht richtig bewegen. Gregor war froh darüber. Nicht nur, weil sein Bruder daheim in Sicherheit war. Auch sonst hätte Hendrik die ständigen Schikanen, die Demütigungen, das Menschenunwürdige nicht verkraftet. Er war mehr wie Friedhelm. Bartels hätte ein ideales Opfer in ihm erkannt.

Der andere Brief stammte von Lilly. Gregor öffnete ihn.

Ihre Schrift, so sauber und regelmäßig, als könne nichts ihre Welt erschüttern, hatte immer etwas Tröstliches. Wie jedes Mal versicherte sie ihm ihre Liebe, wie jedes Mal erzählte sie ihm den neuesten Klatsch und Tratsch. Doch dann kam eine untypische Passage.

Ich muss dir leider berichten, dass ich krank bin. Es wird schon wieder werden, es gibt ja kaum jemanden hier, der nicht angeschlagen ist, also mach dir bitte keine Sorgen. Wann sehe ich dich wieder? Bekommst du denn keinen Heimaturlaub? Du bist jetzt schon neun Monate an der Front und hattest noch nie Urlaub. Ich wäre dankbar, dich in meinen Armen halten zu können. Ich liebe dich und werde dich immer lieben. Deine Lilly.

Die Kälte, die Gregors Wirbelsäule hinaufkroch, hatte nichts mit der Witterung zu tun. Er konnte förmlich sehen, wie seine Frau vor jedem Satz darüber nachdachte, wie sie ihn am besten formulierte, um ihre wahren Gefühle vor ihm zu verbergen. Es war ihr nicht gelungen. *Dankbar. Ich wäre dankbar, dich in meinen Armen halten zu können.* Nicht »glücklich« oder »Ich sehne mich nach dir«. *Dankbar.* Er konnte das ungeschriebene *noch einmal* so deutlich sehen, als stünde es schwarz auf weiß auf dem Papier: *Ich wäre dankbar, dich noch einmal in meinen Armen halten zu können.*

Sie sprach sonst nie über das, was sie belastete. Hunger, Kälte, Krankheiten waren kein Thema ihrer Briefe. Im Gegenzug erwähnte er nie, dass er zweimal bei einem Gefecht knapp dem Tode entronnen und morphiumabhängig gewesen war. Oder dass ihn im Oktober etwas am Kopf getroffen und eine Zeit lang betäubt hatte und er beim Erwachen feststellen musste, dass er offenbar für tot gehalten und sein Tornister geplündert worden war. Was hatte es für einen Sinn, den geliebten Menschen mit Dingen zu quälen, auf die er nicht den geringsten Einfluss nehmen konnte? Allein, dass sie ihre Krankheit erwähnte und vermied zu schreiben, worum es sich dabei handelte, verriet ihm, wie ernst es um sie stand.

Ich werde dich immer lieben. Nimm nicht von mir Abschied, Lilly! Wag es nicht zu sterben!

Hendrik. Hendrik hatte ihm geschrieben. Vielleicht …

Er riss den zweiten Umschlag auf, zerrte den Brief heraus und jagte seine Augen über die Zeilen.

Eben komme ich von Lilly. Die Schwindsucht hat auch sie erwischt. Ich mache mir Sorgen. Sie ist ohnehin chronisch unterernährt wie die meisten hier und hat der Krankheit wenig entgegenzusetzen. Sie kämpft, aber sie wird von Tag zu Tag schwächer. Ich bin bei ihr, so oft ich kann, und sei versichert, dass ich alles Menschenmögliche für sie tue, aber wenn es dir irgend möglich ist, komm nach Hause, Gregor. Bitte, komm!

Gregor ließ den Brief sinken. Sollte er mit Bartels reden? Nein. Besser gleich nach oben gehen.

Wie von selbst trugen ihn seine Füße durch Schlamm und Pfützen zum Unterstand für Offiziere. Er klopfte. Glücklicherweise war Hauptmann von Mörike dort und forderte ihn auf einzutreten.

Gregor salutierte. »Verzeihung, Herr Hauptmann, ich möchte, ich wollte …« Verdammt, konzentriere dich! Du musst überzeugend sein. »Ich habe soeben erfahren, dass meine Frau schwer krank ist, und ich … bitte um Bewilligung eines Heimaturlaubs.«

»Verweigert. Sie haben noch keine zwölf Monate Frontdienst hinter sich. Außerdem wissen Sie, dass die OHL Urlaubssperre angeordnet hat. Aber auch ohne die Anordnung würde ich Sie nicht gehen lassen. Wir brauchen jeden Mann, wir können es uns nicht leisten, auch nur einen einzigen wegzuschicken.«

»Mit Verlaub, bei mir liegt ein besonderer Grund vor.«

»Da sind Sie nicht allein. Es herrscht Krieg, Mann, da läuft manches nicht so, wie man es sich wünscht.«

Gregor wollte es nicht aussprechen, aber wenn es sein musste, damit er zu Lilly konnte ... »Meine Frau, sie ... sie wird vielleicht ...« Er schluckte. »Sie wird vielleicht sterben.«

»Sehen Sie sich um. Viele Ihrer Kameraden haben ebenfalls ihr Leben gelassen. Trösten Sie sich damit, dass auch Ihre Frau es für Deutschland tut.«

Nein, du Dreckskerl, sie stirbt, weil sie nicht genug Widerstandskraft hat, um gegen die Schwindsucht anzukämpfen. Sie stirbt, weil ihr unfähig seid, den Menschen daheim genug zu essen zu geben. Sie stirbt, weil euch ein Menschenleben scheißegal ist. Gregor schluckte seine Wut hinunter. »Verzeihung, aber ich muss darauf bestehen.«

Von Mörike blickte auf. »Sie vergessen sich, Lilienthal! Ich will ausnahmsweise mal ein Auge zudrücken, weil Sie emotional belastet sind. Aber jetzt kein weiteres Wort mehr. Wegtreten!«

»Verzeihung –«

»Wegtreten!«

Gregor kämpfte gegen das Verlangen an, sich auf den Hauptmann zu stürzen und auf sein regloses Gesicht einzuschlagen. Nach einer Zeit, die ihm endlos vorkam, sagte er: »Jawohl, Herr Hauptmann!«, drehte sich um und verließ den Unterstand.

Wie ein Schlafwandler taumelte er durch den hinteren Versorgungsgraben. Ich könnte einfach abhauen. Und ich würde es tun. Aber die Feldgendarmerie würde mich erwischen, noch bevor ich Berlin erreiche.

Als Joscha nach Weihnachten von seinem Heimaturlaub zurückkam, hatte er erzählt, dass er überall kontrolliert worden war: in den Zügen, an den Ausfallstraßen ins rückwärtige Heeresgebiet, in Städten und an Bahnhöfen. Gregor schüttelte den Kopf. Zu unsicher. Aber vielleicht konnte er gefälschte Ausweispapiere organisieren. An einigen Orten wurde ein schwunghafter Handel damit betrieben, und er hatte ein, zwei Ideen, wie er an so ein Papier herankommen konnte. Würde es genügen, um damit durch das Netz von Feldgendarmen und Straßenpolizei zu schlüpfen? Im Hinterland suchten Patrouillen nach Deserteuren. Wenn er eingefangen wurde, nachdem er sich unerlaubt von der Truppe entfernt hatte, hätte er überhaupt keine Aussichten mehr auf Heimaturlaub.

Er könnte sich den Heimatschuss geben. Selbstverstümmelung war immer eine Option. Ein Akt der Verzweiflung, klar. Aber war er nicht genau das: verzweifelt? Mit etwas Glück wurde man anschließend nach Hause geschickt. Wenn es herauskam, war man natürlich endgültig am Arsch. Aber es gab ein paar Tricks. Um einen Nahschuss zu verschleiern, musste man bloß das Kommissbrot vor die betreffende Stelle halten, damit sich der Pulverdampf darin fing. Oder man schluckte Motoröl wie der bedauernswerte Tropf, den sie anschließend mit ruiniertem Magen wieder an die Front geschickt hatten. Nein, Selbstverstümmelung war keine gute Idee. Über so etwas sollte er nicht mal nachdenken.

Rastlos lief er zwischen den Unterständen hin und her, und als er sich endlich eingestand, dass es nichts gab, was er tun konnte, setzte er sich hin, um seiner Frau zu antworten.

Liebe Lilly, schrieb er, *deinen Brief vom 18. März habe ich bekommen.* Es macht mich wahnsinnig, nicht bei dir sein zu können, aber der Hauptmann lässt mich nicht gehen. Ich könnte die Wände hochgehen, so verzweifelt bin ich. *Leider kann ich nicht kommen, so gern ich bei dir sein möchte. Die OHL hat eine Urlaubssperre verhängt.* Ich weiß nicht, was ich tun soll. Ich fühle mich vollkommen hilflos. Diese Ohnmacht ist das Schlimmste. Sie zerreißt mich. *Vielleicht gelingt es mir zu einem späteren Zeitpunkt, ich versuche es weiter.* Ich liebe dich, Lilly. Halt durch! Kämpfe! Mir zuliebe.

Eine Träne tropfte auf das Papier. Hastig wischte sich Gregor über das Gesicht.

Hier ist es im Augenblick ruhig, obwohl alle nervös sind. Ausnahmsweise regnet es mal nicht, aber das dürfte sich bald wieder ändern. Stirb nicht, Lilly, das könnte ich nicht ertragen. Bitte stirb nicht. Bitte.

Der Stift fiel Gregor aus der Hand, er vergrub das Gesicht in seinen Händen.

11

Golo Bartels war fort, als Gregor schließlich in den Unterstand zurückkehrte. Auch Lothar und Friedhelm hatten es offenbar vorgezogen, sich zu verdrücken. Joscha schrieb eine Beschwerde über den Unteroffizier.

»Lass es sein«, sagte Franz. »Das bringt dir nichts als Ärger ein.«

Gregor musste ihm zustimmen. Wann war je ein Offizier für unangemessenes Verhalten gegenüber seinen Untergebenen bestraft worden? Eine Krähe hackt der anderen kein Auge aus. Alles, was Joscha erreichen würde, war, dass Bartels ihn künftig noch übler drangsalierte.

»Ist mir egal«, erwiderte Joscha. »Ich lasse mir das nicht länger gefallen.«

»Du bist ein Idiot.«

»Dann bin ich eben einer.« Joscha drehte sich herum. »Was haben wir verbrochen, dass wir behandelt werden wie der letzte Dreck?«, rief er aus. »Wir rackern uns ab, wir werden geschunden wie Tiere, und am Ende bringen sie uns um wie Ungeziefer.« Verbissen schrieb er weiter.

Niemand unternahm mehr den Versuch, es ihm auszureden.

Gregor setzte sich auf seine Pritsche und bemühte sich, nicht an Lilly zu denken. Er nahm sich sein Gewehr vor, um es zu reinigen, obwohl es glänzte, als käme es frisch aus der Werkstatt. Legte es wieder zurück und besserte halbherzig einen Riss in seinem Leinenhemd aus. Griff nach einem Buch und stellte fest, dass die Zeilen vor seinen Augen verschwammen.

Joscha hatte derweil angefangen, einen Brief zu schreiben, an seine Eltern vermutlich oder an seine Schwester.

»Erzählst du ihnen von Bartels?«, erkundigte sich Gregor.

Joscha nickte.

»Der Brief kommt nie durch die Zensur.«

»Sie machen bloß Stichproben.«

»Du kannst sicher sein, dass Bartels deine Briefe gründlich prüft.«

»Ist mir egal.«

»Mach dich nicht unglücklich. Ich verstehe ja deinen Zorn, aber du lieferst ihm nur Munition.«

»Ich habe es satt. Satt, satt, satt. Die ganze Scheiße hier.« Er hielt seinen Brief hoch und las vor: »*Bitte zeichnet keine Kriegsanleihen und fordert jeden auf, den ihr kennt, es euch gleichzutun. Ohne Geld können sie diesen unseligen Krieg nicht fortsetzen. Eine Niederlage brächte uns endlich den ersehnten Frieden.*«

»Verdammter Feigling!« Guntram natürlich.

»Lieber eine Minute lang feige, als das ganze Leben tot.«

»Du fällst uns in den Rücken, deinen eigenen Kameraden.«

»Erzähl du mir nichts von Kameradschaft, gerade du nicht. Wer amüsiert sich königlich, wann immer Bartels mich schikaniert?«

»Ein kleiner Scherz, und du flennst gleich. Du bist verweichlicht bis ins Mark, das bist du.«

»Jaja, quatsch du nur. Wenn unsere Herren Offiziere nicht überall so nützliche Idioten wie dich vorfänden, wäre der Krieg längst aus.«

»Das war ein Wort zu viel.«

Guntram stürzte sich auf Joscha, zerrte ihn vom Stuhl und schlug auf ihn ein, ohne dass der auch nur einen einzigen Gegenschlag anbringen konnte. Bevor Gregor eingreifen konnte, schleuderte Guntram seinen Widersacher gegen die Wand neben Franz' Pritsche.

Ein Brett löste sich, fiel zu Boden und offenbarte eine Höhlung, in der sich allerlei Gegenstände befanden: Ringe, Geldscheine, zwei Taschenuhren.

Es wurde still im Unterstand.

Joscha, der zunächst den Grund für das Schweigen nicht begriff, rappelte sich hoch und drehte sich zu der Stelle um, die seine Kameraden anstarrten. »Meine Uhr!«, rief er. Verdutzt griff er in die Höhlung, holte sie heraus, klappte sie auf und überzeugte sich davon, dass es sich wirklich um sein

Eigentum handelte, ein Kunstwerk von Dürrstein & Cie mit seinem Monogramm im Gehäusedeckel. Dann starrte er Franz an.

»Ich kann das erklären«, sagte der.

»Kameradenschwein.« Guntram verließ den Unterstand, zweifellos, um den Unteroffizier zu holen.

»Hört mal …«

Gregor wandte sich ab. Joscha, der seine Uhr an sich presste, ebenfalls.

Es gab nichts zu sagen. Schweigend warteten sie darauf, dass Guntram mit Bartels zurückkehrte. Franz hatte die Arme vor der Brust verschränkt und brütete vor sich hin. Joscha putzte seine Uhr, als müsse er sie von einem unsichtbaren Makel befreien. Sobald er fertig war, fing er wieder von vorn an. Gregor versuchte zu lesen, was ihm gründlich misslang.

Endlich kam Guntram mit dem Unteroffizier zurück. Der blickte von einem zum anderen, trat dann an die Lücke in der Bretterwand und besah sich das Versteck und das Diebesgut.

»Er hat meine Uhr geklaut«, sagte Joscha.

Bartels verzog das Gesicht. Vermutlich gefiel es ihm nicht, dass er seinem Lieblingsopfer Genugtuung verschaffen sollte. Aber ein Dieb in der Mannschaft, der den Zusammenhalt der Truppe gefährdete, ging natürlich gar nicht. »Hasler.«

»Hier«, sagte Franz.

»Nur ein durch und durch ehrloser Mensch bestiehlt seine eigenen Kameraden. Sie sind ein Hundsfott, Hasler. Abschaum. Was sind Sie?«

»Abschaum«, murmelte Franz.

»Genau. Vierzehn Tage strenger Arrest, zwei Monate vorderste Stellung.«

»Ich habe nur –«

»Halten Sie den Mund! Sie sind eine Schande für die deutsche Armee. Wenn ich Sie noch mal bei so was erwische, sorge ich dafür, dass Sie in die zweite Klasse des Soldatenstandes versetzt werden. Dann können Sie Ihre Versorgungsansprüche in den Wind schreiben.«

Franz presste die Lippen zusammen. Aber die Blicke, mit denen er Joscha, Guntram und den Unteroffizier bedachte, sprachen für sich.

12

Die Wolken hatten sich verzogen, der Mond erleichterte es, den Weg zum vorderen Schützengraben zu finden. Joscha lehnte an der Erdwand, das Gewehr neben sich; es schien alles ruhig zu sein. Er drehte sich um, als er Gregor kommen hörte.

»Was machst du denn hier?«

»Konnte nicht schlafen. Ich dachte, ich leiste dir eine Weile Gesellschaft. Gibt's was Neues?«

»Ich glaube, die bessern drüben ihre Schanzverkleidung aus.«

Gregor ließ sich auf einem Sandsack nieder, kramte etwas aus seiner Manteltasche und reichte es seinem Kameraden. »Möchtest du?«

»Was ist das?«

»Haferkekse. Mein Bruder hat mir neulich eine Packung geschickt. Keine Ahnung, wie er da rangekommen ist.«

Joscha nahm dankend an, und auch Gregor steckte sich einen Keks in den Mund. Er kaute langsam, um den ungewohnten Leckerbissen zu genießen.

»Das war eine echte Schweinerei von Franz, dir deine Uhr zu klauen.«

Joscha legte eine Hand auf die Stelle seiner Uniform, unter der er die Taschenuhr wusste, zog sie dann hervor, klappte den Deckel auf und betrachtete sie. »Hat meinem Großvater gehört. Meine Schwester und ich haben bei ihm immer unsere Ferien verbracht. Auf Rügen. Ein außergewöhnlicher Mann. Wusste alles über das Meer und die Fische und so.« Er hielt Gregor die Uhr hin und zeigte ihm die Gravur im Deckel. »Er hieß auch Joscha, siehst du? Meine Eltern haben mich nach ihm benannt. Er hat immer gesagt, dass ich die Uhr erben soll, wenn er nicht mehr ist.« Er klappte den Deckel zu und steckte die Uhr wieder ein.

Sie schwiegen eine Weile.

Zwei Soldaten schlichen an ihnen vorbei und nickten ihnen zu. Nachrichtentruppe. Einer trug ein Telefongerät auf dem Rücken, der andere wickelte ein Kabel ab und verlegte es entlang des Grabens.

Gregor und Joscha sahen ihnen nach. Dann warf Joscha wieder pflichtgemäß einen Blick über die Brustwehr, ehe er sich neben Gregor setzte. »Meine Mutter träumt oft von meinem Tod. Sie schreibt, ich sterbe immer durch eine Granate. Ich frage mich, ob das ein Omen ist.«

»Lass dich durch so was nicht verrückt machen. Wir haben bis jetzt durchgehalten, oder? Wir werden auch den Rest überstehen.«

»Ich wünschte, ich könnte daran glauben.«

»Du hast die Ruhr überlebt.«

»O Mann, erinnere mich nicht daran. Ich dachte, mein Bauch platzt.«

»Du warst ganz abgemagert.«

»All das Blut und der Eiter in meiner Scheiße … der Durchfall, das Drängen, das einen schier zerreißt …«

»Weißt du noch, wie wir in der vorigen Stellung ankamen? Wo es nichts gab, keine Baracken, gar nichts? Und wie wir dann zu zehnt –«

»– auf dem Donnerbalken saßen wie die Hühner auf der Stange, den nackten Hintern über der Fäkaliengrube. Klar weiß ich noch.« Joscha lachte leise. »Aus der Distanz betrachtet, kann man vieles komisch finden, stimmt's? Zum Beispiel wie wir in vollem Gepäck mitsamt Gewehr auf einem nassen Sturzacker ›Sprung auf, marsch, marsch, hinlegen‹ üben und Bartels am Abend unsere tadellos gereinigte Uniform vorzeigen mussten.«

»Verdammt, ja! Meine Hände habe ich dabei blutig gerieben.«

»Und wie wir im Januar die Schnapsflasche gefunden haben.«

»Mann, war das ein Winter! Sogar der Rheinfall war zugefroren.«

»Und dann sind wir betrunken raus –«

»– und haben *Nie wieder Krieg* in den Schnee gepinkelt. Und weißt du noch, der Schweinestall nach dem langen Marsch im Herbst? Hat der gestunken, obwohl wir ihn ausgemistet und frisches Stroh gestreut hatten!«

»Aber wir konnten zum ersten Mal seit Langem wieder

die Beine ausstrecken. Bloß der Kaffee, der verdiente den Namen nicht.«

»Na, und dann die Granateinschläge, die immer näher kamen.«

»Du wolltest sofort raus aus dem Stall. ›Was ist, wenn die Granaten hier einschlagen?‹, hast du gesagt.«

»Und du hast bloß gegrinst: ›Dann wäre es heller, und wir hätten bessere Luft.‹ Also sind wir einfach liegen geblieben.«

Joscha lachte leise. »Hätte nicht gedacht, dass ich dem Ganzen noch mal was Komisches abgewinnen könnte.«

Wieder schwiegen sie eine Weile.

»Was ist mit dir?«, wollte Joscha schließlich wissen.

»Was meinst du?«

»Du hast doch irgendwas. Seit heute Morgen. Seit du den Brief bekommen hast. Von Lilly?«

Gregor nickte.

»Schlechte Neuigkeiten?«

»Sie ist krank. Schwindsucht.«

»Verdammt.«

»Sie versucht, es zu verheimlichen, aber von Hendrik weiß ich, wie es um sie steht. Von Mörike verweigert mir einen Urlaub.«

»Für den sind wir nur Kanonenfutter.« Joscha legte seine Hand auf Gregors Arm. »Mensch, Gregor, das muss gar nichts bedeuten. Meine Schwester hat es auch schon erwischt, und jetzt geht's ihr wieder gut.«

»›Dankbar‹, hat sie geschrieben. Sie wäre dankbar, mich noch mal zu sehen. Und Hendrik macht sich Sorgen um sie.« Gregor schluckte. »Es gibt da einen Kerl, der verkauft gefälschte Urlaubsscheine …«

»Lass es, Gregor. Das wird nicht klappen. Nicht jetzt, bei der Urlaubssperre. Das nimmt dir keiner ab. Und selbst wenn du den Kontrollen der Feldgendarmerie entkommst –

die wissen doch, wohin du willst. Die warten da schon auf dich und nehmen dich gleich wieder mit, und dann lassen sie dich überhaupt nicht mehr weg.«

»Ich weiß. Das sage ich mir ja selbst immer wieder. Aber …«

»Wenn ich einen einigermaßen Erfolg versprechenden Weg wüsste, glaub mir, ich wäre längst weg. Ich denke praktisch Tag und Nacht über nichts anderes nach. Aber so einen Weg gibt es nicht. Mach dich nicht unglücklich, hörst du? Warte auf eine bessere Gelegenheit.« Er schüttelte ihn am Arm. »Hörst du?«

Gregor nickte.

»Ich könnte meiner Schwester schreiben, dass sie nach deiner Frau sieht.«

»Hendrik kümmert sich schon. Aber trotzdem danke.«

Joscha hatte niemanden, der zu Hause auf ihn wartete, ging Gregor plötzlich durch den Sinn. Seine Eltern natürlich, seine Schwester, aber keine Ehefrau, keine Verlobte. Er hatte ihm mal erzählt, dass er sich in die Tochter eines Gutsbesitzers verliebt hatte, die einem anderen versprochen war, und wie lange es gedauert hatte, um darüber hinwegzukommen. Und dass er eingezogen wurde, als er gerade wieder anfing, sich für andere Frauen zu interessieren. War Joscha nun besser dran, weil er sich um niemanden Sorgen machen musste?

»Erzähl mir von deiner Frau, Gregor. Wie du sie kennengelernt hast, was sie dir bedeutet … Erzähl es mir, ich höre zu.«

Vielleicht hatte er eine solche Aufforderung gebraucht. Vielleicht war das der Grund gewesen, weshalb er hergekommen war, ohne dass ihm das klar gewesen wäre. Gregor fing an zu erzählen, stockend zunächst, dann immer drängender, bis sein Hals rau wurde und es hinter seinen Augen brannte.

Dann brach er ab und schwieg. Und Joscha respektierte die Stille, weil er wusste, dass jedes Wort fehl am Platz gewesen wäre. Weil er wusste, wie man gemeinsam schwieg. Weil er ein Freund war, ein echter Freund. Der Einzige, den Gregor hier hatte. Jemand, an dem er sich festhalten konnte, um – vielleicht – den Wahnsinn zu überstehen.

13

Das war der wahre Krieg: nicht ein tapferes Mann gegen Mann, wie es so gern propagiert wurde, sondern ein Abschlachten im Schlamm, bei dem man lebende Zielscheibe für einen gesichtslosen Feind war. Ein Kampf nach Regeln, die niemand begriff. Das Warten auf einen anonymen Tod, von dem man nicht wusste, woher er kam.

Gregor duckte sich, als ein weiterer Geschosshagel über ihn hinwegfegte und in die Schanzverkleidung hinter ihm einschlug. Lothar kauerte ein paar Meter links von ihm im Graben, hatte die Arme über den Kopf geschlungen und wimmerte, aber er hatte keine Zeit, sich um ihn zu kümmern. Joscha brüllte den Jungen an, er solle, verdammt noch mal, zurückschießen. Rechts von Gregor beantworteten zwei ältere Soldaten Gewehrfeuer mit Gewehrfeuer. Etwas weiter entfernt stand Guntram und jagte Schuss auf Schuss in die gegnerische Stellung. »Heute gibt's das Eiserne Kreuz oder den Heldentod«, hatte er ausgerufen, als das Morden begann, und sich mit Begeisterung in die Schlacht gestürzt.

Einer ihrer Stoßtrupps, unterwegs zu den feindlichen Schützengräben mit dem Auftrag, Gefangene zu machen, um herauszufinden, was die Engländer planten, war entdeckt worden. Die Artillerie hatte versucht, ihren Rückzug zu decken, seitdem war das gegenseitige Gemetzel im Gang. Ausgerechnet jetzt. Ein paar Stunden später, und ihre Ablösung wäre bereits hier und sie selbst auf dem Weg in die Sicherheit der Ruhestellung. Stattdessen wurde jeder Mann der Reserve zur Verstärkung der Front nach vorn geschickt.

Lothar hatte sein Kruzifix hervorgeholt und küsste es ununterbrochen. »Das Blut Jesu Christi behüte mich vor Geschoss und Geschütz, vor Bomben und Splittern –«

Joscha zerrte ihn auf die Beine, entriss ihm das Kreuz und warf es fort. »Schieß, verdammt noch mal, sonst gehen wir alle drauf!«, waberte seine Stimme durch das Granatengeheul.

Vor dem Graben schlugen Artilleriegeschosse ein, jagten meterhohe Fontänen aus Erde und Rauch in die Luft und überschütteten Gregor mit Dreck und Steinen. Überall um ihn herum das Donnern von schweren Geschützen, von Granaten und Schrapnells, dazwischen das Hämmern von Maschinengewehren, gebrüllte Befehle, die niemand verstand, das Schreien der Verwundeten. Er hatte sich die Ohren mit Ohropax verstopft, aber die Wachskügelchen waren ihm in der Hitze des Kampfes herausgefallen. Eine Mine zerriss die Erde mit ohrenbetäubendem Knall.

Gregor duckte sich zur Seite und sah sich einem Soldaten ohne Kopf gegenüber, dessen Torso an der Wand des

Schützengrabens lehnte. Er taumelte zwei Schritte zurück, stolperte, kämpfte gegen den Zwang an, sich übergeben zu müssen, und wandte sich hastig ab. Auch nach all den Monaten an der Front würde er sich an so einen Anblick nicht gewöhnen.

Was ist, wenn ich so sterbe? Was ist, wenn die Halsschlagader etwas abbekommt? Dann werde ich verbluten. Was ist bei einem Bauchschuss? Ob es einen Unterschied macht, wie viel ich gegessen habe? Und wenn die Augen getroffen werden? Wenn ich erblinde?

Eine weitere Granate. Am Geräusch erkannte Gregor, dass sie über ihn hinwegfliegen würde, deshalb blieb er stehen, schob sein Gewehr durch die Schießscharte und jagte Schuss auf Schuss nach drüben. Würden die Engländer heute stürmen? Waren sie vielleicht schon irgendwo eingebrochen? Gab es da nicht Bewegung im Rauch, der über das Schlachtfeld zog? »Sie kommen! Sie kommen!«, wollte er brüllen. Aber nein, es war nichts, die Angst gaukelte einem Dinge vor, die nicht existierten.

Neben ihm wurde ein Mann in den Hals getroffen; er gurgelte, Blut spritzte bei jedem Schrei heraus, und doch wollte er nicht fallen.

Gleich bin ich dran, dachte Gregor. Lieber Gott, wenn es dich gibt: nicht ins Gesicht, bitte nicht ins Gesicht! Einen Arm bin ich bereit zu opfern, wenn es meine Beine trifft, will ich nicht klagen, aber nicht das Gesicht!

Eine Kugel sirrte dicht an seinem linken Ohr vorbei, weitere klatschten in die Bretterwand. Die Erde unter seinen Füßen bebte von den Erschütterungen der Granaten. Dreck spritze meterhoch, Lehmklumpen prasselten vor seine Füße. Eine Druckwelle schleuderte ihn zu Boden.

Jemand fiel auf ihn, presste ihn in den Schlamm. Gregor versuchte, sich aufzurichten. Etwas Warmes lief über sein

Gesicht, tropfte vor ihm auf die Erde, das Blut des Mannes über ihm, fremdes Blut, eigenes Blut, Blut, immer mehr Blut; Gregor schrie und drückte sich hoch, bis der Soldat von ihm rollte und ihn mit weit aufgerissenen Augen ansah. Gregor wollte ihn festhalten, ehe er in den Schlamm fiel, und griff in Gedärme.

Schreiend wich er zurück, ließ den Toten fallen, rappelte sich auf und sah einen Kameraden, der die Hände vor den Bauch presste und vermutlich ebenfalls schrie; hören konnte er nichts, weil es in seinen Ohren unablässig summte und dröhnte. Das Knattern der Maschinengewehre, die Explosionen, das Trommelfeuer der Schnellfeuerwaffen, das Rattern, Pfeifen, Surren – all das machte einen taub. Nicht einmal, wenn ihm jemand etwas ins Ohr gebrüllt hätte, hätte er ihn verstanden.

Gregor taumelte zu seinem Gewehr, trat auf etwas, das sich als abgerissener Arm entpuppte, kotzte. Granaten zischten heran, Bretter splitterten, Drahtverhaue flogen durch die Luft. Nicht der Kopf, lieber Gott, bitte lass es nicht den Kopf sein! Lilly, ich will dich wiedersehen! Lilly! Lilly!

Friedhelm wurde an der Stirn verletzt, dann explodierte eine weitere Mine direkt vor ihm und überschüttete ihn mit Erde. Gregor ließ das Gewehr fallen und befreite seinen Kameraden von Dreck und Steinen. Friedhelm zitterte unkontrolliert; zweifellos fühlte er sich wieder in den Unterstand versetzt, in dem er lebendig begraben worden war. Seine Stirnverletzung dagegen schien harmlos zu sein.

Schrapnells! Splitter flogen umher, bohrten sich in Holz und Erde, in Fleisch und Knochen. Der Artilleriebeschuss grub Tote aus, die längst begraben worden waren, und schleuderte ihre Überreste in die Gräben.

Unteroffizier Bartels wurde umgerissen, die Uniform an seiner Schulter saugte sich mit Blut voll. Er lebte jedoch, richtete sich am Grabenrand zu sitzender Position auf, presste seine Hand auf die Wunde.

Gregor nahm das alles wie durch einen Schleier wahr, schoss, betete, duckte sich, schrie, blutete, schrie wieder, schoss, schoss, schoss. Es war unwirklich, es war purer Überlebensinstinkt, es war Wahnsinn.

Urplötzlich, als hätten die gegnerischen Parteien sich abgesprochen, endete der Beschuss.

Hatte das Trommelfeuer aufgehört, oder war er taub? Ein Pfeifen in den Ohren. Der Nachhall längst vergangener Explosionen. Schreie wie aus weiter Ferne.

Rauch zog über die Gräben hinweg. Es roch nach Pulver, Dreck, Exkrementen.

Lebe ich noch? Gregor betrachtete seine Hände, betastete seine Brust, sein Gesicht. Heil. Ich bin heil. Blutig von einem Streifschuss, dreckig, aber im Wesentlichen heil. Ich lebe, Lilly! Ich lebe!

Er lehnte seinen Kopf gegen die Grabenwand, berührte das Holz der Verkleidung, Lehm, Erdklumpen. Er stand auf, vorsichtig, ohne seinen Kopf über die Deckung zu heben, breitete die Arme aus und atmete tief ein.

Wie schön das Leben ist! Wie kostbar! Wie intensiv es riecht! Wie blau der Himmel ist, dahinten, wo die Wolkenwand ein Stück weit aufreißt! Gregor schloss die Augen, weil ihm schwindlig war vor Erleichterung. Ich wurde wiedergeboren. Ich darf einen weiteren Tag erleben. Vielleicht noch einen. Und noch einen. Ich werde Lilly wiedersehen. Halte durch, Liebes. Wenn ich überlebt habe, dann schaffst du es auch.

Er drehte sich zur Seite. Der Leichnam ohne Kopf war von den Erschütterungen vornübergekippt. Der Kopf war nirgends zu sehen.

Gregor kroch über Leichen hinweg zu Friedhelm, der

immer noch zitterte, aber im Wesentlichen unverletzt schien. »Es ist vorbei«, krächzte er. Seine Stimme klang wie die eines Fremden. »Es ist vorbei.«

Er kroch weiter zum verwundeten Unteroffizier.

Guntram kümmerte sich bereits um ihn. »Er verliert viel Blut.«

Gregor kam auf die Beine und stolperte durch den Graben auf der Suche nach einem Sanitäter. Beinahe wäre er über einen Soldaten gestolpert, der kaum älter sein konnte als Lothar. Schrapnellsplitter hatten seinen Körper durchsiebt, der Boden um ihn herum war rot. Kraftlos hob der Junge eine Hand. Gregor kniete zu ihm nieder.

»Ich sehe nichts mehr«, flüsterte der Junge. »Ich sehe nichts mehr.«

Gregor ergriff seine Hand.

Blut lief aus den Mundwinkeln des Jungen. »Ich ... habe doch heute ... Geburtstag«, hauchte er. Dann fiel sein Kopf zur Seite.

Gregor verschloss sein Herz, stand auf, suchte weiter nach einem Sanitäter.

Hauptmann von Mörike kam ihm entgegen. »Verluste?«

»Ich weiß nicht. Unteroffizier Bartels schwer verletzt, Gefreiter Bethke, glaube ich, auch. Ich suche einen Sanitäter.«

»Da vorn irgendwo.«

Gregor hastete weiter. Er kam an einem Toten vorbei, dessen Kopf in der Mitte aufgebrochen war. Wie riesige Eierschalen klafften die Hälften auseinander, sein Gehirn quoll breiig darüber. Auch einen Meldehund hatte es erwischt; er lag unweit der Latrine im Morast, die Pfoten regelrecht weggerissen. Die Feldküche war zerschossen worden, Volltreffer. Blechfetzen und Erbsensuppe bedeckten den Boden noch einen halben Kilometer entfernt.

Endlich fand Gregor einen Sanitäter und konnte ihn bewegen mitzukommen. Der Mann gab Bartels eine Morphiumspritze und verarztete ihn notdürftig, ehe er weitereilte.

Die nächsten Stunden waren ein einziger Albtraum. Verwundete zur Sanitätsstation bringen, Sterbende trösten, Tote bergen. Das Leid nicht an sich heranlassen. Um ihn herum ein Bild der Zerstörung. Bombentrichter überall; die ersten füllten sich bereits mit Grundwasser.

Gegen drei Uhr nachmittags kam der Trägertrupp, der Verpflegung, Munition, Baumaterial und Post an die Front brachte, mit ihm kam die Ablösung. Während die Verwundeten zum Hauptverbandsplatz gebracht wurden, wo man sie behandeln und je nach Schweregrad ihrer Verletzungen zum Leichtverwundetensammelplatz, ins Feldlazarett oder in die Heimat schicken würde, fuhren die Gesunden in den Versorgungswagen oder in den Packwagen mit der schmutzigen Wäsche für die Waschanstalt ins Hinterland, in die Ruhestellung. Fort von Schmerz und Leid. Fort von all dem Grauen. Fort vom Morden.

Dachte Gregor.

14

Bei Regen waren sie in der Ruhestellung angekommen, hungrig, übermüdet, verdreckt, blutend, dem Tod gerade noch entronnen. Und doch wurden sie gezwungen, am nächsten Morgen in aller Frühe anzutreten, endlose Belehrungen über sich ergehen zu lassen, Appelle und Unterricht und noch mal Appelle, und wehe, ein Knopf war nicht richtig poliert! Dann Kompanieexerzieren, im Dauerlauf um eine Scheune, Gefechtsübungen, Scharfschießen, Waffenausbildung. Was für eine elende Schinderei! Schließlich noch das Strafexerzieren derjenigen, die an der falschen Stelle gelacht oder den dritten Knopf ihrer Uniform nicht glänzend genug gescheuert hatten. Die Menschen wurden zu Idioten gemacht!

Die Uniform, die Gregor als Ersatz bekommen hatte, war auch so eine Sache. Der Rockkragen glänzte speckig, der Hosenschlitz wies einen Fleck auf. Wie viele Furunkel mochten diesen Rockkragen durchgescheuert haben? Wie viele Geschlechtskrankheiten hatte diese Hose bereits verdeckt? Wie viele Männer waren darin gestorben oder zum Krüppel geschossen worden? Doch gegen Ekel war er längst abgestumpft. Das Leben an der Front war dreckig, das Handwerk, das sie dort ausübten, war dreckig, da war es nur konsequent, wenn auch die Kleidung, die man trug, sich diesem Zustand anpasste. Hauptsache, die Knöpfe waren blank!

Auch unter der Uniform fühlte er sich alles andere als sauber. Ein Sanitäter hatte ihn mit Perubalsam eingeschmiert, der Läuse wegen, und ihm dann geholfen, das Baumwollhemd darüberzuziehen, bis zu den Knien. Das klebte jetzt an der dunkelbraunen Salbe und musste acht Tage anbehalten werden. Gregor sehnte sich nach einem Bad. Viel Nutzen brachte die Prozedur ohnehin nicht. Schon bald nach Beendigung der Tortur quälte einen das Ungeziefer von Neuem.

Ein Hauptmann, den Gregor nicht kannte, baute sich vor den Soldaten auf, sah von einem zum anderen und rief: »Lilienthal?«

Nanu? Gregor trat einen Schritt vor. »Hier.«

»Man hat mir gesagt, dass Sie daheim für die Kriminalpolizei arbeiten?«

»Zu Befehl, Herr Hauptmann, das ist korrekt.«

»Mitkommen.«

Froh, der alltäglichen Schikane den Rücken kehren zu dürfen, trottete Gregor hinter dem Offizier her.

»Die Feldgendarmerie ist dünn besetzt und derzeit nicht verfügbar«, schnarrte der, als wäre damit alles gesagt.

Gregor musste sich beeilen, um mit ihm Schritt zu halten. Er stellte keine Fragen.

Sie marschierten durch die Hauptstraße des französischen Dorfes, das ihnen als Stützpunkt diente, auf einen Bombentrichter außerhalb zu, der bei der Eroberung der Ortschaft entstanden war. Zwei Posten bewachten ihn und grüßten den Offizier zackig.

Am Rand des Kraters blieb der Hauptmann stehen. »Sagen Sie mir, was Sie davon halten«, meinte er und deutete mit einer Kopfbewegung nach unten.

Die Überreste einer Leiche lagen darin verstreut, kaum mehr als menschliches Wesen zu identifizieren. Es gab nur noch Fetzen von Fleisch, Knochen und Uniform. Eine Handgranate, vermutlich. Das also war der Auslöser für den Knall gestern Abend gewesen, der sie alle hatte zusammenzucken lassen, alarmbereit. Bis ihnen eingefallen war, dass sie sich weit jenseits der feindlichen Linien und in Sicherheit befanden.

Beklommen stieg Gregor in den Krater hinunter. Er hatte eine Ahnung, was er entdecken würde, eine Ahnung, der weiter nachzugehen er sich verbot, solange es keine Gewissheit gab. Nein, dachte er, das darf nicht sein. Das wäre zu ungerecht.

Am Boden des Trichters blieb er stehen, um keine Spuren zu zerstören, und drehte sich langsam um sich selbst, jeden Quadratzentimeter des Bodens in Augenschein nehmend. Wer immer die Leiche entdeckt hatte, war anscheinend so umsichtig gewesen, nichts zu verändern. Alles machte einen unberührten Eindruck.

Nachdem er das Gesamtbild in sich aufgenommen hatte, kniete Gregor neben den Überresten dessen nieder, was einmal ein Mensch gewesen war. Viel gab es nicht zu sehen. Ein paar Schritte entfernt blinkte jedoch etwas. Gregor ging hinüber. Wie erhofft handelte es sich um eine der metallenen Erkennungsmarken, die jeder Soldat um den Hals trug, auf dem Name, Geburtsort, Geburtsdatum und Truppenteil vermerkt waren.

Gregor kniete nieder und hob die Marke auf. Sie war verbeult, aber vollständig erhalten. Mit dem Handrücken wischte er Ruß und Dreck ab, atmete einmal tief durch und las die Inschrift. Ein Zittern durchlief seinen Körper. Also doch. Seine Ahnung hatte ihn nicht getrogen.

Joscha Luck.

Er war nicht in der Baracke gewesen, als Gregor sich gestern Nacht schlafen gelegt hatte, und er war auch nicht beim Appell erschienen. Man musste deswegen nicht das Schlimmste annehmen, es gab genug natürliche Erklärungen für seine Abwesenheit. Vielleicht hatte er ein Stelldichein und darüber die Zeit vergessen. Vielleicht sogar mit einer

Französin, in diesem Fall war Heimlichtuerei nur allzu geboten. Erst beim Appell vorhin war seine Abwesenheit offiziell bemerkt worden.

Joscha. Der nie hier sein wollte. Der über sich selbst lachen konnte, wie damals, als er eines nachts austreten musste und zu spät merkte, dass das Grundwasser die Pritschen erreicht hatte. Der bisweilen die komischsten Betrachtungen anstellte, angesichts einer dünnen Erbsensuppe zum Beispiel: »Mit den Erbsen ist es wie im Leben, die Hohlköpfe schwimmen oben, die paar, die was drin haben, gehen der Sache auf den Grund.« Der trotz der widrigen Umstände seinen Humor behielt, bis Schinder wie Golo Bartels ihm das Lachen austrieben. Joscha. Der es satt hatte, einfach satt. Der ein wahrer Freund gewesen war, sein einziger in dieser Hölle.

Schweren Herzens erhob sich Gregor.

Der Hauptmann war jetzt ebenfalls in den Krater heruntergestiegen. »Mord? Selbstmord? Unfall?«, wollte er wissen.

Das war die Frage. Gregor ließ die letzten Tage Revue passieren. Joschas düstere Stimmung. *Nichts kann uns retten, gar nichts. Wir werden alle draufgehen, weil ein paar Idioten Spaß am Kriegspielen haben.* Aber er war nicht der Typ, der Selbstmord beging, dazu liebte er das Leben viel zu sehr.

Gregor ging auf Hände und Füße nieder und untersuchte den Boden des Kraters. Erdklumpen. Steine. Fetzen eines feldgrauen Mantels. Die Überreste von Haut, Fleisch und Knochen. Blutspitzer.

Eine Senke, die von der Druckwelle der Explosion verschont geblieben war, weckte seine Aufmerksamkeit. Er kroch näher heran, studierte das Blut, die Ausbuchtungen im Schlamm und erhob sich. »Mord«, sagte er.

»Wie kommen Sie darauf?«

»Sehen Sie das viele Blut und die Schleifspur? Der Tote ist hier umgebracht worden. Angesichts der Menge an Blut würde ich vermuten, ihm wurde die Kehle durchgeschnitten. Anschließend hat der Mörder die Leiche ein Stück höher gezogen, wo es für ihn bequemer war, an ihn heranzukommen. Um ihn zu berauben, nehme ich an. Und dann eine Handgranate auf ihn geworfen, um seine Tat zu vertuschen. Vielleicht in der Hoffnung, sie würde als Selbstmord oder Unfall durchgehen.«

Der Hauptmann seufzte. Er hatte wohl auf ein anderes Ergebnis gehofft. »Dann«, sagte er, »entbinde ich Sie von Ihren Pflichten und beauftrage Sie, den Mörder zu finden.«

15

Die Verwundeten vom Hauptverbandsplatz waren in der Scheune eines einzeln gelegenen Gutshofes untergebracht. Eine Rote-Kreuz-Fahne hing schlaff von einem Mast herab. Vor dem Tor blieb Gregor stehen, um sich über sein Dilemma klar zu werden. Einen Vorgesetzten wegen eines Mordes zu befragen, wenngleich nicht als Verdächtigen, würde ihm keinen Applaus einbringen. Sollte Golo

Bartels sich auf den Schlips getreten fühlen, würde er es ihn büßen lassen. Umso mehr, als sein bevorzugtes Opfer nicht mehr am Leben war.

Ich sollte in die Ruhestellung zurückkehren und die anderen befragen. Bartels kann ohnehin nichts mit der Sache zu tun haben. Es bringt weder mir noch dem armen Joscha etwas, wenn ich ihn mir zum Feind mache.

Gregor seufzte, schob einen Flügel des Tores auf und trat ein.

Der Raum hallte wider vom Stöhnen der Verwundeten. Es roch nach Karbol, Eiter und Schweiß. Unweit des Eingangs saßen drei Mann auf einer Pritsche und spielten Skat. In einer Ecke weinte ein junger Soldat still vor sich hin. Ärzte waren eben dabei, einem Betäubten das Bein zu amputieren. Alles in allem war es jedoch ruhig, kein Vergleich mit der Hektik, wenn Verletzte von der Front eintrafen.

Der Stabsarzt ging von Bett zu Bett, überzeugte sich anhand der Wundtäfelchen am Rockknopf der Patienten von der bislang erfolgten Hilfeleistung und ordnete gegebenenfalls weitere Maßnahmen an. Die Verwundeten hatten die Pflicht, sich aufzurichten, wenn er zu ihnen kam, oder zumindest Haltung anzunehmen, was einige nur unter Schmerzen zustande brachten. Eine Zuwiderhandlung bedeutete vierzehn Tage Arrest.

Gregor sah sich um und entdeckte den Gesuchten schließlich in der entgegengesetzten Ecke des Schuppens.

Golo Bartels bemerkte ihn zur gleichen Zeit. »Gefreiter Bulette«, rief er quer durch den Raum, »wollen Sie Ihrem guten alten Unteroffizier Gesellschaft leisten?«

Die Ärzte hatten ihm Morphium verabreicht, Gregor erkannte es an den verengten Pupillen und seinem euphorischen Gebaren. Er sah sich nach einem Stuhl um, fand keinen und blieb deshalb vor der Pritsche stehen. Bring es hinter dich! »Ich komme in kriminalpolizeilicher Funktion«, erklärte er.

»Kriminalpolizeilicher Funktion, oha«, spottete Bartels. »Das klingt ja ungeheuer wichtig.«

Gregor entschied sich, nichts zu entgegnen. Er blickte den Unteroffizier nur an und wartete ab, eine Taktik, die ihm schon oft gute Dienste geleistet hatte.

Bartels hielt das Schweigen nicht lange aus. »Nun reden Sie schon, was gibt es denn kriminalpolizeilich für Sie zu tun, he?«

»Der Gefreite Luck ist tot. Ermordet.« Gregor beobachtete seinen Vorgesetzten. Wirkte er überrascht? Erschüttert? Froh?

»Bärchen ist tot?«, wunderte sich Bartels. »Der feige Hund. Hat sich davongemacht, was?«

Tut es Ihnen jetzt leid, wie Sie ihn behandelt haben? Dass Sie ihm die letzten Wochen seines Lebens vergällt haben? Gregor musste nicht fragen, er kannte die Antwort. »Ich bin hier, um zu versuchen, den Mord aufzuklären«, sagte er.

»Und da kommen Sie ausgerechnet zu mir? Ich lag die ganze Zeit in diesem Schuppen, weil die Scheiß-Tommys mir die Schulter versaut haben. Wann ist das mit Bärchen überhaupt passiert?«

»Gestern Abend.«

»Tja, Pech. Ich wünschte, ich wäre da gewesen. Seine letzten Worte hätten mich interessiert. Gingen sicher an Mami.«

Vermutlich lag es an der Droge, dass der Unteroffizier lebhaft gestikulierte und kaum auf den Inhalt der Nachricht reagierte. Das Morphium beeinflusste seine Reaktionen. Gregor kannte das nur allzu gut; er hatte schließlich selbst einige unangenehme Erfahrungen damit machen müssen.

»Wann haben Sie ihn zum letzten Mal gesehen?«

»Als ihr mich zu den Schlächtern hier geschickt habt. Wie ist er gestorben?«

»Eben das versuche ich herauszufinden. Ist Ihnen in letzter Zeit irgendwas an ihm aufgefallen?«

»Dass er ein Idiot ist. Aber das wusste ich schon vorher.«

Ein nutzloses Unterfangen, dachte Gregor. Ich hätte gar nicht herkommen sollen.

»Nun sagen Sie schon: Wie ist es passiert? Wer hat ihn gefunden? Wo?«

»Tut mir leid, ich kann über eine laufende Ermittlung keine Auskünfte geben.«

»Verdammt noch mal, reden Sie, Gefreiter Bulette. Noch unterstehen Sie meinem Befehl.«

»Im Augenblick nicht. Ich bin von meinen üblichen Aufgaben entbunden.«

»Da sind Sie aber froh, was? Eines Tages werden Sie allerdings zu mir zurückbeordert, haben Sie daran schon mal gedacht?«

Ununterbrochen. Aber das wird mich nicht hindern, meine Arbeit zu tun. Gründlich, wie immer. »Haben Sie einen Anteil an seiner Ermordung?«

»Sind Sie nicht recht bei Trost? Ich lag hier im Lazarett, Kilometer von Ihnen entfernt.«

»Sie könnten jemanden angestiftet haben.«

»Was fällt Ihnen ein, Lilienthal? Sie –«

»Beantworten Sie meine Frage. Haben Sie jemanden angestiftet, Joscha Luck umzubringen?«

»Natürlich nicht. Aus welchem Grund sollte ich so etwas tun?«

»Er hat angefangen, sich über Sie zu beschweren, nicht wahr? Vielleicht hatten Sie Schiss, dass Ihre Schikanen Ihnen eines Tages das Genick brechen.«

»Wie reden Sie mit mir? Sie vergessen wohl, wen Sie vor sich haben!«

Halt deinen Mund, Gregor, es bringt dir nichts ein. In ein paar Wochen ist Bartels wieder auf dem Damm, dann zahlt er dir alles hundertfach heim. »Im Gegenteil«, sagte Gregor. »Sie sind ein Sadist, dem es Spaß macht, Menschen zu quälen. Vielleicht genügt Ihnen das jetzt nicht mehr.«

Bartels schaute ihn mit offenem Mund an. »Das wird Ihnen noch leidtun, Lilienthal«, flüsterte er, »das schwöre ich.«

Hör auf damit, Gregor! Was reitet dich, Bartels herauszufordern? Halt den Mund! »Haben Sie eigentlich nie Angst, dass Sie in irgendeinem Gefecht mal eine Kugel in den Rücken bekommen? Unfälle passieren so leicht.«

Der Unteroffizier stierte ihn an. »Meine Antwort kriegen Sie, wenn ich wieder auf den Beinen bin«, stieß er zwischen zusammengebissenen Zähnen hervor. »Typen wie Sie habe ich daheim zur Genüge kennengelernt. Sauhunde, die anständige Menschen schikanieren.«

Das hieß vermutlich, dass er des Öfteren mit dem Gesetz in Konflikt geraten war, Gregor hatte es sich bereits gedacht. »Haben Sie irgendwelche Beobachtungen gemacht, die mir bei der Aufklärung des Mordes weiterhelfen können?«

Der Unteroffizier legte sich ins Kissen zurück. »Als Bulle machen Sie keine gute Figur, Lilienthal, so viel steht mal fest. Dazu taugen Sie genauso wenig wie zum Soldaten.«

Ich hätte nicht herkommen sollen. Es bringt nichts. »Na schön, dann lasse ich Sie wieder allein. Wenn Ihnen noch etwas einfallen sollte, das mir weiterhelfen könnte, lassen Sie es mich wissen.« Gregor wandte sich zum Gehen.

»Da gibt es in der Tat etwas, das mir aufgefallen ist«, sagte Bartels.

Gregor blieb stehen. »Ja?«

»Allerdings.«

Gregor kehrte zur Pritsche des Unteroffiziers zurück und beugte sich zu ihm herab.

»Luck hatte die Hosen voll«, flüsterte Bartels und brach in schallendes Gelächter aus. Er lachte immer noch, als Gregor zum Tor marschierte und nach draußen verschwand.

16

Als Gregor in die Ruhestellung zurückkehrte, schien die Sonne. Eine Weile sah er einer Gruppe Soldaten zu, die mit ihren Helmen zwei Tore markiert hatten und nun um einen Ball aus Lumpen rangen. Er wollte erst den unangenehmen Nachgeschmack der Befragung des Unteroffiziers loswerden, ehe er sich auf die Suche nach Lothar machte. Schließlich verließ er die Wiese und ging durch das Dorf.

Ein paar Soldaten saßen im Kreis um einen wassergefüllten Bottich, schälten Kartoffeln und unterhielten sich dabei. Sie schickten Gregor in die Feldbäckerei. Dort standen dreißig Mann mit hochgekrempelten Ärmeln um drei lange Tische, bis zum Ellbogen in Mehl, und kneteten Brot, unter ihnen auch Lothar Fichte. Mehlstaub hing in der Luft.

Gregor winkte den Jungen zu sich.

»Was gibt es denn?«

»Komm mit nach draußen, ich muss dir ein paar Fragen stellen.«

Lothar wusch sich die Hände und folgte ihm. Sie setzten sich hinter dem Haus auf eine Bank, wo die Strahlen der Sonne sie wärmen konnten.

Gregor betrachtete den Jungen und beschloss, dass er bei ihm wohl am meisten erreichen würde, wenn er freundlich blieb. Der gute Kamerad, dem man sich bedenkenlos anvertrauen konnte. »Joscha ist ermordet worden«, sagte er, »und ich bin beauftragt worden herauszufinden, wer es war.«

»Ermordet? Die Engländer? Ich meine …«

»Es war einer von uns. Hier.«

»Aber wer sollte …?«

»Eben das will ich herausbekommen. Wo warst du gestern Abend nach dem Abendessen?«

»Ich? Was habe ich damit zu tun?«

»Es kommen nicht viele Menschen infrage, Lothar. Nur jemand, der Joscha kannte, hatte ein Motiv.« Genau genommen grenzte es den Kreis der Verdächtigen auf fünf Personen ein. Lothar. Franz. Guntram. Friedhelm. Golo Bartels. Die letzten beiden hielten sich etliche Kilometer vom Geschehen entfernt auf und standen zudem unter ärztlicher Aufsicht. Die anderen drei hingegen waren gestern erst nach der Explosion in die Unterkunft zurückgekehrt.

»Ich habe doch kein Motiv.«

»Er ist ziemlich rüde mit dir umgesprungen, nicht wahr? Hat dein Kruzifix fortgeworfen.«

Lothars Hand glitt unwillkürlich an die Stelle seines Hemdes, unter der er das silberne Kreuz trug. »Deswegen bringt man doch keinen um.«

»Du nimmst deinen Glauben sehr ernst. Kein Mensch

erträgt es, wenn jemand verspottet, was ihm heilig ist. Das ist nur allzu verständlich.«

»Das war doch bloß in der Hitze des Gefechts. Joscha ist … war in Ordnung. Ich weiß, dass er es nicht so gemeint hat.«

»Dann beantworte bitte meine Frage: Wo warst du gestern Abend?«

»Erst beim Fronttheater. Später im Garten hinter der Lesestube. Ich habe Tagebuch geschrieben und einen Brief an die Heimat.«

»Hat dich jemand gesehen?«

»Ich wollte allein sein. Das Licht aus den Fenstern hat mir genügt, und da draußen stört einen niemand.«

»Also kann kein Mensch deine Angaben bezeugen.«

»Ich glaube …« Lothar senkte den Kopf. »Nein.«

»Wann hast du Joscha zuletzt gesehen?«

»Beim Fronttheater. Er war es, der mich mitgenommen hat. *Der Raub der Sabinerinnen*. Damit ich auf andere Gedanken komme. Er war ein anständiger Kerl. Auch wenn er keinen Gott hatte.«

Ja, das war er. Einer, der den Inhalt seiner Pakete von Zuhause mit den anderen teilte. Einer, der keinen Kameraden im Stich ließ. Einer, der selbst gefangen genommene Feinde wie Menschen behandelte. »Mir ist aufgefallen, dass du ihm in unserer Baracke in letzter Zeit aus dem Weg gegangen bist«, sagte Gregor.

»Na ja, ich, äh, wollte keinen weiteren Streit wegen des Kruzifixes provozieren.« Lothar wurde rot und blickte zu Boden.

»Und trotzdem bist du mit ihm ins Fronttheater gegangen?«

»Ich … wusste nicht, wie ich ablehnen sollte. Es war ja auch wirklich nett von ihm, mich zu fragen.«

Merkwürdig, dachte Gregor. Irgendwie klang die Begründung nicht stimmig. Ein Punkt, den er im Hinterkopf behalten sollte. »Was war nach dem Theater?«

»Wir haben uns getrennt.«

»Das war das letzte Mal, dass du ihn getroffen hast?«

»Ja. Das heißt, nicht ganz. Auf dem Weg zur Lesestube habe ich ihn noch mal gesehen, ein paar Minuten später. Mit Guntram.«

»Was haben die beiden gemacht?«

»Gestritten, glaube ich. Hören konnte ich nichts, ich war zu weit entfernt. Aber sie haben ziemlich wild gestikuliert.«

Nicht gerade ungewöhnlich, dass die beiden eine Meinungsverschiedenheit hatten. Dennoch … »Zu dumm, dass du nicht weißt, worum es ging.«

»Tut mir leid.«

»Und vorher, auf dem Weg in die Ruhestellung, oder später im Theater – ist dir da irgendwas an ihm aufgefallen?«

»Eigentlich nicht.«

»Aber?«

»Na ja, es war letzten Endes nicht ungewöhnlich. Aufgefallen ist es mir doch. Dass er während der Vorstellung nicht gelacht hat, nicht ein einziges Mal. Obwohl es wirklich komisch war. Vor allem der eine Soldat als Mädel. Der hatte so ein fein geschnittenes Gesicht und sich so gut verkleidet, der konnte als echte Schönheit durchgehen. Überhaupt, all die Männer in Frauenrollen, zum Schreien. Aber Joscha hat keine Miene verzogen. Ich glaube, er war deprimiert.«

Das war er wohl. Weil er zu denen gehörte, die Schwierigkeiten damit hatten, ihre Gefühle vor dem Grauen um sich herum abzuschotten. »Und du? Warst du nicht deprimiert? Immerhin war es deine erste Schlacht.«

»Es war furchtbar. Aber man muss doch weiterleben, nicht wahr?«

»Du hast dich gut geschlagen.«

»Findest du?«

»Am Ende schienst du deine Angst im Griff zu haben.«

»Gott wird mich schützen. Ich vertraue auf meinen Konfirmationsspruch, weil ich weiß: Ist die Gefahr am größten, so ist Gott am nächsten.«

Beneidenswert. Gregor wünschte, es gäbe etwas, aus dem auch er einen solchen Trost ziehen konnte.

»Glaubst du ...« Lothar verstummte.

»Frag ruhig.«

»Glaubst du, dass der Krieg noch lange dauert?«

»Ich weiß es nicht. Eigentlich nicht, nein. Aber das haben wir 1914 auch gedacht.«

»Es ist doch ein gerechter Krieg, nicht wahr? Wir kämpfen für unser Land und die, die wir lieben.«

»Gibt es einen gerechten Krieg? Ich weiß es nicht. Ich weiß gar nichts mehr.«

»Gott würde nicht zulassen, dass all diese schrecklichen Dinge grundlos geschehen.«

»Vielleicht gefällt es deinem Gott, uns zu quälen.«

Entschieden schüttelte Lothar den Kopf. »Gott ist gerecht. Er stellt uns vor schwere Aufgaben, ja, aber nur, um uns zu prüfen. Um zu sehen, ob wir reinen Herzens sind.«

Kann er das nicht sehen, indem er einfach in unser Innerstes blickt?, war Gregor versucht zu antworten. Aber er schwieg.

»Unser Pfarrer hat gesagt, wir tun ein gutes Werk.«

»Und du? Was glaubst du?«

Lothar zuckte die Achseln. »Es ist anders an der Front, als man uns gesagt hat.«

»Es liegt nichts Heldenhaftes darin, von Schrapnellsplittern zerfetzt zu werden.«

Lothar sah zu Boden.

»Was hast du vor, wenn erst wieder Frieden herrscht?«, fragte Gregor, um ihn auf andere Gedanken zu bringen.

»Ich will Theologie studieren. Als Pfarrer kann ich meinen Mitmenschen helfen. So viele Haltlose überall, im Feld wie daheim. Der Glaube könnte ihnen Zuversicht geben. *Ich* könnte ihnen Zuversicht geben. Ihre Seelennöte lindern. Ihnen einen Weg weisen.« Lothars Wangen röteten sich.

»Ich könnte mir vorstellen, dass du ein guter Pfarrer wirst«, erwiderte Gregor.

»Meine Brüder sind auch Pfarrer. Und meine Schwester ist in einen Orden eingetreten.«

»Du bist der Jüngste?«

Lothar nickte.

Sie schwiegen eine Weile.

»Und du?«, fragte der Junge. »Was wirst du tun, wenn der Krieg vorbei ist?«

Gregor blickte über die zerbombten Felder. »Vergessen.«

17

Dass die einfachen Soldaten an der Front einen Hass auf Offiziere hatten, die sich als Etappenschweine im Hinterland ein schönes Leben machten, während sie selbst tagtäglich ihr Leben riskierten, war nicht weiter verwunderlich. Beispielsweise hatte sich der Ortskommandant – Ortskomödiant, nannte ihn Gregor im Stillen – nicht nur eine Kegelbahn und einen Tennisplatz anlegen lassen, wo er und seine Offiziere sich vergnügten, während ein paar Kilometer weiter vorn die Männer starben, sondern dank seiner hervorragenden Kontakte in die Heimat hatte er auch dafür gesorgt, dass Dortmunder Bier in Strömen floss.

Daran musste Gregor denken, als er auf der Suche nach Guntram Beier am Offizierskasino vorbeikam, aus dem lautes Gelächter drang. Es handelte sich um das Haus eines französischen Tuchhändlers, das requiriert und in einen Spielclub mit angrenzendem Bordell umgewandelt worden war.

Es gab natürlich auch anständige Männer unter den Offizieren, solche, die die Gefahren mit ihren Untergebenen teilten, solche, die ein Auge zudrückten, wenn ein Soldat eine Schwäche zeigte, solche, die sich menschlich verhielten. Aber sie waren in der Minderzahl. Die Mehrheit glaubte, dass es auch im Krieg Standesunterschiede geben musste. Dass sie auch an der Front ein Anrecht auf ein weiches Bett und einen vollen Bauch hatten. Adelige, die ihren armseligen Charakter durch hochfahrendes Auftreten kompensierten und auf lächerlichen Ehrbezeigungen bestanden, die ihnen das Gefühl gaben, wertvollere Menschen zu sein. Nicht wenige Familienväter, die daheim einen Betrieb leiteten oder einen Bauernhof bewirtschafteten und sich hier den Befehlen eines gerade volljährigen Schnösels beugen mussten, hatten eine Scheißwut auf die jungen Kompanieführer aus reichem Hause.

»Nun sieh dir an, wie die Sauhunde leben«, sagte Guntram denn auch als Erstes, als Gregor ihn fand. »Wein, Weib und

Gesang. Kronleuchter im Offizierskasino, Marmorkamin, rotseidene Sessel. Und Fleisch in Hülle und Fülle. Alles gibt es hier: Weißbrot zum Gemüse, frisches Obst, einfach alles.«

Während die Männer an der Front mit dünnem Kaffee und ungenießbarem Brot auskommen mussten und zweimal die Woche einen spärlichen Klacks Schmalz und Butter erhielten. Und erst die Hauptmahlzeit! Vorgestern hatte es Graupen mit Schweinefleisch gegeben – nur dass kein Fleisch auf dem Teller lag, dafür eine Birne. Und Büchsenleberwurst gab es mit kaum Leber darin, sondern einem undefinierbaren Gemisch aus Grütze und Kartoffelmehl. Hin und wieder verfaulte Heringe. Einmal mussten sie Sauerkraut und Kartoffelschalen essen, bei denen die Sprossen noch dran und zu grauen Würmern zerkocht waren. Zum Sattessen reichte es nie. Wenn sie nicht die Tornister getöteter Kameraden plündern und Verluste mit Verzögerung nach hinten melden würden, um die Rationen für die Gefallenen untereinander aufzuteilen, würden sie noch mehr Hunger schieben.

»Die leben wie die Fürsten, bekommen ihre Gehälter weiter ausbezahlt und daneben zweihundertfünfzig Mark plus fünf Mark Menagegeld pro Tag, während wir mit unseren dreiundfünfzig Pfennig Tageslöhnung und knurrendem Magen im Dreck sitzen.«

»Mir ist unbegreiflich, warum die Oberste Heeresleitung nicht alles daran setzt, solche Missstände zu unterbinden. Wenn die Ungerechtigkeiten und die Schikanen nicht wären, wäre die Stimmung in der Truppe deutlich besser.«

»Hauptsache, wir kommen bald wieder ins Feld. An der Somme kämpfen sie, und wir drehen hier Däumchen. Ich habe die Untätigkeit gründlich satt.«

Gregor musste daran denken, wie er selbst die ersten Tage in der vordersten Linie versucht hatte, nur in die Luft zu schießen, im Glauben, er käme vielleicht so durch den Krieg.

Bis einmal ein Dutzend feindlicher Soldaten schreiend auf ihn zugelaufen kam und die Kugeln um seine Ohren pfiffen. Seitdem schoss er gezielt. Er tat seine Pflicht, und wie bei allem, was er tat, gab er sein Bestes. Aber es bereitete ihm kein Vergnügen. »Warum bist du eigentlich so erpicht darauf zu kämpfen?«, wollte er von Guntram wissen.

»Nichtstun ist langweilig. Man kann nicht immer bloß Karten spielen.«

»Es ist mehr als das. Du sehnst dich geradezu danach, dass die Kugeln fliegen.«

»Wenn sie mich zum Stoßtrupp ließen, könnte ich zeigen, was ich drauf habe. Das würde meinem Vater das Maul stopfen, darauf wette ich.«

»Deinem Vater?«

»Ich bin eine Enttäuschung für ihn. Nie konnte ich ihm etwas recht machen. Nie hab ich was anderes gehört, als: ›Hau ab, du störst. Aus dir wird nie was Anständiges.‹« Guntram schnaubte abfällig. »Wenn ich mit meinen Zinnsoldaten gespielt habe, hat er bloß gelacht. ›Dich nehmen sie nicht mal, wenn sie alles zusammenkratzen, was schießen kann.‹ Und immer hat er meinen Bruder mir vorgezogen, selbst nach dessen Tod.«

»Das war sicher hart.«

»Tja, man kann sich seine Familie nicht aussuchen, was? Mit den Lehrern war es genau dasselbe. Stets hatten sie mich auf dem Kieker. Die haben bloß darauf gewartet, dass ich einen Fehler mache, damit sie mich demütigen können. Wie ich die Schule gehasst habe! Und dann meine lieben Mitschüler, die es zum Totlachen fanden, dass sie mich schikanieren konnten, weil ich der Kleinste in der Klasse war!« Guntram knirschte mit den Zähnen. »Am Ende haben sie nicht mehr gelacht. Am Ende habe ich ihnen gezeigt, dass niemand so mit mir umspringen kann. Und meinem Vater werde ich es auch zeigen. Ich werde ihm beweisen, dass er mit seinem Urteil über mich falsch liegt. Wenn ich erst mit einem Eisernen Kreuz nach Hause komme, muss er einsehen, welchen Fehler er gemacht hat.«

Gregor nickte. »Verstehe.« Er räusperte sich und gab sich Mühe, das Gehörte gleich wieder zu vergessen. Guntram musste man härter anfassen als Lothar, wenn man etwas erreichen wollte. »Also, eigentlich wollte ich mit dir über etwas anderes reden.«

»Über Joscha, was? Hab's schon gehört.«

»Von wem?«

»Ein Offizier hat es mir erzählt.«

Gregor ließ sich seine Verärgerung nicht anmerken. »Und, was meint er?«

»Dass es Selbstmord war. Wäre typisch für diesen Feigling, sich ein für alle Mal zu verpissen.«

»Du konntest ihn nie ausstehen, stimmt's?«

»Leute wie er, die mit ihren Reden die Entschlossenheit ihrer Kameraden ins Wanken bringen, sind schlimmer als ein Dutzend Spione.«

»Sein Tod scheint dich kaltzulassen.«

»Jeden Tag krepieren gute Männer an der Front, Männer, die es weiß Gott mehr verdient hätten, dass man ihren Tod beweint.«

»Na schön, dann erzähl mir mal, wo du gestern Abend warst.«

»Ich hab damit nichts zu tun.«

»Beantworte einfach meine Frage. Was hast du gemacht, nachdem wir hier angekommen sind?«

»Gegessen, wie wir alle. Dann bin ich zum Zahnarzt.«

»Und danach?«

»Habe ich mit einer Frau angebändelt, wenn du es genau wissen willst. Ich dachte, sie wär eine Anständige. War sie aber nicht. Hat mich beklaut, das Miststück, und ist dann verschwunden. Eine registrierte Nutte war sie auch nicht, das hab ich schon rausbekommen. Hoffentlich hab ich mir bei der nicht die Syphilis geholt. Wenn ich die erwische!«

»Mit anderen Worten: Du hast kein Alibi.«

»Brauche ich auch nicht. Ich war's nicht.«

»Wann hast du Joscha zuletzt gesehen?«

»Beim Essen.«

Die Antwort kam schnell, zu schnell. Es wäre Gregor selbst dann aufgefallen, wenn er nicht gewusst hätte, dass Guntram log. »Denk noch mal nach«, sagte er.

»Was gibt's da nachzudenken? Ich weiß doch wohl, wann ich den Kerl zuletzt gesehen habe.«

»Und ich weiß zufällig, dass ihr Streit hattet. Worum ging's da?«

»Wir hatten keinen Streit.«

»Ihr wurdet gesehen. Mit Lügen machst du es nur schlimmer. Also, worum ging es?«

Guntram schwieg und schien sich eine Strategie zurechtlegen zu wollen.

»Je mehr Unsinn du mir erzählst, desto verdächtiger machst du dich«, hakte Gregor nach.

»Verdammt, ich war's nicht. Der kleine Scheißer war ein rotes Tuch für mich, das stimmt schon, aber deswegen würde ich den doch nicht ausknipsen. Wir brauchen jeden Mann.«

Gregor wartete. Schweigend.

»Ja, schön, ich hab ihn mir gegriffen, als er mir über den Weg lief. Ihm ein paar Takte gegeigt. Über Patriotismus und Pflichterfüllung. Hat natürlich nichts gefruchtet, das hätte ich mir denken können. Danach sind wir auseinandergegangen, und das war's.«

»Wirklich? Du bist ihm nicht gefolgt, um ihm deinen Standpunkt handgreiflich klarzumachen?«

»Quatsch. Ich hab dann diese Schlampe getroffen, da hatte ich anderes im Sinn.«

»Und was ist mit der Schramme auf deiner Wange, die du ständig von mir abwendest und die gestern noch nicht da war?«

»Das war … Das hat nichts mit Joscha zu tun.«

»Warum versuchst du dann, die Verletzung vor mir zu verbergen?«

»Weil mir klar war, dass du falsche Schlüsse daraus ziehst.«

»Vorerst ziehe ich gar keine Schlüsse. Vorerst sammele ich Informationen. Und Lügen. Bis ich genug Material beisammen habe, um das eine vom anderen zu unterscheiden.«

Guntram starrte finster zu Boden. »Also gut, wir haben uns geprügelt. Zufrieden? Das bedeutet noch lange nicht, dass ich etwas mit seinem Tod zu tun habe.«

»Nein?«

»Nein. Das mit der Schlampe ist wahr.«

Gregor beschloss, nicht weiter auf diesem Punkt zu beharren. »Hast du einen Verdacht, wer es getan haben könnte?«

»Nee.«

»Ist dir etwas an Joscha aufgefallen? War er nervös oder stiller als sonst?«

»Im Gegenteil, streitlustig wie immer. Kam mir mit Frieden und Völkerverständigung und dem ganzen Quatsch.«

»Na schön, ich nehme das jetzt mal so hin. Aber du kannst sicher sein, dass das nicht unsere letzte Unterhaltung zu dem Thema war. Falls du mir in der Zwischenzeit noch etwas sagen möchtest – du weißt ja, wo du mich findest.« Gregor nickte ihm zu und ging.

»Ich glaube sowieso nicht, dass es Mord war«, murmelte Guntram. »Ich wette, es war Selbstmord.«

18

Fünf Soldaten veranstalteten einen Wettkampf im Handgranatenwerfen. Ein Radfahrer brachte eine Meldung von der Front. Von irgendwoher ertönte Gesang: »In der Heimat, in der Heimat, da gibt's ein Wiedersehen.« Gregor beachtete nichts davon. Er suchte Franz Hasler.

Dass Franz mit ihnen in der Ruhestellung saß, obwohl er noch nicht mal seinen Arrest vollständig verbüßt hatte, geschweige denn seine zwei Monate vorderste Stellung, war nur durch das Chaos nach dem Angriff der Engländer zu erklären. Und weil Unteroffizier Bartels im Lazarett lag. Es war nicht das erste Mal, dass Franz nach einer Verfehlung um eine Strafe herumkam. Schwein hatte der Kerl, das musste man ihm lassen. Obwohl Gregors Gerechtigkeitsempfinden verletzt war, hatte er nicht vor, sich einzumischen. Auf eine Ungerechtigkeit mehr oder weniger kam es wahrlich nicht an. Und Joscha war tot, ihm brachte es keine Genugtuung mehr.

Franz hatte sich vom Kolonnenbarbier am Ziehbrunnen rasieren lassen und war gerade fertig, als Gregor ihn fand. »Hier, das muss ich dir zeigen«, grinste er und holte eine Marionette aus seinem Tornister. Sie hatte ein grob geschnitztes Frauengesicht mit übertrieben großem Mund. Franz zog an den Fäden, woraufhin die Marionette ihren Rock lüpfte und ihr Geschlechtsorgan entblößte. »Hab ich bei einem Händler im Dorf erstanden. Saukomisch, was?«

Gregor verzog keine Miene. Bei Franz war es angeraten, klare Linie zu fahren. »Kann ich dich kurz sprechen?«

»Klar. Was gibt's denn?«

Sie setzten sich hinter dem Brunnen auf den Boden.

»Man hat eine Leiche gefunden, in einem der Bombentrichter am Rand des Dorfes.«

»Ach?«

»Es handelt sich um Joscha.«

»Was?« Franz sah ihn ungläubig an, dann lachte er.

»Das ist nicht komisch. Er wurde ermordet.«

»Joscha Luck? Willst du mich verkohlen?«

»Mit so was scherze ich nicht. Jemand hat ihn abgestochen oder ihm die Kehle durchgeschnitten und ihn anschließend in die Luft gesprengt, um seine Tat zu vertuschen. Die Erkennungsmarke hat es allerdings überstanden.«

»Ach so.«

Merkwürdige Reaktion. Als ob die Art der Ermordung irgendwas erklären würde. Wusste Franz mehr darüber? Gregor speicherte die Irritation in seinem Kopf. »Ich muss dir ein paar Fragen stellen.«

»Du?«

»Man hat mich beauftragt, den Mord zu untersuchen.«

»Ach ja, richtig. Gefreiter Bulette.« Franz grinste wieder und bewegte die Fäden seiner Marionette, die sich daraufhin verbeugte.

»Wo warst du gestern Abend?«

»Mal sehen. Nach dem Essen hab ich mit einem alten Kumpel Schach gespielt.«

»Wie lange?«

»Bis acht oder halb neun.«

Zu früh. »Und danach?«

»Danach …« Franz machte ein geheimnisvolles Gesicht. »Hab ich Geschäfte gemacht. Mir ein paar Dinge besorgt, die man nicht überall bekommt.«

»Mit dem hessischen Unteroffizier, der Schnaps besorgen kann?«

»Woher weißt du davon?«

»Ich bin nicht blöd. Also, war er es?«

Deutlich vorsichtiger geworden schüttelte Franz den Kopf.

»Wer dann?«

»Kann ich dir nicht verraten, wenn ich weiter Geschäfte machen will, das musst du verstehen, Gregor.«

»Wenn du mir nicht sagst, wer es war, hast du kein Alibi.«

»Damit muss ich leben.« Franz grinste schon wieder. Die Marionette beugte sich vor und präsentierte Gregor das nackte Hinterteil.

»Ich habe den Eindruck, du nimmst das Ganze nicht sonderlich ernst.«

»Es fällt mir schwer, das muss ich zugeben.«

»Ein Mord ist kein Scherz, Franz.«

»Ich habe Joscha nicht umgebracht, warum sollte ich mir also Sorgen machen? Was sollte ich für einen Grund haben, ihm übel zu wollen?«

»Vielleicht war er es, der dir übel wollte, wegen seiner Uhr. Und dann ist der Streit aus dem Ruder gelaufen.«

»Möglich ist vieles. Aber ich habe damit nichts zu schaffen.«

Gregor versuchte, Franz aus der Reserve zu locken. »Ich glaube, er war ziemlich sauer auf dich. Es ist nicht gerade angenehm, von seinem eigenen Kameraden bestohlen zu werden.«

»Komm mir jetzt nicht mit Moral. In dieser Welt heißt es: fressen oder gefressen werden.«

»Man kann auch als ehrlicher Mensch überleben.«

»Ach ja? Soll ich dir mal erzählen, wie es ehrlichen Menschen ergeht? Mein Vater war ein ehrlicher Mensch. Königlicher Straßenwärter. Das hat er immer betont, als gäbe es einen Grund, darauf stolz zu sein. Jeden Morgen um sieben ist er los, mit Schaufel, Steinhammer und Stahlbesen auf der Schubkarre, Sommer wie Winter. Hat Steine klein geklopft, um mit ihnen Löcher in der Straße auszubessern, auch wenn ihn der Regen durchweicht hat oder die Sonne dermaßen brannte, dass die Hitze von der Erde zurücksprang. Selbst bei zehn Grad unter null und Ostwind ist er los. Bis er eines Tages nicht mehr aufstehen konnte. Die Nieren. Jahrzehntelang hat ihm das Wetter zugesetzt, der erkaltende Schweiß und alles. Seine Pension war zu knapp, um davon eine Familie ernähren zu können, da hab ich angefangen, Dinge zu organisieren. Ihm hat es nichts mehr genützt. Ein paar Monate später ist er gestorben.«

»Das tut mir ehrlich leid. Trotzdem –«

»Mein Vater hat nie geklagt, und was hat es ihm gebracht? Ich habe nicht vor, sein Schicksal zu teilen. Ich habe nicht vor, am Rand einer einsamen Landstraße langsam vor mich hin zu sterben. Oder mich von verwöhnten Bürschchen in irgendeiner Fabrik schikanieren zu lassen. Wenn ich einen Vorteil sehe, nehme ich ihn wahr, und keiner hat mir da Vorhaltungen zu machen.«

»Darüber sollen andere richten. Ich bin nicht wegen einer geklauten Uhr hier, sondern wegen eines Mordes. Wann hast du Joscha zuletzt gesehen?«

»Beim Abendessen, glaube ich. Stimmt, beim Abendessen. Ach ja, und dann kam er noch mal kurz in die Lesestube, um in die Zeitung zu gucken.« Franz versuchte, die Marionette dazu zu bringen, dass sie sich zwischen die eigenen Beine küsste.

Gregor griff nach dem Führungskreuz und nahm es Franz weg. »Um wie viel Uhr?«

»Keine Ahnung. Halb acht vielleicht.«

»Habt ihr euch unterhalten?«

»Nee. Wie gesagt, ich hab mit einem Kumpel Schach gespielt.«

»Hast du irgendwas beobachtet, was wichtig sein könnte?«

»Na ja, wenn ich genau darüber nachdenke … Er wirkte irgendwie ungeduldig. Hat dauernd zum Fenster rausgesehen. Als ob er jemanden erwarten würde.«

»Ist derjenige gekommen?«

»Kann ich nicht sagen. Irgendwann habe ich vom Spiel hochgeschaut, da war Joscha weg.«

»Und nach wem er Ausschau gehalten hat, weißt du nicht?«

»Nee.«

Hatte das etwas zu bedeuten? Gregor wusste es nicht.

»Ist das alles? Kann ich dann meine Marionette wiederhaben?«

»Du spielst um Geld, und du verlierst nicht eben selten, stimmt's?«

Mit einem Schlag war das Grinsen aus Franz' Gesicht verschwunden. »Was geht dich das an?« Er fragte nicht, wie Gregor es herausgefunden hatte.

»Es wäre ein Motiv.« Gregor reichte ihm das Führungskreuz und erhob sich. »Wir setzen die Unterhaltung ein andermal fort.«

Franz ließ die Marionette trippeln. Er hatte sich schon wieder gefangen, schüttelte den Kopf und kicherte. »Joscha Luck, also wirklich!«

19

Das Feldlazarett war in einer ehemaligen Schule untergebracht. Anderswo mussten Kasernen, Klöster, Bauerngehöfte und sogar Schlösser dafür herhalten, was immer eben geeignet war und zweckentfremdet werden konnte. An der Ostfront waren die Feld- und Kriegslazarette oft nur behelfsmäßig eingerichtet, an der Westfront, wo es genug Ortschaften im Hinterland gab, sah es meist besser aus.

Gregor saß auf einer Bank im Flur und beobachtete das gelegentliche Kommen und Gehen der Ärzte und Krankenschwestern. »Warten Sie hier!«, hatte eine bärbeißige Schwester ihn angeblafft. »Gefreiter Bethke wird gerade behandelt. Doktor Mentzel ruft Sie, wenn er fertig ist.«

Er hatte einige Tage lang geschwankt, ob er überhaupt herkommen sollte. Friedhelm konnte mit dem Mord nichts zu tun haben, dazu lag das Lazarett zu weit vom Tatort entfernt. Außerdem war er offenbar schwer geschädigt, hatte Krämpfe und schwankte zwischen Apathie und konvulsivischen Anfällen. Wäre er in der Nähe gewesen, als Joscha umgebracht wurde, hätten ihn seine unkontrollierten Ausbrüche zu einem Verdächtigen gemacht. Aber so …

Gregor rutschte hin und her und suchte vergeblich nach einer erträglichen Position. Bevor er losgefahren war, hatte ihm ein Sanitäter das mit Perubalsam getränkte Hemd abgezogen, und ihm tat immer noch alles weh. Wenigstens fühlte er sich nach einem ausgiebigen Bad zum ersten Mal seit Wochen sauber.

Zwei Ärzte kamen den Gang entlang, einer von ihnen in mittleren Jahren, der andere schien die Ausbildung gerade erst beendet zu haben. Sie verschwanden im Raum neben

Gregor. Die Tür schloss nicht richtig und blieb einen Spaltbreit offen, deshalb konnte er hören, was die beiden miteinander besprachen.

»Der Mann leidet unter Kopfschmerzen und Ohrensausen«, sagte der Jüngere. »Er lag zwei Tage in seinem eigenen Blut zwischen den zerrissenen Leichen seiner Kameraden, ehe er gefunden wurde. Seitdem zittert er.«

»Ihr Mitleid ist vollkommen verschwendet«, erwiderte der Ältere. »Seien Sie nicht so gutgläubig. Die Hälfte derer, die hier eingeliefert werden, simuliert nur. Ist der Mann Pole oder Jude? Die erkranken nämlich häufiger.«

»Ein Deutscher aus Leipzig, soviel ich weiß.«

»Manchmal liegt auch eine psychogene Reaktion vor, eine unbewusste Flucht in die Krankheit, um den Belastungen an der Front zu entgehen. Schonung wäre jedenfalls gänzlich unangebracht. Im Gegenteil: Die Behandlung der Kriegsneurotiker muss so energisch wie möglich durchgeführt werden, wenn man Erfolge erzielen will. Schon allein um der Lazaretthysterie vorzubeugen. Allzu häufig verschlimmert sich nämlich die Krankheit durch gegenseitige Beeinflussung der Patienten, durch Verbalsuggestion, auch des Pflegepersonals. Wenn möglich empfehle ich immer, einen Neuzugang einige Tage im Bett liegen zu lassen und nicht zu beachten. Und die anschließende Behandlung im Saal vor anderen Soldaten auszuführen, um Scham- und Ehrgefühl auszunutzen. Es kann auch von Vorteil sein, ihn sich vorher nackt ausziehen zu lassen, um sein Gefühl der Abhängigkeit und Hilflosigkeit zu erhöhen.«

Gregor überzeugte sich davon, dass niemand in der Nähe war, und rutschte an die Tür heran, um besser lauschen zu können. Unter den Soldaten kursierten Gerüchte über die Behandlungsmethoden der Ärzte: Zwangexerzieren, Isolierung im Dunkelzimmer mit Nahrungsentzug, Scheinoperationen, Stromstöße, das Hervorrufen von Erstickungsangst. Bei hysterischem Erbrechen sollten Patienten schon mal gezwungen worden sein, das Erbrochene wieder herunterzuschlucken. Ein Kamerad, der nach tagelangem Beschuss mit Hörproblemen kämpfte, hatte erzählt, ein Arzt hätte ihm die Augen verbunden, Kochsalzlösungen ins Ohr gespritzt, mit der Nadel Stiche um die äußeren Gehörgangsöffnungen versetzt und galvanische Ströme verabreicht, während auf ihn eingeschrien wurde, um ihm nur die Wahl zwischen Zuhören oder Schmerz zu lassen. Es hieß, es habe Selbstmorde gegeben, weil manch einer den Tod einer Behandlung im Nervenlazarett vorzog. Gregor hatte solche Berichte immer für übertrieben gehalten. Nach dem, was er hier zu hören bekam, war er sich da nicht mehr so sicher.

»Der Mann hat einen Nervenschock erlitten und –«

»Sie kennen doch die Dienstanweisung. Die Aufgabe der Lazarette besteht darin, sogenannte Neurotiker schnellstens von ihrer Störung zu befreien und wieder kriegsverwendbar zu machen. Die Diagnose ›Nervenschock‹ ist verboten, die Patienten sind tunlichst nicht in Heimatlazarette zurückzusenden, sondern in Nervenabteilungen direkt hinter der Front.«

Gregor riskierte einen Blick durch den Türspalt.

Der junge Arzt sah unglücklich drein. Der ältere legte ihm die Hand auf die Schulter. »Sie sind zu zimperlich, mein Guter. Wir sind kein Naherholungsheim. Entscheidend ist, dass die Soldaten so schnell wie möglich wieder einsatzfähig sind, alles andere ist von untergeordneter Bedeutung.«

»Aber Stromstöße …«

»Die Kaufmann'sche Elektrosuggestivbehandlung hat sich in der Praxis bewährt und gute Erfolge erzielt. Eine konsequente Anwendung der Faradisation führt in der Regel zur Beseitigung der Symptome. Überlegen Sie doch:

Was kann besser geeignet sein, eine Heilung voranzubringen? Der Kranke sieht, wie sich sein gelähmtes Bein oder sein gelähmter Arm durch Verabreichung von elektrischem Strom bewegt, er ist überrumpelt und kann nun die gleiche Bewegung auch willentlich ausführen.«

Gregor stellte fest, dass sich sein Magen zu einem Klumpen zusammengezogen hatte. Auch seine Fäuste waren geballt. Bleib ruhig. Du bist hier, um nach Friedhelm zu sehen, sonst nichts. Um seine Wut in den Griff zu bekommen, fing er an, im Geist zu zählen: Einundzwanzig, zweiundzwanzig, dreiundzwanzig. Es half nicht viel.

»Sie müssen begreifen: Kriegsneurosen werden nicht durch den Krieg hervorgerufen, sondern befallen ausschließlich psychisch Disponierte und können auch durch Willenskraft wieder beseitigt werden. Wir versuchen, die Patienten, die in ihren Symptomen gefangen sind, durch Induktion von Angst, Schreck und Schmerz aus dem affektiven Gleichgewicht zu bringen. Die Krankheit ist oftmals ein Schutzmechanismus vor den Gefahren des Krieges, diesen sekundären Krankheitsgewinn muss man ihnen nehmen, um sie zu heilen.«

»Ich weiß, aber …«

»Eine Behandlung ist immer ein Willenskampf zwischen Arzt und Patient. Der Arzt muss dem Patienten den Genesungswillen aufzwingen. Sie müssen den Ehrgeiz haben, keinen Ungeheilten zu dulden.«

»Schmerzhafte Methoden –«

»– sind gerechtfertigt, weil der Kranke gar nicht geheilt sein will oder weil er infolge seiner Minderwertigkeit nicht die moralische Kraft hat, sich die Gesundheit durch das Aushalten von Schmerzen zu verdienen. Unabdingbar ist daher militärische Disziplin. Sie sind der Vorgesetzte des Patienten, Sie müssen seine bedingungslose Unterwerfung unter Ihre Befehle erzwingen. Also: Seien Sie stark.«

Schritte.

Gregor rutschte von der Tür fort.

Die beiden Ärzte kamen heraus, gingen an ihm vorüber, ohne ihn zu beachten, und betraten eines der ehemaligen Klassenzimmer. Etwa dreißig Patienten befanden sich in dem Raum. Viele sahen verwirrt aus oder lagen apathisch auf ihren Pritschen. Einer fantasierte, ein anderer verkroch sich unter das Bett, als suche er dort Deckung, ein dritter schrie ohne Vorwarnung los. Ein vierter wurde gezwungen, im Stechschritt zu marschieren: »Eins, zwei! Eins, zwei!«, schrie ihn ein Arzt an. »Augen links! Augen rechts! Augen geradeaus!« Dann fiel die Tür zu.

Der Klumpen in Gregors Magen war hart wie ein Schrapnell. Wir sind keine Tiere, dachte er. Wir sind Menschen. Menschen!

Gefreiter Bethke wird gerade behandelt. Was mochten sie mit ihm anstellen? Was er gehört hatte, beunruhigte Gregor. Er stand auf und begab sich zu der Tür, auf die die Schwester vorhin gedeutet hatte. Ein weiteres Klassenzimmer, das als Behandlungsraum diente. War etwas zu hören? Nein. Oder doch? Gregor legte sein Ohr an die Tür. Wimmern? Schluchzen?

Ein Schrei!

Ohne nachzudenken, stieß er die Tür auf.

Friedhelm lag auf einem Operationstisch, nackt. An seiner Zunge und seinen Genitalien waren Elektroden befestigt.

»Nächste Stufe«, sagte der Arzt, der vor ihm stand.

Eine Schwester betätigte einen Apparat. Friedhelm bäumte sich auf, sein Körper wurde von konvulsivischem Schütteln erfasst, das auch nicht endete, als die Schwester auf ein Nicken des Arztes die Stromzufuhr beendete.

Gregor war bei Doktor Mentzel, noch bevor der richtig begriff, was vor sich ging, packte ihn am Kragen und schlug auf ihn ein. Wir – sind – keine – Tiere! Wir – sind – keine – Tiere! Ein roter Schleier hatte sich vor seine Augen geschoben. Das verhasste Gesicht von Bartels war es, auf das er einschlug, das Gesicht all der Offiziere, die sich hinter der Front ein schönes Leben machten, während vorn die Männer verbluteten, das Gesicht von Mörikes, der ihn nicht zu Lilly ließ.

Die Krankenschwester kreischte.

Der Kopf des Arztes flog bei jedem Schlag hin und her. Blut lief ihm über die Stirn, aus der Nase, aus dem Mund.

Hör auf, dachte Gregor, du bringst ihn um! Aber seine Faust wollte einfach nicht gehorchen.

Schreiend lief die Krankenschwester hinaus.

Der Arzt sackte zusammen.

Mit einer gewaltigen Willensanstrengung ließ Gregor ihn los. Seine Fäuste zitterten. Er zwang sich dazu, sie zu öffnen.

Doktor Mentzel lag am Boden und röchelte. Gregor beachtete ihn nicht, sondern beugte sich über seinen Kameraden.

Friedhelm starrte ihn an mit Augen, deren Blick kaum auszuhalten war. Er zitterte am ganzen Körper.

Mit aller Behutsamkeit löste Gregor die Elektroden.

Friedhelm packte sein Handgelenk. »Hol mich hier raus«, flüsterte er. »Hol mich hier raus. Bitte.«

Sie hatten natürlich keine Chance. Wohin sollten sie fliehen? Womit? Zumal Friedhelm kaum fähig schien, sich auf den Beinen zu halten. Alles, was Gregor tun konnte, war, ihm etwas Zeit zu verschaffen.

»Komm.« Er packte den abgemagerten Mann und half ihm, sich aufzusetzen. Dann wickelte er ihn in ein Laken, zog ihm Strümpfe über die Füße und hob ihn vom Operationstisch. Friedhelm knickte ein und wäre gefallen, wenn Gregor ihn nicht gestützt hätte.

Doktor Mentzel stöhnte und wälzte sich auf den Rücken.

Gregor hielt Friedhelm fest, während sie nach draußen humpelten. Blick nach links, Blick nach rechts: Der Schulflur lag verlassen da. Gut. Sie mussten verschwinden, ehe die Schwester mit Hilfe zurückkehrte. Unbehelligt gelangten sie aus dem Gebäude.

Unter dem Vordach standen zwei Krankenschwestern und unterhielten sich. Eine Handvoll Soldaten war damit beschäftigt, einen defekten Wagen wieder zum Fahren zu bringen. Zivilisten gingen ihren Geschäften nach. Niemand schenkte ihnen Beachtung. Lediglich die Schwestern warfen ihnen gelangweilte Blicke nach.

Gregor und Friedrich folgten der Straße, ohne aufgehalten zu werden. Vor ihnen befand sich die Ruine einer von Artilleriefeuer zerschossenen Kirche. »Hier rein«, sagte Gregor.

Friedhelm ließ alles mit sich machen. Er hatte seinen Willen verloren.

Sie stiegen über einen Berg aus Schutt und setzten sich auf den Boden des ehemaligen Altarraumes. Friedhelm keuchte wie nach einem Dauerlauf. Er zitterte immer noch. Seine Lippen waren blau. »Dafür bekommst du mindestens zwei Jahre Festungshaft«, schnaufte er.

»Ich weiß.« Und ich wünschte, ich hätte mich beherrscht. Aber man kann nicht alles hinunterschlucken, Demütigungen und Ungerechtigkeiten, Tag um Tag, und dann zusehen, wie ein Kamerad gequält wird, ein Kamerad, mit dem man monatelang Gefahren und Entbehrungen geteilt hat, ein Mensch, der sein Leben für andere eingesetzt hat und zum Lohn dafür von einem Sadisten gefoltert wird. Es gibt eine Grenze für das, was man ertragen kann. Irgendwann kommt der Punkt, an dem es genug ist.

Allmählich beruhigte sich ihr Atem.

»Wir können nicht fliehen«, sagte Gregor. »Sie würden uns im Nu erwischen.«

Friedhelms Adamsapfel hüpfte.

»Alles, was wir tun können, ist, ein bisschen Zeit herauszuschinden.«

Tränen liefen über Friedhelms Gesicht. »Bleibst du bei mir?«, flüsterte er.

»Solange ich kann.«

Sie lehnten sich an die Reste des zerborstenen Altars. Gregor sandte einen stummen Fluch gen Himmel. Es war eine Dummheit gewesen, den Arzt zu verprügeln, ohne jeden Zweifel. Noch dazu eine, die nicht den geringsten Nutzen brachte. Sie würden Friedhelm wieder einfangen, und dann begann seine Tortur von Neuem. Und ihn selbst erwartete eine drakonische Strafe.

Friedhelm beruhigte sich allmählich. Nur sein Zittern blieb konstant. »Was tust du hier?«, fragte er schließlich.

»Ich wollte mit dir reden.«

»Worüber?«

»Über Joscha.«

»Was ist mit ihm?«

»Er ist tot. Er wurde ermordet.«

Friedhelm erwiderte nichts. Er war bleich geworden.

Gregor betrachtete einen zerbeulten Kerzenständer vor seinen Füßen. Er hätte nicht herkommen sollen. Was konnte Friedhelm ihm schon verraten? Der Mann war am Ende.

»Er sieht so traurig aus«, sagte Friedhelm.

»Wer?«

»Christus.« Er deutete auf die zusammengestürzte Mauer vor ihnen, an der ein unversehrtes Kruzifix hing. Die Figur war ausdrucksvoll, ein echtes Kunstwerk. »Gott steht dem Leiden seiner Kinder nicht gleichgültig gegenüber, nicht wahr?«

Die Stimme klang so flehentlich, dass Gregor nicht anders konnte, als zuzustimmen. »Natürlich nicht.«

»Warum wolltest du mit mir über Joscha reden?«

»Ich soll herausfinden, wer es getan hat. Ich dachte, du hast vielleicht etwas mitbekommen, das von Bedeutung ist.«

Friedhelm schüttelte den Kopf.

»Wann hast du ihn zuletzt gesehen?«

»Kurz bevor sie mich wegbrachten.«

»War er anders als sonst? Nervös? Unsicher?«

»Nein.«

»Was hast du zu ihm gesagt?«

»Gesagt?«

»Als wir auf den Transportwagen gewartet haben.«

»Oh, das. Ich habe ihn gebeten, meine Mundharmonika an sich zu nehmen und für mich aufzubewahren. Hast du sie irgendwo gesehen?«

Gregor schüttelte den Kopf.

»Dann muss ich mir wohl eine neue besorgen.« Friedhelm sah ihn an. »Glaubst du, dass ich es getan habe?«

»Wie könntest du? Du warst doch etliche Kilometer weit weg unter der Aufsicht von Ärzten. Oder bist du ausgebüxt?«

»Nur einmal. In der ersten Nacht war ich draußen. Ich wollte allein sein, weg von der Enge und dem Stöhnen. Ich wollte die Sterne sehen. Aber die Wolken waren zu dicht.« Friedhelm blickte in den verhangenen Himmel. »Die Sterne sind das Einzige, was bleibt.«

Gregor wusste, woran er jetzt dachte. Als Friedhelm damals an die Front kam, hatte er erzählt, dass er ein paar Jahre zuvor mit seiner Frau schon einmal in Flandern gewesen war, ganz in der Nähe der jetzigen Stellung. Sie hatten einen herrlichen Sommernachmittag dort verbracht, auf einem Erdhügel zwischen drei Pappeln. Ideal für ein Picknick. Friedhelm hatte versucht, die Stelle wiederzufinden, geradezu besessen war er davon gewesen. Aber das war unmöglich. Nichts existierte mehr, kein Weg, kein Hügel, kein Baum; die Gegend war nur noch ein einziges mit Kraterlöchern durchsetztes Schlammmeer, in dem Menschen, Pferde und Geschütze versanken. Der Krieg hatte den Ort seiner Erinnerung ausgelöscht.

»Wie ist er gestorben?«

»Joscha? Man hat ihn abgestochen oder ihm die Kehle durchgeschnitten. Und anschließend eine Granate auf ihn geworfen, um die Tat zu vertuschen.«

Friedhelm nickte nur. Sein Zittern hatte nachgelassen, war aber immer noch vorhanden. Sein Blick wanderte wieder zur Christusfigur am Kruzifix. »Vielleicht macht er sich doch nichts aus unserem Leiden. Vielleicht bemerkt er uns nicht einmal.«

Es gab nichts weiter zu sagen. Schweigend saßen sie nebeneinander, froh, nicht allein zu sein.

Gregor erinnerte sich an die Frage, die er Lothar gestellt hatte, um ihn aufzumuntern. »Was hast du für Pläne, wenn Frieden ist? Was willst du tun?«

»Schlafen. Einfach schlafen. Und morgens aufwachen und noch ein bisschen liegen bleiben. Und dann beim Frühstück aus dem Fenster schauen und den Vögeln zuhören und ein Brötchen mit Marmelade essen und Tee dabei trinken. Vielleicht die Zeitung lesen, vielleicht auch nicht. Die Marmelade auf meiner Zunge schmecken. Keine Angst mehr haben. Keine Angst.«

Wieder schwiegen sie. Es tat gut, ein solches Schweigen miteinander zu teilen. Zu wissen, dass der andere da war und das gleiche fühlte. Es war eine Art von Frieden.

Ein Stein kollerte.

»Sie kommen uns holen«, flüsterte Friedhelm.

»Ich weiß.«

Erde knirschte unter Stiefeln, Geröll geriet ins Rutschen.

Friedhelm weinte lautlos.

Dann waren die Soldaten da.

20

Den wievielten Tag saß er jetzt in der Zelle? War heute nicht schon der sechzehnte? Dann musste er seine Uhr auf Sommerzeit umstellen, das wollte er nicht wieder vergessen wie die vergangenen beiden Jahre. Oder war das erst morgen? Gregor wusste es nicht. Es war ja auch gleichgültig. Er verpasste nichts im Arrest. Nur die Flandernoffensive, und auf die konnte er verzichten. Ohnehin durfte er sich nicht beklagen. Er war mehr als glimpflich davongekommen. Ein paar Wochen Arrest und zwei Monate Frontbewährung, das war gar nichts. Eine symbolische Strafe, mehr nicht. Es hätten auch drei Jahre Festungshaft sein können. Mit der Aussicht, nie wieder als Polizist arbeiten zu dürfen.

Zweifellos hatte er Glück gehabt, ein Glück, das er dem Zusammenspiel mehrerer Faktoren verdankte. Zum einen hatte es bereits häufiger Beschwerden über die Behandlungsmethoden von Doktor Mentzel gegeben, auch von Offizieren. Zum anderen hatte Gregor in der Arrestzelle, in der er auf seine Verhandlung wartete, von einem Mitgefangenen erfahren, dass der Arzt illegal Morphium und andere Medikamente verkaufte, eine Information, die dem Gerichtsherrn ein Druckmittel in die Hand gab, um Doktor Mentzel zu veranlassen, seine Klage zurückzuziehen. Denn der Offizier, der als Gerichtsherr fungierte, und das war der größte Glücksumstand gewesen, kannte Gregor von früher. Ein Freund seiner Eltern, der ihn aufwachsen sehen und sich vor einigen Jahren an ihn gewandt hatte, als sein Neffe in einen Mordfall verwickelt gewesen war. Gregor war es gelungen, den Fall zu lösen und den Neffen zu entlasten, das hatte ihm natürlich das Wohlwollen des Offiziers eingebracht: »Es wäre unverantwortlich, einem so guten Kriminalbeamten wegen eines unbedachten Augenblicks die Karriere zu verbauen.«

Gregor war also mit einem blauen Auge davongekommen. Nur jeglichen Heimaturlaub hatte er sich natürlich mit seinem Angriff auf den Arzt verscherzt. Wenigstens wurde Friedhelm nach Hause geschickt. Einer der Wachtposten hatte es ihm verraten, als er ihm das Essen brachte. In welchem Zustand er sich befand, das wusste auch der Soldat nicht zu sagen.

Seine Kameraden waren jetzt wieder an der Front und schlugen sich mit den Engländern herum. Mit Ausnahme von Unteroffizier Bartels, der ebenfalls zur Erholung nach Deutschland geschickt worden war. Mit etwas Glück wurde er nicht mehr felddienstfähig geschrieben, sondern durfte den Rest des Krieges in irgendeiner Heimatgarnison absitzen. Es wäre eine Erleichterung für alle.

Die Nachrichten von der Front, die Gregor zugetragen wurden, waren nicht gerade ermutigend. Schon die Märzoffensive war ein Reinfall gewesen: Sieg auf Sieg, doch unterm Strich blutete die deutsche Armee aus. Ähnlich jetzt in Flandern: Die Briten zogen sich in vorbereitete Verteidigungsstellungen zurück, und das war's. Tausende von Toten für ein paar Kilometer Geländegewinn. Und das eigentliche Ziel, die Franzosen von den Engländern zu trennen, war verfehlt worden.

Hinzu kamen die Versorgungsprobleme, die immer größer wurden, je weiter die deutschen Truppen vorstießen. Der Nachschub kam nicht hinterher, weil es kaum noch Pferde und Lastwagen gab, und die eroberten Gebiete waren in den Jahren zuvor gründlich zerstört worden. Nach beinahe vier Jahren Krieg waren die Soldaten am Ende. Doch die Oberste Heeresleitung dachte nicht daran, Friedensverhandlungen aufzunehmen. Im letzten Jahr hätte sie es bereits tun sollen, als die Amerikaner noch nicht in nennenswertem Umfang in den Krieg eingetreten waren. Aber 1917 war politisch genauso vertrödelt worden wie die Zeit nach dem Sieg über Russland. Hätte die deutsche Führung in Brest-Litowsk gezeigt, dass Deutschland ein großmütiger Sieger und zu einem Frieden ohne Annexionen bereit war, so hätte das auf die kriegsmüde Entente die beste propagandistische Wirkung gehabt. Stattdessen hatten die Männer an der Spitze des Reiches ihrer Gier nachgegeben.

Wie lange soll das gegenseitige Massakrieren noch weitergehen? Gregor wünschte, er könnte an einen baldigen Friedensschluss glauben, aber der Kaiser, Hindenburg, Ludendorff, der größte Teil der Abgeordneten, sie alle lebten in einer Traumwelt. Zugegeben, es war ein geschickter Schachzug gewesen, die russische Revolution zu unterstützen, indem man Lenin nach dem Sturz des Zaren im vergangen Jahr erlaubte, aus dem Schweizer Exil durch Deutschland in seine Heimat zurückzureisen, um dort die Revolution anzuheizen und damit die militärische Kraft Russlands zu schwächen. Das Ergebnis, die Oktoberrevolution und der Frieden von Brest-Litowsk, entlastete Deutschland im Osten. Doch allein ein Blick auf die brutalen Bedingungen, die das Deutsche Reich Russland aufgezwungen hatte, genügte, um selbst dem Naivsten klarzumachen, dass weiterhin Annexionsträume statt Realismus die Politik bestimmten.

Was derzeit in Russland geschah, würde zweifellos Auswirkungen auf die ganze Welt haben. Herrschaft der Arbeiterklasse? Das würde den Junkern hierzulande gar nicht gefallen. Gregor wusste nicht recht, was er von alledem halten sollte. Entstand dort drüben wirklich ein Staat, der auf sozialer Gerechtigkeit basierte, wie es propagiert wurde? Als Erstes jedenfalls ging es den Gegnern des neuen Regimes an den Kragen, so weit alles wie gehabt. Und Trotzki baute eine Armee auf, die Rote Armee, die, wie man hörte, außerordentlich effektiv war. Das klang nicht nach der Verwirklichung von Utopien.

Und innerhalb Deutschlands? Auch hier veränderte sich alles. Wie würde die Heimat nach dem Krieg aussehen? Würde es immer noch ein Kaiserreich geben? Hatte das nicht ausgedient?

Zu Ostern letzten Jahres hatte Wilhelm II. eine halbherzige Wahlrechtsreform angekündigt, um einem drohenden Streik zu begegnen. Man konnte nicht vor dem Krieg die Solidarität der jahrzehntelang diffamierten Sozialdemokraten einfordern und die Bereitschaft der Arbeiter, für den Kaiser zu sterben – »Ich kenne keine Parteien mehr, nur noch Deutsche« –, und dann nichts als Gegenleistung bieten, sondern das alte Unterdrückungssystem mit seinem ungerechten Dreiklassenwahlrecht fortsetzen wollen.

Dass Reichskanzler Bethmann Hollweg, der den Annexionsplänen der Obersten Heeresleitung kritisch gegenüberstand und für ein gerechteres Wahlsystem eintrat, im letzten Jahr gestürzt worden war, trug nicht gerade dazu bei, Hoffnung in die Lernfähigkeit der politischen und militärischen Führung zu setzen. Ebenso wenig die monatelange Debatte im preußischen Abgeordnetenhaus über mögliche freie Wahlen, die zu nichts führte und vermutlich mit einer Ablehnung enden würde.

All diese Dinge gingen Gregor durch den Kopf, doch vor allem dachte er in der Dunkelheit der Arrestzelle darüber nach, wie es wohl Lilly gehen mochte. Laut einer Nachricht von Hendrik hatte sich ihr Zustand zwischenzeitlich gebessert, nur um sich anschließend erneut zu verschlechtern. Es machte Gregor verrückt, dass er hier festsaß und nichts tun konnte. Er musste zu ihr, wenn nicht auf legale Weise, dann eben auf illegale. Sein Entschluss stand fest: Sobald er den Arrest abgesessen hatte, würde er ein letztes Mal um Heimaturlaub bitten. Verwehrte man ihm diesen, würde er die erstbeste Gelegenheit ergreifen und sich nach Berlin davonmachen. Was sie mit ihm anstellten, wenn sie ihn zu fassen bekamen, war ihm egal. Aber er musste Lilly sehen. Er musste sich mit eigenen Augen davon überzeugen, dass sie die Krankheit überstand. Er musste ihr versichern, wie sehr er sie liebte.

Sie ist nicht allein, versuchte er sich zu beruhigen. Hendrik ist bei ihr. Er wird ihr beistehen. Er wird tun, was nötig ist. Aber was kann er schon ausrichten gegen die Schwindsucht? Gegen Hunger und Entbehrung? Ich muss zu ihr. Ich muss. Halt aus, Lilly! Ich bin bald bei dir. Gemeinsam stehen wir die schweren Zeiten durch. Halt aus!

Gregor presste seine Stirn gegen den kühlen Stein der Zellenwand. Ich werde nicht der Verzweiflung nachgeben. Ich werde nicht durchdrehen wie Friedhelm. Ich werde nicht brechen. Das haben Hendrik und ich uns gegenseitig geschworen, als wir eingezogen wurden.

Hendrik hätte vermutlich Schwierigkeiten, seinen Schwur zu halten. Er würde die Verrohung in den Gräben, die Menschenverachtung der Offiziere, das Blut und das Sterben nicht so leicht wegstecken. Aber vielleicht irrte sich Gregor. Sein Bruder besaß eine andere Art von Kraft, eine Kraft, die ihm abging. Wenn Hendrik etwas wichtig war, wenn er an etwas glaubte, war er imstande, für seine Überzeugung bis zum bitteren Ende zu gehen, ohne sich um die Konsequenzen zu kümmern. Er selbst dagegen war seit jeher Pragmatiker.

Verdammt, er hielt das nicht länger aus. Ablenken, er musste sich ablenken. Joscha. Warum wurde er umgebracht? Wer konnte ein Interesse an seinem Tod haben?

Gregor fing an, in seiner Zelle hin- und herzuwandern. Die letzten Stunden seines Freundes hatte er im Großen und Ganzen rekonstruieren können. Danach war Joscha nach dem Abendessen gemeinsam mit Lothar zum Fronttheater gegangen, das um sieben Uhr endete. Anschließend hatte er einen Kameraden aus der Heimat getroffen und nach dessen Fortgang seinen Zusammenstoß mit Guntram gehabt. Gregor war es gelungen, einen weiteren Zeugen für den Streit zwischen den beiden aufzutreiben, der allerdings ebenso wenig wie Lothar wusste, worum es dabei ging. Zwischen halb acht und acht war Joscha in der Lesestube aufgetaucht. Dass er ungeduldig gewesen war und jemanden erwartet hätte, dafür gab es nur Franz' Wort. Danach verlor sich seine Spur. Die Explosion der Granate, die seinen Körper zerfetzte, war gegen zwanzig nach neun erfolgt.

Gregor war nach wie vor davon überzeugt, dass es nur einer seiner Kameraden getan haben konnte. Wer sonst hätte einen Grund gehabt, Joscha umzubringen? Natürlich bestand immer die Möglichkeit, dass er irgendeinem Bekannten über den Weg gelaufen war, der einen alten Groll gegen ihn hegte. Aber das war reichlich weit hergeholt. Nein, im Grunde kamen nur Franz oder Guntram in Betracht. Vielleicht noch ein Unbekannter im Auftrag von Bartels, weil der eine Disziplinarstrafe fürchtete. Selbst das hielt Gregor für unwahrscheinlich. Nein, Bartels schied aus, Friedhelm ebenfalls, Lothar traute er eine solche Tat nicht zu, schon gar nicht wegen eines läppischen Streits um ein Kruzifix. Also Franz oder Guntram.

Und wenn es doch Selbstmord war? Wenn ich mich geirrt habe, was den Tathergang betrifft? Die Schleifspur könnte auch von etwas anderem herrühren. Und das Blut in der Senke? Blut gab es schließlich überall. Unsinn, lass dich nicht verunsichern. Du weißt, was du gesehen hast.

Wie sah es mit den Alibis aus? Schlecht. Weder Franz noch Guntram hatten ein Alibi für die betreffende Zeit. Lothar übrigens auch nicht. Das Motiv? Franz hatte eigentlich keinen Grund, Joscha zu ermorden. Es sei denn, der wäre ihn wegen des Diebstahls angegangen und eins hätte zum anderen geführt. Guntram, der Heißsporn, der Joscha nicht leiden konnte, war immer noch Gregors Hauptverdächtiger. Andererseits passte es gerade zu ihm nicht, einen heimtückischen Mord zu begehen und diesen dann zu vertuschen. Guntram hielt viel auf Ehre. Er würde Joscha jederzeit vor aller Augen zusammenschlagen, aber ihm heimlich die Kehle durchschneiden …

Frustriert setzte sich Gregor. Er sah keine Möglichkeit, wie er den Mord aufklären sollte. Bartels würde sich köstlich darüber amüsieren. *Als Bulle machen Sie keine gute Figur. Dazu taugen Sie genauso wenig wie zum Soldaten.*

Es tut mir leid, Joscha. Es tut mir leid.

21

Gleicher Lohn und gleiches Essen, dann wär' der Krieg schon längst vergessen, war auf die Wand neben der Eingangstür gekritzelt worden. Gregor malte mit seinem Pinsel *In der Tat* daneben, ehe er alles mit schwarzer Farbe einebnete. Franz und Lothar waren mit der gegenüberliegenden Wand beschäftigt, Guntram betätigte sich in der Baracke nebenan. Die ganze Einheit war abkommandiert worden, um Schmierereien zu übermalen.

Auf vorne klatscht der Kugelregen, auf hinten fällt der Ordenssegen. Flutsch, flutsch, ging der Pinsel. *Wir sterben für die Kapitalisten.* Wisch – und weg. Glaubten die Esel wirklich, man könnte mit den Parolen auch die Gedanken beseitigen? *Alle Offiziere sind Schufte*, stand über einer Pritsche, darunter hatte jemand geschrieben: *Recht hast du, Kamerad.* Drüber mit dem Pinsel.

Der Flandernangriff war vorbei. Die deutsche Armee stand jetzt ein paar Kilometer weiter westlich, ansonsten hatte sich nichts geändert. Paris gehörte immer noch den Franzosen. Die Engländer kämpften weiterhin an ihrer Seite. Der Rote Baron, Manfred von Richthofen, war abgeschossen worden. Die Alliierten hatten ihn an der Somme erwischt.

»Verdammt, ich hab Kohldampf«, beschwerte sich Franz.

Das war nichts Neues. Alle schoben Hunger. Immer. Heute Morgen hatten sie Fett statt Marmelade bekommen, weil in irgendeinem Lager mehrere Fässer voll Fett schlecht geworden waren. Und wer wäre da besser geeignet, den Dreck zu fressen, als das Fußvolk? Es sei mithilfe von Äpfeln und Zwiebeln »frisch gemacht« worden, hieß es. Mhm, wenn einem da nicht das Wasser im Mund zusammenlief!

»Wir haben mal eine Katze gegessen«, sagte Franz. »Geschmort im eigenen Saft, mit Zwiebeln und Gewürz. Nicht übel, sag ich euch.«

»Hör schon auf.«

»Ob Maulwürfe essbar sind?«

»An denen ist doch nichts dran«, meinte Lothar.

»Na, dann Ratten. Davon gibt's genug.«

Franz war fertig mit seiner Arbeit und machte sich daran, das geschnitzte Brett, das er immer mitnahm, wohin das Los des Krieges ihn auch verschlug, über der Eingangstür anzubringen: *Villa Waldfrieden.*

Der neue Unteroffizier stapfte herein. »Fichte?«

»Hier.« Lothar legte den Pinsel ab und kam nach vorn.

»Ein Paket von daheim.«

»Lilienthal?«

Gregor wusste nicht, warum er zitterte. Gab es so etwas wie Vorahnung? Er setzte zweimal an, ehe er ein »Hier!« herausbrachte.

»Ein Telegramm. Tut mir leid, Mann.« Der Unteroffizier reichte ihm ein Stück Papier und verließ die Baracke.

Gregor hielt das Telegramm in den Händen, ohne Anstalten zu machen, es zu lesen. Gedanken gingen ihm durch den Kopf: wie erstaunlich es doch war, dass ihm so eine Nachricht ohne große Verzögerung an den neuen Aufenthaltsort der Kompanie nachgesandt wurde, wie effizient die Feldpost arbeitete, wie es wohl der Feldpostillion geschafft hatte, durch die kraterübersäte Landschaft zu gelangen, die sie hinter sich zurückgelassen hatten. Er betrachtete den halb überpinselten Spruch auf der Wand vor ihm, *-tet nicht*, und fragte sich, ob er seine Arbeit wohl vollenden oder ob die Kritzelei für alle Ewigkeit so stehen bleiben würde, künftigen Bewohnern der Baracke zum Rätsel.

Du zögerst es nur hinaus, dachte Gregor.

Er spürte die Blicke seiner Kameraden auf sich. Als er glaubte, genug Kraft gesammelt zu haben, hob er das Stück Papier höher. Zunächst erkannte er nichts, weil die Buchstaben verschwammen. Dann fanden seine Augen, was er zu sehen erwartete.

Lilly tot – stop – fühle mit dir – stop – Hendrik.

So wie Morphium eine Gnade für Kriegsverletzte war, gab es eine körpereigene Betäubung, die es einem ermöglichte, einen Schmerz auszuhalten, der einen andernfalls vernichten würde. Warum bin ich so ruhig?, dachte Gregor. Wie kommt es, dass die Worte irgendwo in meiner Blutbahn stecken geblieben sind und mein Herz nicht erreichen?

Achtlos ließ er den Pinsel fallen, drehte sich um und ging zur Tür hinaus. Die Sonne schien, wie unpassend. Es versprach, ein schöner Frühlingstag zu werden.

Gregor wusste nicht, wohin er wollte, aber seine Füße wussten es.

Die neue Unterkunft von Hauptmann von Mörike unterschied sich in nichts von der alten, außer dass sie hastiger zusammengezimmert worden war. Gregor trat ein, ohne zu klopfen. Weil ihm die Worte fehlten, hielt er dem Offizier das Telegramm hin.

»Was gibt's?«

»Meine Frau …«

»Ich weiß. Was wollen Sie?«

»Könnte ich bitte …« Gregor schluckte. »Ich möchte zu ihr.«

»Wozu? Bis Sie heimkommen, liegt sie schon im Loch. Sie sehen sie ja doch nicht mehr. Sie könnten höchstens noch beim Leichenschmaus dabei sein, und für so was gibt's keinen Urlaub. Für Sie schon gar nicht.«

»Bitte.«

»Finden Sie sich mit dem Verlust ab. Das ist eben Schicksal. Irgendwann müssen wir alle mal abtreten.«

Sie war erst vierundzwanzig und voller Leben. Sie träumte davon, einmal eine Weltausstellung zu besuchen. Wenn sie lachte, röteten sich ihre Wangen. Sie konnte wunderschön Gedichte rezitieren. All ihre Kleider hat sie sich selbst genäht. Und aus Sauerampfer, Gundermann und Brennnesseln verstand sie das köstlichste Gericht zu zaubern. So eine Frau war sie! Ich hätte bei ihr sein müssen. Vielleicht hätte ich noch etwas für sie tun können, wenn ich rechtzeitig Urlaub bekommen hätte. Zumindest hätte ich ihr in ihren letzten Stunden nahe sein können. Sie haben es verhindert! Sie!

»Was wollen Sie noch?«, herrschte von Mörike ihn an. »Wegtreten!«

Gregors Gedanken waren seltsam klar. Wenn ich mich jetzt auf ihn stürze, verliere ich die Kontrolle. Wenn ich jetzt anfange, auf ihn einzuschlagen, höre ich nicht eher damit auf, bis ich ihn umgebracht habe. Dann lande ich wirklich im Zuchthaus.

»Wegtreten!«

Gregor sah den Hauptmann an, als wollte er sich sein Gesicht einprägen. Du hast keine Ahnung, wie knapp du eben mit dem Leben davongekommen bist. Du hast keine Ahnung.

22

In ewiger Liebe.

Dreimal las Gregor die Inschrift auf dem Grabstein. Spürte er etwas? Schmerz, Tränen, Verzweiflung? Nein. Wie konnte Lilly hier in der Erde liegen, ausgerechnet Lilly, die doch so lebendig gewesen war? Die gern sang und lachte und immer das Positive in den Menschen sehen wollte?

Er hockte sich nieder und entfernte eine Handvoll roter und gelber Buchenblätter vom Grab. Jemand hatte es all die Monate gepflegt. Ihre Eltern vermutlich. Zum ersten Mal sah er nun Lillys letzte Ruhestätte, doch es bedeutete ihm nichts. Dabei konnte er seinen Mangel an Gefühl nicht mal auf eine Taubheit des Herzens schieben, weil selbst die Taubheit sich verflüchtigt und im Laufe des Sommers einer gleichmäßigen Leere Platz gemacht hatte.

Seine Kleidung roch immer noch nach dem Formalindampf, mit dem sie im »Lausoleum« behandelt worden war, ehe er in den desinfizierten Zug nach Berlin hatte einsteigen dürfen. Hier dagegen herrschte Seifenknappheit. Aber hier fehlte es ohnehin an allem.

Gregor richtete sich wieder auf und steckte die Hände in die Hosentaschen. Es tut mir leid, Lilly, dass ich in deinen letzten Stunden nicht bei dir war. Sie haben mich nicht gehen lassen. Sie hätten mich nicht mal jetzt gehen lassen, wenn sich der Polizeipräsident nicht dafür eingesetzt hätte, dass mir ein Fronturlaub bewilligt wird. Dabei ist der Krieg doch sowieso verloren.

Ludendorff war endlich weg. Er hatte seinen Abschied genommen, die Nachricht war gerade herausgekommen.

Ein mehr als überfälliger Schritt. Seit dem Zusammenbruch der Westfront hatte der Mann jeglichen Bezug zur Realität verloren. Monatelang wollte die Oberste Heeresleitung die verzweifelte militärische Lage nicht wahrhaben, dann war sie es plötzlich, die einen Waffenstillstand forderte, und zwar binnen vierundzwanzig Stunden, und ebenso plötzlich war sie wieder für eine bedingungslose Fortführung des Krieges bis zum Untergang und hatte damit nicht zuletzt die Friedensbemühungen der Reichsregierung torpediert. Höchste Zeit, dass Ludendorff nicht länger über Wohl und Wehe Deutschlands entschied.

Wie verzweifelt die Lage war, ließ sich daran ablesen, dass die Oberste Heeresleitung plötzlich für freie Wahlen und die Abschaffung des Dreiklassenwahlrechts plädierte. Wer hätte das noch vor einem Jahr zu hoffen gewagt? Gregor hatte allerdings den Verdacht, dass dies nichts weiter war als ein Schachzug, um andere die Suppe auslöffeln zu lassen, die die Militärs dem deutschen Volk eingebrockt hatten. Die Parteien der Reichstagsmehrheit sollten an der Regierung beteiligt werden, um ihnen die Verantwortung für die militärische Niederlage aufzubürden und es ihnen zu überlassen, um Frieden zu bitten, während die Befehlshaber ihre Hände in Unschuld wuschen. Und in ein paar Jahren, wenn das Versagen der Obersten Heeresleitung in Vergessenheit geraten war, würden sich die Menschen nur noch daran erinnern, dass es die Politiker gewesen waren, die einen – aller Wahrscheinlichkeit nach schmachvoll ausfallenden – Friedensvertrag unterzeichneten, während die eigentlich Verantwortlichen eine weiße Weste trugen. Diesen Gedanken hatte ihm der Adjutant eines Stabsoffiziers der Obersten Heeresleitung nahegelegt, der so manches mitbekam. Und je mehr Gregor darüber nachdachte, desto glaubwürdiger schien es ihm.

Der Kaiser stand dem Frieden im Weg, er musste abdanken. Selbst die Monarchisten waren sich darüber im Klaren. Aber würde er? Würde er sich nicht vielmehr an seinen Thron klammern? Würde er nicht versuchen, sich an die Spitze der zurückkehrenden Soldaten zu setzen, die revolutionäre Stimmung im Land ersticken, indem er die Unzufriedenen mithilfe der Armee zusammenschießen ließ, und einen Bürgerkrieg entfesseln? Gregor befürchtete es. Hatte Wilhelm nicht im letzten Jahr gedroht, wenn erst die mit dem Eisernen Kreuz geschmückten Soldaten nach Hause kämen, würde der Reichstag was erleben?

So oder so, Lilly – der Krieg ist vorbei. Das Scheitern sämtlicher Offensiven, der Durchbruch der Alliierten bei Amiens, Österreich-Ungarn in Auflösung begriffen, das Osmanische Reich geschwächt, die Kapitulation Bulgariens – Deutschland steht ohne Verbündete da. Ich rechne nicht mehr damit, an die Front zurückzukehren. Das bedeutet, dass ich überlebt habe, nicht wahr? Ich sollte mich darüber freuen. Aber ich kann es nicht. Ich kann es nicht.

Überall sind die Menschen voller Hoffnung und glauben an die Vorboten einer neuen Welt. Max von Baden, ein Vertreter des Verständigungsfriedens, ist Reichskanzler, Karl Liebknecht aus dem Zuchthaus entlassen, Deutschland auf dem Weg zu einer parlamentarischen Demokratie. Und ich? Ich fühle nichts.

Ich bin so mutlos, Liebes. Ich weiß nicht, wo ich hingehöre. Ich finde mich nicht zurecht. Die Welt, die wir kannten, existiert nicht mehr, und die neue Welt, die wir erschaffen haben, ist voller Leid und Elend. Vielleicht ist es besser, dass du das nicht mehr miterleben musst. Allein die Toten! Millionen und Abermillionen gefallener Soldaten, dazu die Verwundeten, die nie wieder ein normales Leben führen werden. Und dann die vielen Menschen, die die Spanische

Grippe dahingerafft hat, in der Heimat ebenso wie an der Front! Schulen mussten geschlossen werden, hat Hendrik geschrieben, monatelang wurde die Post nicht ausgetragen.

Hendrik. Ich sollte mich bei ihm melden. Mich für seine Fürsprache beim Polizeipräsidenten wegen des Urlaubsgesuchs bedanken. Ohne ihn wäre ich jetzt vermutlich auf der Flucht vor Engländern und Franzosen. Aber nicht mal das kann ich, Lilly. Verstehst du das? Ich will keinen Menschen sehen, nicht mal meinen Bruder. Am liebsten würde ich mich einfach auf dein Grab legen und schlafen, bis du mich zu dir holst.

23

In Kiel wurde gemeutert, hieß es. Angeblich hatte die Seekriegsleitung ein Himmelfahrtskommando geplant, einen Angriff auf die britische Flotte im Ärmelkanal, um »in Ehren unterzugehen«, und Matrosen und Heizer hatten sich geweigert, sinnlos ihr Leben zu opfern. Die Zeitungen brachten nichts darüber, dafür sorgte die Militärzensur, aber die Mundpropaganda ließ sich nicht eindämmen. Anscheinend waren die Meuterer verhaftet worden, ihnen drohte die Todesstrafe. Was grotesk war, denn genau genommen hatte die Flottenführung hinter dem Rücken der Regierung gehandelt und damit deren Friedenspläne in Gefahr gebracht, während die Matrosen, indem sie sich den Befehlen widersetzten, dem Willen der Regierung entsprachen. Die eigentlichen Meuterer waren die Offiziere.

Gregor schnappte die Gerüchte auf, ohne zu begreifen, was sie bedeuteten. Seit drei Tagen stolperte er durch Berlin und fand sich nicht mehr zurecht. Die Stadt war ihm fremd. Intakte Straßenzüge, Parfümerien, ein Musikhaus, das Klaviere verkaufte – absurd! Hinterhofmusikanten, Losverkäufer und Kinder, überall Kinder. Wie konnte es Kinder geben, die »Himmel und Hölle« spielten oder am Rinnstein saßen und in einem Groschenheft schmökerten, wenn die Welt in Stücke brach? Wie konnte das Leben weitergehen, als sei nichts geschehen?

Nun, nicht ganz. Autos und Kutschen sah man kaum, weil das Militär alles, was nicht niet- und nagelfest war, beschlagnahmt hatte und Benzin kaum zu bezahlen war. Fußgänger und Fahrradfahrer bestimmten das Straßenbild, etliche in feldgrauen Uniformen: Soldaten auf Urlaub, Verwundete oder Kriegsversehrte, die am Straßenrand bettelten. Kolonnen von Gymnasiasten und Studenten mit Handwagen sammelten im Namen des Kriegsausschusses für wärmende Unterkleidung Mäntel, Jacken und Decken für die Truppen. Viele Menschen folgten dem Aufruf des Reichsversorgungsamtes und gingen barfuß, das sei gesund und würde Leder sparen. Andere trugen »Kriegsstiefel« aus Papierstoff mit Holzsohlen, allerdings nur wenige; das unzulängliche Schuhwerk war nicht sonderlich beliebt.

An den Metallsammelstellen wurden Gegenstände aus Kupfer, Messing, Zinn, Bronze, Nickel abgegeben: Tür- und Fenstergriffe, Treppenläuferstangen, Garderobenhaken, Bierkrugdeckel, Waschkessel, Rohrleitungen, Ofentüren, alles, was als Kriegsmetall Verwendung finden konnte. Längst wurden nicht bloß Handel und Gewerbe, sondern auch private Haushalte angehalten zu opfern, was sich entbehren ließ. Fenster sahen kahl und wenig einladend aus, seit die Behörden Vorhänge beschlagnahmten, um sie zu Leibwäsche für Soldaten umzuarbeiten. Die Straßenbeleuchtung musste wegen Gasmangels zwischen zehn Uhr abends und sechs Uhr morgens abgestellt werden. Schlangen bildeten sich an den Massenspeisestellen, stundenlang stand man an, und wenn man an die Reihe kam, war das Essen nur allzu oft ausgegangen.

Der Schleichhandel blühte. Wer über Beziehungen und Geld verfügte, konnte so manches bekommen, was offiziell nicht existierte. Schon der Volksmund wusste: Schleichhandel ist die einzig erfolgreiche Organisation unserer Nahrung. Allerdings entzog er dem staatlichen Verteilungssystem bis zu fünfzig Prozent der Lebensmittel, hatte Gregor gehört. Sie wurden gehortet, bis die Preise hoch genug oder die Lebensmittel verdorben waren. Kartoffeln verschwanden vom Markt und wurden nach der nächsten Ernte waggonweise verfault abgefahren.

Auch die Prostitution nahm zu. Zweimal war Gregor schon von Frauen angesprochen worden, die anders nicht zu überleben wussten. All das, während die Wochenschauen weiter von ruhmreichen Siegen schwafelten.

Unbegreiflicherweise wurde immer noch für die Kriegsanleihe geworben, die ja nichts anderes war als eine Hypothek auf den Sieg: *Wer Banknoten hamstert, handelt töricht*, stand in der Zeitung. *Wer Kriegsanleihe zeichnet, handelt klug. Sein Geld ist ebenso sicher angelegt wie in Banknoten, und noch nützlicher, denn er erhält halbjährlich todsicher seinen Zins.* Todsicher. Ob die Erfinder solcher Inserate den Zynismus ihrer Einfälle bemerkten?

Am Bahnhof sah Gregor einen Soldaten ankommen, dem wohl ein Granatsplitter Ohr und Unterkiefer mitsamt dem Gaumen ausgeschlagen hatte. Sein Gesicht war notdürftig mit Fleisch aus anderen Teilen seines Körpers geflickt worden. Der Mann wollte seinen vielleicht fünfjährigen Sohn in die Arme schließen, doch das Kind schrie, klammerte sich an seine Mutter und rief: »Du bist nicht mein Papa! Geh weg! Geh weg!« Gregor zitterte, als hätte er Schüttelfrost.

Gegen Mittag setzte er sich in ein Kaffeehaus. Kaffee gab es immerhin, wenngleich von erbärmlicher Qualität. Der Kellner stellte ihm eine Tasse auf die blanke Tischplatte. Decken waren den Gastronomiebetrieben verboten worden. Statt eines Stücks Zucker erhielt Gregor ein Fläschchen mit aufgelöstem Saccharin. Die Zuckererzeugung litt unter dem Kohlemangel, daher wurde nur Rohzucker verkauft, eine feuchte Masse, die überall kleben blieb. Gregor verzichtete darauf, seinen Kaffee zu süßen.

Am Nachbartisch schlossen Spekulanten einen Kettenhandel ab. Eine Partie verkehrsfreier Reis unbekannter Herkunft machte die Runde. Da Händler eine Ware nur um die übliche Handelsspanne verteuern durften, schlossen sich Kerle wie diese hier zu Ringen zusammen, verkauften sich gegenseitig reihum den Artikel und schlugen jeder die erlaubte Marge drauf, bis der Reis, der sich währenddessen keinen Zentimeter vom Fleck bewegt hatte, das Doppelte kostete. Gregor schritt nicht ein. Er war zu müde, einfach zu müde.

Nach dem Kaffee lief er weiter durch die Stadt wie ein Getriebener. Er fühlte sich schuldig, weil er Hendrik immer noch nicht aufgesucht hatte. Die ersten Tage in Berlin hatte er, abgesehen von seinem Besuch an Lillys Grab, nur geschlafen. Endlich wieder in einem richtigen Bett zu liegen zwischen weißen, kühlenden Leinen – nur zu gern hatte er sich dem Vergessen des Schlafes anheimgegeben.

Und jetzt ... jetzt streifte er durch eine Stadt, die ihm doch Heimat sein sollte, und verstand nicht, was er sah. Granatsplitter waren ihm um die Ohren geflogen, er hatte getötet und neben Toten geschlafen, und hier feilschten die Menschen um Preise für ein Stück Seife oder verfluchten das Wetter oder schimpften, wenn die Straßenbahn Verspätung hatte. Und es gab immer noch Amüsierklubs. Plakate warben für einen Böse-Buben-Ball, Musik drang aus Bars und Dielen, rotes Licht fiel aus der geöffneten Tür eines Luxuslokals. Menschen feierten, tanzten, betranken sich, während anderswo gestorben wurde.

Er gehörte nicht hierher. Jeden Hauseingang suchte er unwillkürlich mit Blicken ab, ob sich nicht feindliche Soldaten darin versteckten. Überall witterte er einen Hinterhalt. Enge Gassen verwandelten sich in Schützengräben, Lastwagen in Tanks, Parks in Hügel, die es zu erstürmen galt. Außerdem stellte er fest, dass er lärmempfindlich geworden war. Der Dauerbeschuss an der Front hatte Spuren hinterlassen; bei jedem Hupen, jedem Hundegebell zuckte er zusammen, Kindergeschrei schien ihm unerträglich.

Jemand rief seinen Namen. Gregor drehte sich um und starrte verständnislos den älteren Herrn an, der auf ihn zueilte. »Gregor Lilienthal! Kennen Sie Ihren alten Geschichtslehrer nicht mehr?«

»Herr Dessauer«, sagte Gregor lahm.

Der Mann fasste ihn beim Arm. »Sie müssen unbedingt mitkommen zu mir nach Hause und mir erzählen, wie es an der Front aussieht. Ich brenne vor Neugier.«

Willenlos ließ sich Gregor davonziehen, obwohl er nicht die geringste Lust hatte, über den Krieg zu reden. Eigentlich wollte er überhaupt nicht reden.

»Auf Urlaub, ja?«, fragte sein Lehrer.

Gregor nickte und tastete nach dem Urlaubsschein in seiner Tasche. Ein Dutzend Mal hatte er ihn in den letzten Tagen schon vorzeigen müssen.

Herr Dessauer wohnte in einem zweistöckigen Haus in einer ruhigen Seitenstraße und hieß ihn, sich an den Tisch zu setzen. Den angebotenen Kaffee, woraus auch immer er bestand, lehnte Gregor ab. Der Lehrer schenkte sich selbst eine Tasse ein und sammelte anschließend den Kaffeesatz in einer Konservendose. »Das Kriegsversorgungsamt hat uns dazu aufgefordert«, erklärte er. »Als Viehfutter.«

In der Hoffnung, von lästigen Fragen abzulenken, erkundigte sich Gregor nach den Verhältnissen in Berlin.

»Leicht ist es nicht«, erwiderte Herr Dessauer. »Es gibt nicht genug Ärzte, die meisten sind an der Front. Wohnungsnot herrscht auch, weil seit Kriegsbeginn keine Wohnungen mehr gebaut werden. Jede Menge Gesindel versucht, von der schwierigen Lage zu profitieren. Das Kriegswucheramt kontrolliert natürlich die Zeitungen auf unerlaubte Anzeigen oder ob aus dem Inhalt auf strafbare Handlungen geschlossen werden kann, aber das ist nur ein Tropfen auf dem heißen Stein. Das Ministerium für Wohnungswesen warnt vor Scheinmietern, die sich mehrfach polizeilich anmelden, um zusätzliche Lebensmittelkarten zu ergaunern. Die Listen der Kommunen stimmen hinten und vorne nicht, weil die Leute es verheimlichen, wenn jemand gestorben oder verzogen ist, um deren Lebensmittelrationen zu bekommen. Kinder verwahrlosen und klauen wie die Raben. Und dann die Ausländer, die hier leben! Die Engländer im wehrpflichtigen Alter sind ja in Ruhleben interniert und die Franzosen in Holzminden, aber es gibt zwanzigtausend nicht internierte feindliche Ausländer in Berlin. Die müssen sich zwar zweimal täglich auf dem Revier melden und dürfen den Bezirk nicht ohne Genehmigung verlassen, aber ich wette, die Hälfte von denen spioniert für den Feind. Ich würde die alle einsperren, rigoros.«

Gregor nickte, obwohl er kaum zuhörte. Er wünschte, er könnte wieder gehen, ohne unhöflich zu sein.

»Nicht zu vergessen die Bürokratie«, fuhr sein ehemaliger Lehrer fort. »Der Verwaltungsapparat ist unvorstellbar aufgebläht. Nehmen Sie die *Fettstelle Milch*. Ich kenne mich da aus, weil mein Schwager als Milchprüfer tätig ist. Die bearbeiten Beschwerden über saure Milch, führen Kontrollen am Bahnhof durch, verstehen Sie, mischen Milchproben im Reagenzglas mit Alkohol, weil saure Milch dann gerinnt. Etliche Prüfer lassen während ihrer Tätigkeit einen Teil der Milch verschwinden, folglich müssen sie überwacht werden, folglich braucht man dazu zusätzliche Leute, folglich gibt es jetzt den Leiter der Abteilung Milchprüfung, dem zweihundert Angestellte und dreißig Milchprüfer unterstehen. Und so ist es überall, ein Wasserkopf aus Behörden, wo man hinsieht: Die Reichskartoffelstelle, die Trockenkartoffel-Verwertungs-Gesellschaft, die Kriegskartoffel-Gesellschaft Ost, die Kriegsgesellschaft für Dörrgemüse, die Reichshülsenfruchtstelle, die Überwachungsstelle für Seemuscheln und wie sie alle heißen.« Herr Dessauer zündete sich eine Buchenlaubzigarette an. »Genug von daheim«, sagte er. »Nun erzählen Sie mal. Wie ist es so da draußen?«

Gregor suchte nach Worten. Wie sollte er das Schreien der Verwundeten, das Kreischen der Schrapnells, die Verrohung und die Taubheit der Gefühle zusammenfassen? »Schmutzig«, war alles, was ihm einfiel.

»Sicher, ein Krieg ist kein Zuckerschlecken. Er verlangt das Äußerste von einem Mann. Aber eben dadurch wird er geadelt, nicht wahr?« Herr Dessauer sog gierig an seiner Zigarette. »Wo sind Sie eingesetzt?«

»In Flandern.«

»Ah, die Engländer. Räumen Sie ordentlich unter den Tommys auf?«

Gregor zuckte die Achseln.

»Immer bescheiden, was?«, meinte Herr Dessauer. »So kenne ich Sie. Haben Sie schon das Eiserne Kreuz? Noch nicht? Na, lassen Sie sich nicht entmutigen, das kommt noch, da bin ich sicher. An Mut hat es Ihnen nie gefehlt. Aber nun sagen Sie mal rundheraus: Wie steht es an der Front? Wann ist mit dem Sieg zu rechnen?«

Sieg? Der Mann konnte doch nicht wirklich glauben, es gäbe etwas anderes zu erwarten als den Zusammenbruch! Andererseits … Wie sollten die Menschen in der Heimat auch den Ernst der Lage begreifen? Eben noch wurde von Annexion gesprochen, kein Schuss war auf deutschem Boden gefallen, das deutsche Heer hatte im Osten triumphiert und stand im Westen tief im Feindesland …

»Ludendorff wurde abgesetzt«, brachte Gregor hervor, weil ihm kein anderes Argument in den Sinn kam.

»Ich weiß. Glänzender Trick. Wiegt die Feinde in Sicherheit, was? Der alte Fuchs, dem macht keiner was vor. Er hat einen Plan, da bin ich sicher. Und ich glaube, ich ahne auch, wo er seine nächste Offensive plant.« Herr Dessauer sprang auf. »Kommen Sie mal mit!«

Er führte Gregor in einen Nebenraum, in dem auf einer Tischplatte die Landschaft Belgiens und Frankreichs modelliert worden war, von Flandern bis zu den Vogesen. In den Hügeln steckten Fähnchen, die die verschiedenen Regimenter symbolisierten. »Na?«, meinte er stolz. »Das haut Sie um, was? Ja, ich verfolge die Schlachten in der Zeitung und bin immer auf dem neuesten Stand. Wir treffen uns einmal die Woche hier, ein paar Kollegen und ich, und diskutieren die Kriegslage.«

Gregor stellte sich vor, wie eine Gruppe weißhaariger Herren um den Tisch herum stand, bei einem Glas Bier Planspiele veranstaltete, Fähnchen steckte und dabei patriotische Kaffeehausparolen von sich gab. Stammtischstrategen, für die der Krieg nur eine Art Operette war.

»Meiner Meinung nach haben Hindenburg und Ludendorff Folgendes vor«, erklärte der Lehrer und begann, seine Gedanken zu erläutern und dabei Fähnchen zu verschieben. Gregor sah ihm stumm dabei zu.

Am Ende hatte Herr Dessauer ein rotes Gesicht vor lauter Eifer. »Ich gebe zu, ich bin ein bisschen enttäuscht, wie schleppend es vorangeht«, sagte er. »Mehr Schneid, mehr Draufgängertum, das braucht es. Engländer und Franzosen sind doch keine ernstzunehmenden Gegner für eine deutsche Armee.« Er beugte sich über den Tisch und rückte ein Fähnchen gerade.

»Der Krieg ist verloren«, erwiderte Gregor. Wollte das denn niemand begreifen?

»Unsinn. Ein vorübergehender Rückschlag, so etwas gibt es immer im Kriegsverlauf. Das Friedensangebot, freilich, das ist eine ernste Sache. Ein Zeichen von Schwäche. Ich weiß nicht, was sich unsere Politiker dabei gedacht haben, unserer Armee derart in den Rücken zu fallen. Hindenburg müsste da mal so richtig dreinschlagen, um diese Bande zur Räson zu bringen.« Er führte Gregor wieder zurück nach nebenan. »Nun erzählen Sie endlich, lassen Sie sich nicht alle Würmer einzeln aus der Nase ziehen. Wie ist es da draußen?«

Gregor zuckte die Achseln. »Anders.«

»Wie ich Sie beneide«, rief Herr Dessauer aus. »Für Gott, Kaiser und Vaterland zu kämpfen!«

»Hunderttausende sind gefallen«, sagte Gregor leise.

»Und sind sie nicht den schönsten, herrlichsten Tod

gestorben, den man sich denken kann? Ach, ich wünschte, ich wäre zwanzig Jahre jünger!«

Gregor erhob sich. Er hatte Atemprobleme. »Ich habe noch eine Verabredung«, murmelte er.

»Wirklich? Schade. Ich bedauere sehr, dass Sie schon gehen müssen.« Herr Dessauer schüttelte ihm die Hand. »Es war mir eine Freude, einen echten Frontsoldaten bei mir begrüßen zu dürfen. Wenn ich das den Herren beim nächsten Treffen erzähle!« Er geleitete ihn zur Tür.

Gregor verabschiedete sich und schleppte sich auf die Straße. An der Ecke drehte er sich noch einmal um. Herr Dessauer sah ihm nach, und sein Gesicht trug einen verzückten Ausdruck.

24

Gregors Kopf ruckte herum. »Lilly!«

Die Frau in der grauen Jacke verschwand im Anhalter Bahnhof.

Ohne nachzudenken rannte Gregor hinterher. Wo war sie geblieben? Da, in der Menge, die zu den Gleisen strömte! »Lilly!«

Er zwängte sich durch Leiber, stieß gegen Koffer und Regenschirme, holte die Frau endlich ein und ergriff sie beim Arm. »Lilly!«

Sie drehte sich um. Von vorn hatte sie nicht die geringste Ähnlichkeit mit seiner Frau.

»Ent… Entschuldigung, eine Verwechslung«, stammelte er.

Sie runzelte die Stirn, nickte und setzte ihren Weg fort, überzeugte sich jedoch ein-, zweimal davon, dass er ihr nicht folgte.

Gregor hatte Probleme zu schlucken. Die gleiche Frisur, der gleiche Gang … Sie ist tot, begreif es endlich! Lilly ist tot!

Er war kurz davor, mitten auf dem Bahnsteig zusammenzusacken. Mit letzter Kraft taumelte er dem Menschenstrom aus dem Weg und hockte sich in eine Ecke, den Kopf in die Hände gestützt, bis sein Atem sich wieder beruhigte.

Lilly ist tot.

Die Begegnung mit der fremden Frau hatte dafür gesorgt, dass er dieser Wahrheit zum ersten Mal ins Gesicht sehen musste und die Leere, die zurückgeblieben war, mit aller Wucht spürte. Er flüsterte ihren Namen. Hinter seinen Augen wollte etwas hervorbrechen und konnte doch nicht.

Die Vorortbahn aus Großbeeren und Ludwigsfelde fuhr ein. Gendarmen sammelten sich auf dem Bahnsteig und sahen ihr entgegen. Gregor wurde Zeuge, wie die Männer Reisende anhielten, die den Zug verließen, nach ihrem Woher und Wohin fragten und Rucksäcke, Taschen, Koffer, Pakete durchsuchten. Auf diese Weise hofften die Behörden, das Hamstern von Lebensmitteln in den Griff zu bekommen. Überall gab es solche Kontrollen: auf Landstraßen, in fahrenden Zügen, in den Dörfern. Pakete wurde beschlagnahmt, Tränen und Beschimpfungen waren die Folge.

Hier und da regte sich Widerstand. Menschen klammerten sich an ihre Rucksäcke, die die Gendarmen ihnen vom Körper zu reißen versuchten. »Lass los, Aas, verfluchtes!«, brüllte ein Uniformierter und stieß eine Frau mit dem Gewehrkolben vor die Brust, sodass sie taumelte und zu Boden ging.

»Schweinehunde«, murmelte ein Greis. »Nehmen uns die paar Kartoffeln ab, die wir zusammenbetteln, und wer frisst die auf? Umsonst haben die nicht ihre dicken Bäuche.«

Auch Gregor wurde durchsucht, obwohl er kein Gepäck bei sich trug. Er ließ es über sich ergehen wie alles, was während der letzten Monate auf ihn eingeprasselt war.

Das Wochenende hatte er damit zugebracht, noch einmal sämtliche Briefe Lillys zu lesen und ansonsten apathisch in seiner Wohnung zu sitzen. Gestern war er zum ersten Mal wieder nach draußen gegangen, hatte es unter den Menschen aber nicht lange ausgehalten. Heute war ihm klar geworden, dass er etwas tun musste, irgendwas, wenn er nicht an seiner eigenen Lethargie zugrunde gehen wollte. Arbeiten, am besten.

Deshalb hatte er sich entschlossen, Joschas Eltern aufzusuchen. Zum einen empfand er es als seine Pflicht, ihnen mitzuteilen, was er über den Tod ihres Sohnes wusste. Vielleicht tat es ihnen gut, darüber zu reden. Zum anderen erhoffte er sich einen Fingerzeig, der ihn in seiner Untersuchung weiterbrachte. Er dachte dabei vor allem an die Briefe, die Joscha nach Hause geschickt hatte; möglicherweise enthielten sie einen Hinweis auf seinen Mörder.

Gregor setzte sich in Bewegung und strebte dem Ausgang des Bahnhofs zu. Lillys Gespenst verfolgte ihn immer noch, und es bedurfte seiner ganzen Kraft, um die Erinnerung an die Begegnung mit der fremden Frau und die Gefühle, die sie in ihm ausgelöst hatte, abzuschütteln.

Das Geschrei hinter ihm verklang allmählich. Am Lehrter Bahnhof ging es genauso turbulent zu, soviel er wusste. Dort wurden Urlauber aus dem Norden verhaftet, um zu verhindern, dass sich die Vorgänge in Kiel herumsprachen. Zu spät. Es sickerten genug Informationen durch, um sich ein Bild von der Lage machen zu können.

Vorgestern hatte es anscheinend Tote gegeben, gestern waren die gefangenen Matrosen auf den Druck der Straße hin freigelassen worden. Die Soldaten, die den Aufstand niederschlagen sollten, hatten sich mit ihnen verbündet und einen provisorischen Arbeiter- und Soldatenrat gegründet. Der SPD-Mann Gustav Noske war aus Berlin dorthin geeilt, um die Lage unter Kontrolle zu bringen, und begeistert begrüßt worden. Derweil setzte sich die revolutionäre Welle über Brunsbüttel, Cuxhaven, Lübeck, Hamburg fort und breitete sich in Windeseile nach Süden aus. Der Zugverkehr zwischen Kiel und dem Rest des Landes war unterbrochen worden, Matrosen patrouillierten an Bahnhöfen und in den Zügen. Wo sie Offiziere fanden, trennten sie ihnen die Achselstücke ab und warfen sie aus dem Fenster. Der preußische Militarismus war am Ende.

Gregor bog in eine Seitenstraße ein und begab sich zum Kolonialwarenladen der Lucks. Der war zwar mittags geschlossen, aber das Ehepaar bewohnte die Wohnung im Stockwerk darüber.

»Ich bitte um Entschuldigung für die Störung«, sagte er, als die Tür geöffnet wurde. »Gregor Lilienthal. Ich war ein Kamerad Ihres Sohnes. Wir dienten in derselben Kompanie.«

Frau Luck sah ihn verstört an, doch ihr Mann fasste sich rasch und bat ihn herein.

Gregor bahnte sich einen Weg zwischen Blumenkästen auf dem Boden hindurch. Die Lucks bauten Gemüse und

Tabak an. Auch die Fensterbretter standen voller Tomatenpflanzen, Gurken, Zwiebeln. Wer dazu in der Lage war, versuchte, seinen Nahrungsbedarf durch Selbstversorgung zu ergänzen. Ob in Vorgärten und Hinterhöfen, auf Wiesen oder Balkons, überall wurde etwas angepflanzt.

Gregor setzte sich in einen angebotenen Sessel, unsicher, wie er beginnen sollte.

»Möchten Sie etwas essen?«, fragte Frau Luck.

Er warf einen Blick auf die Scheibe Brot, die sich die beiden gerade zubereitet hatten, dünn wie Pappe, das bisschen Margarine mit einem Pinsel aufgetragen, und lehnte dankend ab. Nehmt Brot mit, wenn ihr auf Urlaub fahrt, hatte es an der Front geheißen, daheim müssen sie noch mehr hungern als hier.

»Die Brotration ist auf hundertfünfzig Gramm pro Tag gekürzt worden«, entschuldigte sich Frau Luck, als hätte sie seine Gedanken erraten. »In der Schule rauben Kinder schon die Frühstückskörbe ihrer Mitschüler aus.«

»Angeblich gibt es Speck und Getreide aus der Ukraine«, sagte ihr Mann. »Und Rumänien liefert Schafe, Schweine und Weizen. Ich habe davon noch nichts gesehen.«

»Über den Schleichhandel kann man Fische und Wurst aus Warschau bekommen.«

»Wenn man das Geld dafür hat.«

Natürlich drehte sich jedes Gespräch ums Essen, das war nicht anders zu erwarten.

Joschas Eltern begannen, ihre karge Mahlzeit zu sich zu nehmen. Frau Luck biss immer nur ein kleines Stück ab, versuchte, es so lange wie möglich im Mund zu behalten und darauf herumzukauen, bis nur noch Brei übrig war, und zwang sich, einige Sekunden zu warten, bis sie den nächsten Bissen nahm. Herrn Luck gelang dieser Akt der Selbstbeherrschung nicht; er versuchte es, aber die Bissen wurden immer größer, und den Rest stopfte er sich gierig in den Mund und schluckte ihn nahezu unzerkaut hinunter.

»Was haben wir nicht schon alles essen müssen!«, sagte er, während er sich zwei herabgefallene Krümel in den Mund schob. »Sauerampfer-Koteletts. Selleriebowle. Gänseblumensalat. Die Würste bestehen im Wesentlichen aus Blut oder ungenießbaren tierischen Abfällen. Und was sich heutzutage Mehl nennt, ist nichts weiter als gemahlene Kartoffelschalen oder gepulvertes Heu.«

Gregor nickte. Die mangelhafte Lebensmittelversorgung stellte zweifellos das größte Versagen derjenigen dar, die für den Krieg verantwortlich waren. Er hatte schon Brot hinuntergeschlungen, das mit Sägemehl gestreckt worden war, und solches aus verdorbenem Roggen. Noch jetzt hatte er den muffigen Geruch in der Nase, wenn er nur daran dachte. Den Steckrübenwinter 1916/17 hatte er ebenfalls miterlebt. Steckrüben als Suppe, als Gemüse, als Kotelett, als Nachtisch, als Kuchen, für die Brot- und Marmeladeherstellung. Wer hätte damals geglaubt, dass es noch schlimmer kommen könnte?

»Die Ersatzstoffe sind besonders furchtbar«, sagte Frau Luck. »Speisefett aus Stärkekleister. Öl aus Wasser, mit Pflanzenschleim verdickt. Zimt aus dem Holz von Zigarrenkisten.«

»Ja«, stimmte ihr Mann zu, »Obst- oder Nussbaumblätter als Tabakersatz. In der Pfanne geröstete Graupen als Kaffee. Aus jedem Dreck wird Kunstpfeffer hergestellt, und je frecher die Fälschung, desto kitschiger die patriotischen Aufdrucke. Wir essen Abfälle, die wir in friedlichen Zeiten nicht mal mit der Kneifzange angefasst hätten. Wir geben unseren letzten Pfennig für minderwertige Ersatzstoffe aus, die im besten Fall nach gebratener Luft und eingebrannten Illusionen schmecken.«

Gregor verstand, weshalb die Lucks so viel über das Essen sprachen, aber er wunderte sich doch, dass sie sich nicht nach ihrem Sohn erkundigten. Vermutlich war der Schmerz noch zu frisch. Er räusperte sich. »Wie gesagt, ich war ein Kamerad Ihres Sohnes«, sagte er.

»Er hat von Ihnen erzählt. In seinen Briefen. Geradlinig, hat er Sie genannt. Souverän. Der Fels, auf den man bauen kann, selbst wenn sich um einen herum alles auflöst.«

»Das hat er über mich gesagt?« Nichts hätte weiter von der Wahrheit entfernt sein können. Wenn er doch wirklich so selbstsicher wäre, wie er anscheinend wirkte! »Ich dachte, Sie möchten vielleicht Näheres über seine letzten Tage wissen und wie er gestorben ist. Ich weiß nicht, was man Ihnen erzählt hat …«

»Dass er im Kampf gefallen ist, weiter nichts«, sagte Herr Luck.

Das war zu erwarten gewesen. Gregor befielen Zweifel. Hatte er das Recht, den beiden ihre Ruhe zu rauben? Er an ihrer Stelle würde die Wahrheit wissen wollen, aber konnte er seine Haltung verallgemeinern? »Leider muss ich Ihnen mitteilen, dass das nicht stimmt. Er … Joscha wurde ermordet.«

Frau Luck reagierte nicht. Sie drehte den leeren Teller, auf dem die Scheibe Brot gelegen hatte, hin und her, als habe sie seine Worte nicht vernommen. Der Schock, vermutlich.

»Ich verstehe nicht«, sagte Herr Luck. »Man hat uns gesagt, es geschah während eines Angriffs der Engländer.«

»Tut mir leid, dass ich Ihnen eine solche Nachricht überbringen muss. Aber die Wahrheit ist, dass es nicht an der Front geschah, sondern in der Ruhestellung. In meinem eigentlichen Beruf bin ich Kriminalkommissar, deshalb hat man mich beauftragt, den Tod Ihres Sohnes zu untersuchen.«

Herr und Frau Luck sagten nichts, sahen ihn nur an, als erwarteten sie etwas. Eine Enthüllung vielleicht.

»Leider habe ich bisher nicht viel in Erfahrung gebracht. Sie können sich sicher vorstellen, wie unübersichtlich die Situation dort ist.«

Keiner der beiden stellte eine Frage. Sie erkundigten sich weder danach, wie ihr Sohn gestorben war, noch nach seinen letzten Tagen. Vielleicht hatten Hunger und Entbehrungen sie abgestumpft. Gregor wäre es lieber gewesen, sie wären in Tränen ausgebrochen oder wütend geworden. Selbst wenn sie ihn bedrängt hätten, das Unmögliche möglich zu machen und den Mord schleunigst aufzuklären – alles wäre besser als diese Teilnahmslosigkeit. Aber verhalte ich mich denn anders? Bin ich nicht genauso verstummt nach Lillys Tod?

Er räusperte sich wieder. »Wenn es Ihnen einen Trost bedeutet – ich habe nicht vor, die Angelegenheit auf sich beruhen zu lassen. Joscha war ein guter Kamerad, einen solchen Tod hat er nicht verdient.«

Jetzt schimmerten zum ersten Mal Tränen in den Augen von Frau Luck.

»Es kann nur jemand getan haben, der ihn kannte. Jemand, der vielleicht einen persönlichen Groll gegen ihn hegte. Deshalb dachte ich … Vielleicht hat er in seinen Briefen etwas geschrieben, das mir einen Hinweis geben könnte. Über einen Streit, eine Auseinandersetzung, irgendetwas in der Art. Erinnern Sie sich an eine solche Passage?«

Mechanisch schüttelten Herr und Frau Luck den Kopf.

»Vielleicht eine nebenhin gemachte Bemerkung, eine Andeutung …«

Wieder Kopfschütteln.

»Wenn Sie mir erlauben würden … Ich meine, wenn ich die Briefe Ihres Sohnes lesen dürfte … Möglicherweise finde ich etwas, das mir weiterhilft.«

Wortlos stand Herr Luck auf und ging zum Wohnzimmerschrank. Er öffnete eine Schublade, entnahm ihm eine Mappe und legte sie vor Gregor auf den Tisch.

»Vielen Dank.« Befangen schlug Gregor die Mappe auf und entnahm ihr einige Briefe. Sie waren nicht chronologisch geordnet.

Herr und Frau Luck ließen ihn allein und verschwanden in der Küche. Er konnte sie dort flüstern hören, verstand allerdings nicht, was sie miteinander besprachen. Die Situation war ihm unangenehm. Er sollte zusehen, schnell fertig zu werden.

Liebe Eltern, liebe Schwester!

Vielen Dank für das kleine Kästchen mit der Schokolade und der Apfelpaste, das lässt sich schön bei der Nachtwache aufknabbern und hilft gegen die Müdigkeit.

Hier regnet es alle Tage; ihr macht euch keinen Begriff, wie dreckig man wird, bis auf die Haut. Schlamm und Wasser füllen die Schützengräben, Wasser von unten, Regen von oben. Tag und Nacht wird geschanzt, Erde geschaufelt, Wasser geschöpft und gepumpt – alles vergeblich. Das Wasser bleibt.

Wie lange der Krieg dauert, kann ich euch nicht sagen. Wir erfahren hier noch weniger als ihr. Den Zeitungen nach siegen wir dauernd an allen Fronten, aber je mehr wir siegen, desto ferner ist das Ende.

Ein paar Kniewärmer wären schön, Mutter, gerade für den kommenden Winter. Und mach dich bitte nicht verrückt, weil du von meinem Tod träumst. Träume sind Schäume. Ich habe vor, am Leben zu bleiben. Im Augenblick ist es hier sowieso ruhig. Genau genommen unerträglich langweilig. Was gäbe ich darum, mal wieder ein Theater besuchen zu können!

Gregor überflog die restlichen Zeilen. Es stand nichts von Bedeutung darin, das Einzige, was ihm auffiel, war der

Satz *Das Essen ist in Ordnung, die Vorgesetzten sind es auch*, dahinter eine Art Haken, der vermutlich bedeutete: Ich meine das Gegenteil. Ein verabredeter Geheimcode, wie er unter Soldaten üblich war, um trotz der Zensur die eine oder andere kritische Bemerkung heimzuschmuggeln.

Dem nächsten Brief lagen zwei Fotos bei, sie zeigten die Kompanie beim Schanzen. Gregor war auch darauf zu sehen, obwohl er sich an die Aufnahmen nicht erinnern konnte.

Wohl zwanzig Minuten lang überflog er die Korrespondenz. Zu seiner Überraschung fand er sogar den Brief, in dem sich Joscha über Unteroffizier Bartels ausgelassen und seine Eltern gebeten hatte, keine Kriegsanleihen zu zeichnen. Der Brief war nicht zensiert worden. Auf der zweiten Seite fand Gregor auch den Grund dafür: *Ich schreibe euch heute ausführlich, weil der Brief nicht als Feldpost abgeht, sondern einem Kameraden auf Heimaturlaub mitgegeben wird.*

So etwas kam häufiger vor, war aber für den Boten nicht ungefährlich. Wer dabei erwischt wurde, musste damit rechnen, dass sein Urlaub gestrichen und er an die Front zurückgeschickt wurde.

Mir selbst ist der Urlaub mal wieder verwehrt worden, zum Teil wegen der Urlaubssperre, aber auch, weil unser Hauptmann die Bewilligung davon abhängig macht, dass ich mich an der Zeichnung der Kriegsanleihe beteilige und euch ebenfalls dazu auffordere, schrieb Joscha weiter.

Gegen Ende des Briefes stieß Gregor dann auf eine Passage, die manches, was er bisher für sicher gehalten hatte, in einem neuen Licht erscheinen ließ:

Habe ich euch eigentlich schon von Lothar Fichte berichtet, dem Siebzehnjährigen, den sie bei uns verheizen? Der Junge ist für den Fronteinsatz denkbar ungeeignet. Er will weg, um jeden Preis, das kann ich ihm nicht verdenken. Neulich hat er sich ziemlich auffällig danach erkundigt, wie die Engländer mit Kriegsgefangenen umgehen. Und gestern habe ich ihn mit einem Blanko-Urlaubsschein erwischt. Keine Ahnung, wo er den herhat. Es war ihm überaus unangenehm. Ich habe ihn natürlich nicht verpfiffen.

Sieh mal an! Lothar. Die Beobachtung, die Gregor gemacht hatte, als sie alle noch eine Baracke teilten, nämlich, dass der Junge Joscha aus dem Weg ging, bekam jetzt einen Sinn. Nicht der Streit wegen des Kruzifixes war der Grund dafür, sondern dass Lothar sich gegenüber Joscha kompromittiert hatte. Gregor hielt ihn zwar immer noch für zu ängstlich für einen Mord. Aber wenn er verzweifelt genug war, zum Beispiel, weil er vorhatte zu desertieren und glaubte, Joscha würde ihn verraten …

Er musste den Jungen unbedingt auftreiben, wenn er aus dem Krieg zurückkam. Falls er zurückkam.

25

Es lag etwas in der Luft, das Gregor nach draußen trieb. Seine Lethargie war wie weggeblasen, ohne dass er zu sagen vermocht hätte, weshalb. Aber es lag etwas in der Luft an diesem neunten November, eindeutig.

Am Mittwoch war bekannt geworden, dass Marschall Foch, der Oberkommandierende der alliierten Truppen, in Compiègne die deutsche Delegation zur Entgegennahme der Waffenstillstandsbedingungen erwartete. Unter der Führung von Staatssekretär Matthias Erzberger waren die Unterhändler aufgebrochen. Lag der Frieden in greifbarer Nähe?

In Berlin war heute ein Generalstreik geplant, sollte der Kaiser immer noch nicht abgedankt haben. Und davon konnte keine Rede sein. Noch waren die Straßen leer, abgesehen von vereinzelten Militärpatrouillen, die an den Ecken standen, die Gewehre übergeschnallt. Der Himmel zeigte sich in eintönigem Grau, vereinzelt fielen Regentropfen. Von Zeit zu Zeit huschten blasse Sonnenstrahlen über die Straßen. Es herrschte eine unheimliche Ruhe.

In der Frühstückspause versammelten sich die Arbeiter in den Betrieben und bildeten Marschkolonnen. Von den Außenbezirken her strömten sie nun in die Innenstadt. Nicht wenige waren bewaffnet, weil sie damit rechneten, auf Gegenwehr durch kaisertreue Truppen zu stoßen. Einige trugen Plakate: *Brüder, nicht schießen!*

Doch es sah nicht so aus, als hätten die Soldaten vor zu schießen. Im Gegenteil, sie schlossen sich den Arbeitern und Matrosen an, und auf so mancher Kaserne wehte die rote Fahne. Nur wenige Menschen in diesem Land schienen noch ein Interesse daran zu haben, die alte Ordnung zu verteidigen. Gregor hätte es nicht für möglich gehalten. Die Menschen gingen gegen das Kaiserreich auf die Straße, und es gab kaum Gegenwehr!

Wenn man den Nachrichten trauen durfte, trug die Revolution nicht nur in Berlin, sondern überall im Lande den Sieg davon: im Norden, in Mitteldeutschland, in Stuttgart, in Frankfurt am Main. Zumeist lag die Macht in den Händen der Arbeiter- und Soldatenräte. In München hatte Kurt Eisner die Republik Bayern proklamiert.

Alle wurden von den Ereignissen überrollt, die Monarchisten und die Militärs ebenso wie die Sozialdemokraten. Während die Politiker diskutierten und der Kaiser sich vermutlich noch einbildete, seine Macht irgendwie halten zu können, wogte die Macht der Straße bereits über sie hinweg. Das alte Regime war am Ende. Die ehemals so unnachgiebigen Autoritäten verkrochen sich oder rannten umher wie aufgescheuchte Hühner.

Als sich die Menschenmassen gegen Mittag dem Stadtinneren näherten, tauchten die ersten Extrablätter auf, die die Abdankung des Kaisers verkündeten. Doch das bedeutete zu diesem Zeitpunkt kaum noch etwas, es verstand sich ohnehin von selbst. Die Revolution war bereits zu stark, als dass sie noch irgendetwas aufhalten könnte.

Gregor ließ sich von der Menge mitschieben. Unter den Linden, vom Schloss bis zum Brandenburger Tor, auf dem Alexanderplatz, auf dem Königsplatz – überall rote Fahnen. Revolutionäre mit roten Armbinden, Matrosen mit roten Papierblumen im Mützenband, sogar Offiziere mit roter Schärpe. Gesichter, ausgezehrt, aber voller Hoffnung. Die Stadt brodelte in Erwartung von – ja, von was? Dem Ende der Monarchie? Dem Ende des Militarismus? Dem Ende des Hungers? Einer sozialdemokratischen Regierung? Einem Arbeiterstaat nach russischem Vorbild? Einer gerechten Welt?

Jemand wollte gehört haben, dass Max von Baden zurückgetreten sei und dem sozialdemokratischen Abgeordneten Friedrich Ebert die Regierungsgeschäfte übertragen hätte. Vereinzelt sollte es während der Besetzung von Kasernen Tote gegeben haben, durch Offiziere, die sich mit dem Machtwechsel nicht abfinden wollten. Was an den Gerüchten dran war, ließ sich nicht feststellen.

Vor dem Reichstag drängten sich Matrosen, Soldaten und Arbeiter Arm in Arm, ein Anblick, den Gregor nicht vergessen würde. Dazu ein bunt gemischtes Publikum mit roten Fahnen und Plakaten, auf denen *Nie wieder Krieg!* und *Gebt uns Brot!* stand.

Immer wieder waren Rufe nach Einigkeit zu vernehmen. Die 1917 vollzogene Spaltung der Sozialdemokratie zwischen Befürwortern und Gegnern der Kriegskredite in eine Mehrheits- und eine Unabhängige SPD, in der wiederum die Spartakusgruppe eine Sonderrolle einnahm – das durfte nicht länger sein. Kein Bruderkampf, sondern Vereinigung aller Kräfte der Arbeiterklasse, das lag dem Volk am Herzen.

Während die Menschen ungeduldig ausharrten und wissen wollten, woran sie waren, tagten im Reichstag die Fraktionen von MSPD und USPD – worüber, das wusste niemand, und was immer es war, zu einer Entscheidung schienen sie nicht zu gelangen. Allmählich wurde die Menge unruhig. Rufe wurden laut, Sprechchöre, Lieder wurden gesungen. Eine erwartungsvolle Spannung breitete sich aus, Ratlosigkeit, Nervosität.

Plötzlich wurde ein Fenster geöffnet.

»Scheidemann. Es ist Scheidemann«, rief jemand.

In der Tat. Der sozialdemokratische Abgeordnete bat mit Gesten um Ruhe.

Die Gespräche verstummten.

»Mitbürger! Arbeiter! Genossen!«, rief Scheidemann. »Das alte Morsche ist zusammengebrochen, der Militarismus erledigt. Die Hohenzollern haben abgedankt. Fritz Ebert bildet eine neue Regierung, der alle sozialistischen Parteien angehören. Es lebe die freie deutsche Republik!« Und noch ein paar Dinge mehr, die von Beifallsrufen unterbrochen wurden und am Schluss in Hochrufen und dem Absingen sozialistischer Lieder untergingen.

Gregor konnte es nicht fassen. Eine sozialdemokratische Regierung? Eine freie Republik? Es schien tatsächlich, als wäre ein neues Zeitalter angebrochen. Oder war das alles nur Hinhaltetaktik, um zu verhindern, dass die Revolution eine Eigendynamik entwickelte?

Eine Bewegung lenkte seinen Blick auf jemanden in der Menge; es war Hendrik, der ihm winkte und sich einen Weg durch die Menschenmassen zu ihm bahnte. Er hinkte, anscheinend war sein Bein immer noch nicht in Ordnung.

»Es tut mir leid«, war das Erste, was Hendrik sagte, »es tut mir so unendlich leid. Ich habe versucht, ihr zu helfen, aber …« Seine Lippen zitterten.

Wie absurd, dachte Gregor. Hendrik ist den Tränen nahe, dabei müsste ich doch derjenige sein, der weint. Aber ich bin innerlich tot. Er fasste seinen Bruder bei den Schultern. »Ich weiß, dass du getan hast, was du konntest.«

»Der Arzt, er … er hat alles versucht –«

Gregor wollte nicht über Lilly reden. Nicht jetzt. Vielleicht nie. »Was ist mit deinem Bein?«, fragte er. »Du müsstest doch längst wieder gesund sein.«

»Ach, es gab Komplikationen.«

»Erzähl mir davon.«

»Was soll ich sagen? Alles Mögliche war in die Wunde gelangt: Granatsplitter, Knochensplitter, ein Stück Stoff von der Hose. Ein Splitter nach dem anderen eiterte heraus, man konnte dabei zusehen. Jeden Tag hat der Arzt mit der Pinzette mehrere Knochenstücke aus der Wunde gefischt und Watte hineingestopft, damit sie nicht vorzeitig zuheilt. Dann habe ich Fieber bekommen. Zwei, drei Splitter sind gewandert und wollten woanders heraus. Eine Knochenfistel bildete sich und eiterte. Im Laufe der Zeit ist das Bein steif geworden. Ich muss jeden Tag üben, um irgendwann hoffentlich wieder normal gehen zu können.« Hendrik sah ihn an, immer noch mit feuchten Augen. »Du bist unversehrt, nicht wahr?« Jetzt umarmte er ihn. »Gott sei Dank! Ich hatte solche Angst, dass es dich in den letzten Wochen noch erwischt.«

Gregor fiel es schwer, die Umarmung zu erwidern.

Verlegen löste sich sein Bruder von ihm. »Seit wann bist du zurück?«

»Seit Längerem. Mir … mir war nicht nach reden.«

»Das verstehe ich.«

Sie schwiegen, ein Dutzend ungesagter Sätze auf den Lippen.

»Hast du Scheidemann gehört?«, fragte Gregor, um ein Gespräch in Gang zu bringen.

»Ja. Unfassbar, was hier geschieht. Es ist, als ob der Staub von Jahrhunderten weggewischt würde. Plötzlich scheint alles möglich. Frieden. Gerechtigkeit. Demokratie.«

Zwischen den hin- und herwogenden Menschen ein Gespräch zu führen, war nicht einfach, deshalb verabredeten die Brüder ein Treffen für den nächsten Tag und trennten sich. Hendrik, den das viele Stehen erschöpft hatte, ging nach Hause, Gregor ließ sich von den Massen weitertreiben. Er mochte noch nicht heimgehen. Heute wollte er unter Menschen sein.

Weil er hörte, dass Arbeiter und Soldaten das Polizeidienstgebäude belagerten, von dem unter der Herrschaft der Hohenzollern Polizeiterror und Bespitzelung ausgegangen war, und dass der Sturm aufs Präsidium unmittelbar bevorstand, begab sich Gregor zum Alexanderplatz. Die Eingänge waren von einer dichten Volksmenge umdrängt, darunter befanden sich auch bewaffnete Soldaten. Gregor ließ sich mit den Demonstranten ins Innere spülen.

Das Präsidium glich einer Festung: Maschinengewehre in den Gängen, auf den Treppen, hinter den Fenstern. Glücklicherweise schienen die Beamten zu dem Schluss gekommen zu sein, ihre Haut nicht weiter für Wilhelm II. zu Markte tragen zu wollen, umso weniger, als die Soldaten bereits zur Revolution übergelaufen waren. Emil Eichhorn, ein Mann der USPD, verhandelte gerade mit der Jägerkompanie, die derzeit das Oberkommando innehatte, über die Übergabe des Präsidiums.

Im Lichthof stand die Königliche Schutzmannschaft herum, furchtsam, demoralisiert. Das schlechte Gewissen war den Männern anzusehen, hatten sie doch oft genug die Arbeiter mit Gewalt niedergehalten. Die Volksmassen beschimpften sie denn auch nach Kräften und verlangten die Ablieferung der Waffen. Gregor wurde Zeuge, wie sich die Schutzleute aus Angst vor Vergeltung in Windeseile Säbel und Revolver vom Leib rissen, auf einen Haufen warfen und anschließend fluchtartig das Gebäude verließen.

Derweil kehrte Emil Eichhorn zurück. Auch die Jäger hatten der Übergabe des Präsidiums zugestimmt, so befand sich die Polizei jetzt in den Händen der Revolution.

Die Wucht der Ereignisse betäubte Gregor schier. Wie vor den Kopf geschlagen ließ er sich wieder nach draußen treiben, wanderte durch die Straßen und landete schließlich vor dem Königlichen Schloss. Hier brandete plötzlich Jubel auf, als ein Auto vorfuhr. Gregor reckte den Kopf und drängte nach vorn, um besser sehen zu können. War das Karl Liebknecht? Tatsächlich. Er sagte etwas, das Gregor nicht verstand, und zeigte auf das Schloss. Die Soldaten der Schlosswache auf dem Dach schwenkten die Helme und grüßten die Menge. Das Tor wurde geöffnet, Liebknecht fuhr hindurch.

Gregor arbeitete sich weiter vor und erreichte die ersten Reihen rechtzeitig, um mitzuerleben, wie Liebknecht auf den Balkon trat, von dem aus Wilhelm II. gelegentlich

Ansprachen an das Volk gehalten hatte. Die Menge wurde still.

»Parteigenossen«, rief Liebknecht, »der Tag der Freiheit ist angebrochen.« Er hielt eine längere Rede, in der er die freie sozialistische Republik Deutschland proklamierte. »Die Herrschaft des Kapitalismus ist gebrochen, eine neue Ordnung des Proletariats beginnt, das die Weltrevolution vollenden wird.«

Und wieder ließ sich Gregor davonschieben. Die Ereignisse des Tages kamen ihm vor wie ein wilder Traum, jenseits aller Logik, jenseits aller Deutung. Er wollte wissen, wie es im Polizeipräsidium aussah und kehrte darum zum Alexanderplatz zurück.

Nachdem die in den letzten Wochen verhafteten Arbeiter befreit worden waren, hatten die Volksmassen das Gebäude verlassen und dabei anscheinend die von der Schutzmannschaft übergebenen Waffen und andere brauchbare Dinge eingesackt: Decken, Stiefel, Hosen. Auch die Jäger und die Schutzleute waren fort, das Präsidium bis auf vereinzelte Männer verwaist.

Niemand beachtete Gregor, als er sich still in eine Ecke des Lichthofes setzte und den Wahnsinn des Tages an sich vorüberziehen ließ. Kein Stein war auf dem anderen geblieben. Nichts war mehr sicher. Gab es die Kriminalpolizei noch? Und wenn ja, unter welcher Führung? Zwar hatten sich die Kriminalbeamten nicht im gleichen Maße Klassenjustiz vorzuwerfen wie die Schutzmannschaften, aber sahen das die Arbeiter genauso?

Vermutlich waren seine Sorgen unbegründet. Auch in Zukunft würden Kräfte benötigt werden, die für Ordnung sorgten. Ohne Polizei lief nichts, in keinem Staat der Welt. Wenn der Sturm erst vorüber war, würde sich schon alles Weitere finden.

Was hättest du von alledem gehalten, Lilly? Hättest du mit den Massen gejubelt? Hättest du Angst gehabt? Hätte es dich deprimiert?

Es schmerzte Gregor, dass er es nicht zu sagen wusste. Sie waren doch nur kurze Zeit verheiratet gewesen. Er hatte gar nicht die Chance gehabt, seine Frau wirklich kennenzulernen.

Er lehnte seinen Kopf gegen die Mauer hinter sich. Der Lichthof war so leer, wie er sich fühlte. Dennoch. Das Präsidium symbolisierte so etwas wie Recht und Gerechtigkeit. Immer noch.

Plötzlich war Gregor dankbar, dass er aller Voraussicht nach weiterhin hier würde arbeiten dürfen. Zwar war jetzt sowieso alles anders, vielleicht hätte es für seinen tätlichen Angriff auf den Oberstabsarzt eine Amnestie gegeben, aber ein Makel würde seinem Namen immer anhaften. So, wie es war, ohne Vorstrafe, ohne eine Verurteilung zu Festungshaft, war es besser.

Sein Blick fiel auf die heruntergerissenen und achtlos liegen gelassenen Achselstücke von Offizieren, die in den Schmutz getretenen Flugblätter und einen vergessenen Patronengurt. Und mit einem Mal, nach all den Tagen des Herumirrens, des Zweifelns, der Entfremdung, fühlte er sich wieder daheim.

26

Endlich! Um elf Uhr trat der Waffenstillstand zwischen Deutschland und den Alliierten in Kraft, der Krieg war aus!

Gregor schlenderte durch die Straßen und fühlte sich wie befreit. Auch der Kaiser war fort. Erst hatte er sich nach Spa ins Hauptquartier der Obersten Heeresleitung abgesetzt, weil ihm das revolutionäre Klima in Berlin nicht behagte, gestern war er dann nach Holland geflohen, obwohl nie Gefahr für seine Sicherheit bestanden hatte. Wie erbärmlich! Aber umso besser. Seine Flucht besiegelte endgültig den Untergang der Monarchie. Die neue Übergangsregierung, bestehend aus drei Männern der MSPD und drei Männern der USPD, hatte ihre Arbeit aufgenommen. Sie trug den Titel »Rat der Volksbeauftragten«. Otto Wels, Sozialdemokrat, war Stadtkommandant von Berlin.

Überall wurde debattiert. Wie sollte die Zukunft Deutschlands aussehen? Nationalversammlung oder Räteregierung, diese Streitfrage beherrschte die Diskussion. Eine parlamentarische Demokratie oder von Betrieben gewählte Vertrauensleute nach russischem Vorbild, in deren Händen gesetzgebende und ausführende Macht vereint waren. Die Mehrheits-SPD wollte Ersteres, der Spartakusbund dagegen eine sozialistische Räterepublik. Die Unabhängigen favorisierten eine Kombination aus beidem.

Manch einer befürchtete eine Bolschewisierung des Landes. In Russland war im Juli die Zarenfamilie erschossen und eine Sowjetrepublik unter der »Diktatur des Proletariats« ausgerufen worden. Bürgerkrieg herrschte dort, die Bolschewiki entledigten sich gewaltsam ihrer Feinde. Aber bis auf ein paar Fanatiker wollte niemand hier Zustände wie in Russland, auch nicht Rosa Luxemburg, die vorgestern aus dem Breslauer Stadtgefängnis freigekommen war und sich gegen jedes Abenteurertum verwahrte.

Mittlerweile waren auch Details der Waffenstillstandsbedingungen durchgesickert. Die Alliierten ignorierten den politischen Umschwung und forderten eine bedingungslose Kapitulation. Deutschland sollte Unmengen von Flugzeugen, Schlachtschiffen und U-Booten abgeben, dazu Tausende von Lokomotiven und Kraftwagen. Das linke Rheinufer sollte von Ententetruppen besetzt werden, die von Deutschland unterhalten werden mussten. Die Seeblockade, die die katastrophalen Versorgungsbedingungen im Deutschen Reich verschlimmerte, sollte vorerst weiter bestehen.

Dennoch. Sie hatten so vieles überstanden, sie würden auch das überstehen. Gregor breitete die Arme aus und atmete tief ein, als hätte sich auch die Luft des Landes verändert. Morgen würde er sich Emil Eichhorn zur Verfügung stellen, dem neuen Polizeipräsidenten, nachdem dessen Vorgänger mit einem Nervenzusammenbruch zurückgetreten war. Er wusste noch nicht recht, was er von dem Mann halten sollte. Aber Gregor wollte wieder arbeiten, er wollte wieder das tun, was er am besten konnte: für Gerechtigkeit kämpfen.

Eichhorn hatte als Erstes die Politische Polizei aufgelöst, ein Schritt, den Gregor begrüßte. Bedauerlich nur, dass die Beamten wohlweislich alle politischen Akten der Kaiserzeit verbrannt hatten. Nun, mit all diesen Fragen würde er sich morgen beschäftigen. Heute hatte er etwas anderes vor.

Joschas Schwester war Witwe, soviel er wusste, weil ihr Mann gleich zu Beginn des Russlandfeldzugs gefallen war. Gregor klopfte an ihre Tür.

Eine Frau Anfang dreißig öffnete. Ihre Miene war so verschlossen wie die Geldbörse eines Kriegsgewinnlers, und sie taute auch nicht auf, als Gregor sich vorstellte. Immerhin bat sie ihn herein.

Ihrer Wohnung war der tägliche Kampf ums Überleben anzumerken. Nichts Überflüssiges befand sich darin, kein Nippes, kein Schmuck, keine Verzierungen. Nur das Notwendigste: Tisch, Stühle, Geschirr, eine Nähmaschine. Kartons, in denen Stoffreste und andere Materialien gesammelt wurden. Auf einem Schemel lag eine Kinderhose, so durchgescheuert, dass sie kaum noch zu gebrauchen schien, dennoch war der Versuch unternommen worden, sie zu flicken.

Joschas Schwester bot ihm keinen Platz an.

Gregor wusste nicht, wie er damit umgehen sollte, und entschied sich schließlich dafür, sich an den Herd zu lehnen, während er sie betrachtete. Zäh, war das Wort, das ihm als Erstes in den Sinn kam. Eine zähe Frau, die nichts so leicht aus der Bahn warf. Sie hat die Schwindsucht überstanden, erinnerte er sich. Lilly nicht. Wie kann das Schicksal nur so ungerecht sein?

Er wollte gerade mit seinen Fragen beginnen, als ein Junge von vielleicht sechs Jahren im Türrahmen auftauchte, bleich, hohlwangig und schrecklich abgemagert. Seine Augen blickten ihn aus tiefen Höhlen an. »Wer ist das, Mama?«, wollte er wissen.

»Geh wieder ins Bett.«

»Wer ist das?«

»Ein ehemaliger Freund von Onkel Joscha. Geh ins Bett, du musst dich schonen.«

»Ich hab Hunger.«

»Ich weiß.« Sie nahm ihren Sohn bei der Hand. Widerstandslos ließ sich der Junge nach nebenan führen.

Während Gregor auf die Geräusche lauschte, das Knarren eines Bettes, das Husten des Jungen und die geflüsterten Beruhigungen seiner Mutter, sah er sich im Zimmer um und entdeckte eine aus einer Zeitung ausgeschnittene Seite an der Wand. Er trat näher und stellte fest, dass es sich bei den Zeilen darauf um einen Spotttext handelte, der unter dem Namen *Deutsches Glaubensbekenntnis* seit einiger Zeit die Runde machte:

Ich glaube an die Erdrübe, die alleinige Ernährung des deutschen Volkes. Und an die Marmelade, ihre stammverwandte Artgenossin. Empfangen vom Kriegsernährungsamt, gelitten unter der Zentral-Einkaufsgesellschaft, gesammelt und gepresst, niedergeworfen zur Erde, am dritten Tage wiederauferstanden als Tafeläpfel, von dann sie kommen wird als Brotaufstrich für Deutschlands tapfere Söhne.

Offenbar hatte Joschas Schwester ihren Humor noch nicht verloren. Auf der Nähmaschine lag ein weiteres Blatt, das wohl ebenfalls aus einer Zeitung oder Zeitschrift stammte. Zuerst glaubte Gregor, es handele sich um ein Kochrezept, bis er den Inhalt genauer las:

Man nehme die Fleischkarte, wälze sie in der Eierkarte und brate sie in der Butterkarte schön braun. Kartoffelkarte und Gemüsekarte werden gekocht und die Mehlkarte hinzugesetzt. Als Nachtisch brühe man die Kaffeekarte aus und füge die Milchkarte hinzu. Feinschmecker lösen die Zuckerkarte darin auf. Nach dem Essen wasche man sich mit der Seifenkarte und trockne sich am Bezugsschein.

Gregor lehnte sich wieder an den Herd. Galgenhumor. Solange das Volk sich noch über die Zustände lustig machen konnte, gab es Hoffnung.

Joschas Schwester kehrte zurück. Ihre Gesichtszüge waren hart, wie gemeißelt.

Gregor wagte nicht, sich nach ihrem Sohn zu erkundigen. Der Zustand des Jungen belastete sie sicher genug, auch ohne dass er in der Wunde herumstocherte.

»Nur eine Erkältung«, sagte sie von sich aus.

Ob es der Wahrheit entsprach oder Wunschdenken war, wusste er nicht zu entscheiden. In jedem Fall hatte der Junge so schwach ausgesehen, dass ihm auch von einer simplen Erkältung Gefahr drohte. Jetzt schämte sich Gregor seiner Gedanken von vorhin. Joschas Schwester hatte auch kein leichtes Schicksal.

Sie verschränkte ihre Arme. »Ich weiß, weswegen Sie hier sind«, sagte sie. »Meine Eltern haben mir von Ihrem Besuch erzählt.«

»Sind Sie schockiert?«

»Sollte ich?«

»Nun, immerhin ist Ihr Bruder ermordet worden.«

»Wie Hunderttausende seiner Generation. Männer in der Blüte ihrer Jugend, für immer im Feld geblieben.«

Warum war sie so ablehnend? Er beschloss, sie darauf anzusprechen. »Sie sind sehr schroff.«

»Was erwarten Sie von mir? Nach über vier Jahren Leid und Not hat niemand mehr Tränen.«

Ihre Antwort überzeugte ihn nicht. »Sie und Ihr Bruder standen sich wohl nicht sehr nahe?«

»Im Gegenteil. Seinetwegen habe ich damals angefangen, in der Munitionsfabrik zu arbeiten. Ich hatte das Gefühl, ich könnte ihm auf diese Weise beistehen. Naiv, was?«

»Ich weiß nicht. Sagen Sie es mir.«

»Es geht doch immer bloß um Profit, überall. Was meinen Sie, was wir für Klagen aus dem Feld bekommen haben! Im Laufe der Zeit haben die Soldaten das Vertrauen zu ihrer eigenen Munition verloren.«

Das konnte Gregor bestätigen. Wie viele Blindgänger hatte er schon erlebt, wie viele Rohrkrepierer? »Und, wurden die Beschwerden ernst genommen?«

»Was glauben Sie? Die Waffenrevisoren, die die Aufgabe hatten, Granaten auf Zerreiß, Spreng und Schuss zu prüfen, haben nur allzu gern ein Auge zugedrückt, wenn die Betriebsleitung ihnen einen blauen Lappen zugesteckt hat. Es sind Granaten mit Rissen von einem Meter Länge ins Feld gegangen, lediglich mit Eisenkitt ausgeschmiert. Wie viele unserer Männer sind wohl gestorben, weil den Kapitalisten der Profit wichtiger ist als ein Menschenleben?«

Gregor nickte. Er hatte sich schon öfters gefragt, inwieweit Korruption hinter der mangelhaften Qualität von Kriegswaffen steckte.

»Den Arbeitern in den Fabriken geht es nicht besser. Immer wieder landen Säurepartikel auf unserer Haut, auf den Händen und im Gesicht. Oder glühende Späne, die wie abgeschossen umherspringen. Die brennen wie Nadelstiche. Unfälle sind an der Tagesordnung. Neulich erst ist ein Dreher in ein Turbinengehäuse geklettert, um Späne zu entfernen, und bis zur Unkenntlichkeit zerrissen worden. Schutzmaßnahmen? Von wegen. Die einzigen Schutzmaßnahmen, die es gibt, sind Schilder, die uns erzählen, was wir zu tun haben, wenn jemand die braunen Dämpfe einatmet. Als ließe sich das vermeiden. Dann bekommen wir halt ein Brechmittel verabreicht, und weiter geht's. Verlängerte Arbeitszeiten, Nacht- und Sonntagsschichten sind normal. Im Winter wird an manchen Tagen nicht geheizt. Keine Nacht, ohne dass nicht eine Frau aus Erschöpfung zusammenbricht oder einen Schreianfall bekommt.«

»Arbeiten Sie immer noch dort?«

»Ich brauche das Geld. Aber selbst die lumpigen paar Mark versuchen sie noch, uns aus der Tasche zu leiern. Immer wieder gibt es Gesinnungstests.«

»Gesinnungstests?«

»So nenne ich das. Wenn der Wochenlohn ausgezahlt wird, heißt es: Wer will, kann ihn opfern für die Kriegsanleihe. Damit die Kriegsgewinnler weiter ihren Reibach machen können. Alles freiwillig natürlich. Es gibt eine Liste von der Betriebsleitung, da kann man sich eintragen. Wer nicht zeichnet, fliegt bei der ersten Gelegenheit.«

»Lassen Sie uns über Ihren Bruder reden. Ihre Eltern haben mir freundlicherweise erlaubt, Joschas Briefe zu lesen. Haben Sie ebenfalls Briefe von ihm erhalten? Ist Ihnen irgendetwas von dem, was er geschrieben hat, seltsam vorgekommen? Hat er jemanden erwähnt, der ihn bedrohte oder bedrängte?«

Joschas Schwester zuckte die Achseln.

»Nichts?«

»Nein.«

»Denken Sie nach. Jedes Detail könnte wichtig sein.«

»Warum tun Sie das?«

»Was?«

»Joschas Mörder suchen. Sie haben doch sowieso keine Aussicht auf Erfolg angesichts der Millionen von Toten da draußen. Joscha hat Sie geschätzt, das weiß ich. Er hätte nicht gewollt, dass Sie Ihr Leben für nichts und wieder nichts einsetzen.«

»Wollen Sie denn nicht Gerechtigkeit für Ihren Bruder?«

»Es gibt keine Gerechtigkeit.«

Gregor sagte nichts. Er wartete einfach ab, ob noch etwas kam.

»Wenn Sie es genau wissen wollen: Als er auf Heimaturlaub hier war, wirkte er, als ob er vor irgendwas Angst gehabt hätte. Was es war, weiß ich nicht.«

Sie sagte es trotzig, beinahe feindselig. Als wären ihr seine Fragen nicht recht. Und sie sah ihn dabei nicht an. Gregor wusste ihr Verhalten nicht zu deuten. Aber im Laufe der Jahre hatte er einen Instinkt entwickelt, der ihm nahelegte, dass hier etwas nicht stimmte. »Und Sie haben auch keine Vermutung, was ihn bedrückte?«

»Nein. Hören Sie auf zu fragen. Hören Sie auf zu suchen. Was spielt es für eine Rolle, wer Joscha getötet hat? Wäre es weniger schlimm, wenn es ein Engländer gewesen wäre? Oder das Sperrfeuer der eigenen Kameraden?«

»Für mich macht es einen Unterschied. Das muss es. Sonst sollte ich mir einen anderen Beruf suchen.« Gregor erhob sich. »Wenn Ihnen noch etwas einfällt …« Er kritzelte seine Adresse auf ein Stück Papier. »Hier können Sie mich erreichen.«

Sie begleitete ihn zur Tür. »Jeder Tod ist sinnlos in diesen Zeiten«, sagte sie. »Jeder.«

27

Da kamen sie! Gestalten in feldgrauen Uniformen, blumengeschmückte Gewehrläufe über Stahlhelmen. Aus dem Dezembernebel tauchten sie auf, in einem müden Gleichschritt. Gesichter, deren Augen im Schatten des Helmrands lagen. Augen, die denen der Menschen, die sie erwarteten, auswichen.

Wachleute breiteten die Arme aus und stemmten sich gegen die Menge auf dem Pariser Platz, die die Köpfe reckte und sich nach vorn schob, um besser sehen zu können. Zäune, Mauervorsprünge, Dächer waren besetzt, desgleichen Bäume, Denkmäler, Laternen. Auf der französischen Botschaft, auf den Dächern der Hotels – überall Menschen. Hunderttausende belagerten die Linden vom Brandenburger Tor bis zum Schloss. Aus den Fenstern wurde gewunken.

Mit klingendem Spiel *Deutschland, Deutschland über alles* trafen die ersten Heimkehrer von der Front ein. Frauen warfen ihnen Tannengrün zu. Zwei, drei Soldaten lächelten, der Rest ließ es mit unbewegter Miene über sich ergehen. Das Wasser des Nieselregens tropfte von ihren Helmen. Fahnen hingen matt herunter. Die Blumen an den Gewehren waren verwelkt.

Jubel erklang und verebbte unsicher. Eine Frau schluchzte.

Die Rückkehr der Fronttruppen, von denen man nicht wusste, wie sie zur Revolution standen, hatte Polizeipräsident Eichhorn nervös gemacht und ihn veranlasst, Alarmbereitschaft für die Sicherheitswehr anzuordnen. Doch man musste sich die Soldaten nur ansehen, um zu begreifen, dass den Männern Politik herzlich egal war. Sie wollten einfach nach Hause.

Wagen rollten vorüber, Reiter folgten. Auf einigen Geschützwagen saßen Kinder und strahlten, besonders die, denen ein Soldat seinen Helm überlassen hatte.

Die Sicherheitspolizei war machtlos gegen die Vordrängenden. Weder mit Güte noch mit Gewalt waren sie dazu zu bewegen, Platz zu machen. Stadtkommandant Wels bemühte sich mit seinen Beamten, Ordnung zu schaffen, kam aber ebenfalls nicht gegen das Gedränge an. Schirme zerbrachen, Hüte wurden zerdrückt, Kinder weinten. Sanitäter taten ihr Möglichstes, um Ohnmächtige fortzuschaffen.

Die Soldaten blickten starr geradeaus. Ernst. Die Münder Strichen gleich. Fremd waren sie denen, die sie erwarteten. Sie gehörten nicht dazu und wollten vielleicht auch nicht dazugehören. Abgesandte des Todes waren sie, die die Wärme, die ihnen entgegengebracht wurde, nicht spürten, nicht spüren konnten.

»Sind das die Helden, von denen du mir erzählt hast?«, fragte ein kleiner Junge seinen Vater. Enttäuschung sprach aus seinen Worten.

Gregor versuchte, die Soldaten mit den unbedarften Augen eines Achtjährigen zu sehen. Schmutzig. Müde. Traumatisiert. Manche verwundet. Waren das Vorbilder, zu denen ein Junge aufblicken konnte? Vielleicht, wenn er gewusst hätte, was die Männer durchlebt hatten. Wenn er es verstanden hätte. Aber wie konnte er? Wie konnte irgendjemand ihre Erfahrung nachvollziehen, der nicht da draußen gewesen war, Auge in Auge einem gesichtslosen Tod gegenüber?

Diese Männer kamen aus einer anderen Welt. In Gedanken lagen sie noch im Schützengraben, Gregor konnte es ihnen nachfühlen. Sie waren noch nicht entlassen. Vielleicht würden sie es nie sein. Für sie war der Krieg nicht zu Ende, sie würden ihn immer mit sich tragen. Und sie kamen nicht allein. Die Geister all derer, die an ihrer Seite gestorben waren, marschierten neben ihnen.

Mit einem Mal wurde ihm klar, dass diejenigen, die im Felde gewesen waren, nichts mit den Daheimgebliebenen verband. Ein Mensch, dem man alles genommen hatte, der auf die bloße Existenz reduziert worden war, was wollte der mit Blumenkränzen und Heldenliedern, mit kleinlichem Zank und unechtem Pathos? Wie konnten Menschen, die jahrelang in verschiedenen Welten gelebt hatten, einander je verstehen?

Friedrich Ebert und Oberbürgermeister Wermuth hatten sich einen Weg zur Tribüne auf der Südseite des Platzes gebahnt und erwarteten dort die Truppen. Ebert hielt eine Ansprache. Er hieß die Soldaten willkommen, würdigte ihr Opfer und sprach davon, dass kein Feind sie überwunden habe. Befremdlich. Es war als Aufmunterung gedacht, als Ehrenbezeigung, aber bedeutete es nicht im Grunde, dass ihnen die eigene Erfahrung ausgeredet wurde, die Erfahrung, in einem sinnlosen Krieg von ihrer Führung verheizt worden zu sein? Und musste so eine Bemerkung nicht am Ende einer Verzerrung der Geschichte den Weg bahnen? Die Wahrheit war doch, dass Krieg immer und überall eine schmutzige, blutige, schmerzhafte Angelegenheit war und die Losung deshalb nur »Nie wieder Krieg!« heißen konnte und nicht: »Wir hätten siegen können, hätten wir bloß …«

Die Soldaten schienen genauso zu empfinden, denn sie hörten kaum zu. Ihre Augen waren auf etwas gerichtet, das nur sie sehen konnten. Ihr Zuhause vermutlich. Ihre Familie. Das nahende Weihnachtsfest. Etwas, das geeignet sein mochte, endlich, endlich die Kälte der letzten Jahre aus ihren Knochen zu vertreiben.

28

Nun ertrank sogar das erste Friedensweihnachtsfest in Blut, als wären viereinhalb Jahre Krieg nicht genug! Kugeln pfiffen an Gregor vorbei, der hinter einer umgestürzten Litfaßsäule Schutz suchte. Die Soldaten setzten schwere Artillerie ein, aus den Fenstern des Schlosses antworteten ihnen Maschinengewehrsalven. Seit heute früh acht Uhr war die Schlacht im Gange. Die Straße Unter den Linden glich einem Heerlager, überall Menschen in Uniformen. Und der Anlass für das alles?

Die Volksmarinedivision, bestehend aus Kieler und Cuxhavener Matrosen, ergänzt um manch fragwürdige Gestalt, die offenbar bei ihnen Aufnahme gefunden hatte, war ursprünglich zum Schutz des Regierungsviertels aufgestellt und im Berliner Schloss einquartiert worden, aus dem nun regelmäßig Kunstschätze verschwanden. Die Regierung hatte angeordnet, den Verband zu reduzieren und in ein neues Quartier umzusiedeln. Den noch ausstehenden Sold von achtzigtausend Mark sollten die Matrosen erhalten, sobald sie dem Stadtkommandanten Wels die Schlüssel für das Schloss übergeben hätten. Stattdessen brachten sie die Schlüssel gestern dem ihnen nahestehenden Volksbeauftragten Emil Barth, weswegen ihnen Wels den Sold verweigerte. Außerdem hatte es irgendeine ungeklärte Schießerei gegeben, bei der ein Matrose auf der Strecke blieb und mehrere verletzt wurden. Daraufhin setzten die wütenden Männer Ebert und die anderen Volksbeauftragten in der Reichskanzlei fest und entführten den Stadtkommandanten ins Schloss. Ebert musste es trotz der von Matrosen besetzten Telefonzentrale irgendwie gelungen sein, die Oberste

Heeresleitung um Hilfe zu bitten, jedenfalls waren Truppen herbeigeeilt, hatten die Regierung befreit und lieferten sich nun mit den Matrosen ein Feuergefecht.

Kugeln schlugen in die Litfaßsäule ein. Gregor duckte sich. Das Artilleriefeuer hatte bereits die Front von Schloss und Marstall schwer beschädigt, in den Innenräumen sah es vermutlich ähnlich verheerend aus. Auch etliche Geschäfte am Schlossplatz wurden in Mitleidenschaft gezogen, kaum eine Schaufensterscheibe blieb heil. Drähte der elektrischen Straßenbahnleitungen waren durch Geschosse zerrissen worden und hingen nun von den Masten herab. Auf dem Pflaster bildeten sich Blutlachen, neben einer Laterne lag ein Toter, weiter hinten stöhnten Verwundete. Es war wie an der Front. War er deshalb nach Hause gekommen, um mitzuerleben, wie sich das Abschlachten hier fortsetzte?

In der Nähe der Börse hatten bewaffnete Spartakusleute die Postenkette der Soldaten durchbrochen und einer weiteren Gruppe im Lustgarten zwei Maschinengewehre entrissen. Im Augenblick versuchten sie, die Posten im Schlosshof zu überrennen. Der Schusswechsel artete in eine Straßenschlacht aus. Eine unbewaffnete Volksmenge eilte den Matrosen zu Hilfe und beschimpfte die Uniformierten, die unsicher wurden. Missbrauchte man sie für konterrevolutionäre Aktionen?

Der Polizeipräsident hatte seine Sicherheitswehr zur Verstärkung der Matrosen hergeschickt. Gregor war sich immer noch nicht schlüssig, was er von dem Mann halten sollte. Eichhorn hatte eine Reihe guter Entscheidungen getroffen, die Polizeidienstgrade entmilitarisiert und die unsinnige militärische Gruß- und Meldepflicht abgeschafft, außerdem die Dienstzeit auf acht Stunden festgelegt. Aber ihm fehlte die notwendige Erfahrung, und er verzettelte sich in unwichtigen Einzelheiten wie Uniformen und Dienstvorschriften. Außerdem hatte er Schwierigkeiten mit seiner neu geschaffenen Sicherheitswehr, die sich als undiszipliniert herausstellte und sich des Öfteren seinen Anordnungen widersetzte. Nicht zuletzt arbeitete er eher gegen die Regierung als für sie.

Wieder duckte sich Gregor, als ein Querschläger vorbeijaulte. Eigentlich hatte er zwischen den Soldaten nichts verloren. Genau genommen dürfte er gar nicht hier sein. Aber er hatte ein eigenes Interesse an den Vorgängen. Seit die Truppen aus dem Krieg heimgekehrt waren, hielt er ein Auge auf die Kameraden, die möglicherweise in Joscha Lucks Tod verwickelt waren. Seinen Informationen zufolge hielt sich Franz Hasler im Schloss auf. Mit sicherem Gespür für die Machtverhältnisse hatte er sich auf die Seite der Matrosen geschlagen. Gregor ertrug den Gedanken nicht, dass Franz, neben Guntram immerhin sein Hauptverdächtiger, womöglich in diesem Schusswechsel getötet wurde und er vielleicht nie erfahren würde, wer Joscha umgebracht hatte und aus welchem Grund.

Im Marstall wurde eine weiße Fahne geschwenkt. Anscheinend wollten die Matrosen verhandeln. Gott sei Dank! Das Feuer wurde eingestellt. Gregor erhob sich vorsichtig, und nachdem er sicher war, dass keine Gefahr mehr drohte, machte er es sich auf der umgestürzten Litfaßsäule bequem und stellte sich auf eine längere Wartezeit ein.

Während er sich in Geduld übte, versuchte er, sich darüber klar zu werden, was er vom bisherigen Verlauf der Revolution hielt. Das eine zumindest hatten sich wohl alle von der Veränderung erhofft, die Arbeiter ebenso wie die Monarchisten: dass sie ihnen Frieden und Brot brachte. Aber die Demobilisierung bedeutete, dass bewaffnete Truppen zunehmend nur noch den Regierungsgegnern zur Verfügung standen: den sozialistischen Revolutionären und den Resten des alten Heeres. Ebert und seine Mitstreiter hatten zwar die Mehrheit des Volkes hinter sich, aber sie waren den Launen von Abenteurern und politischen Extremisten mehr und mehr ausgeliefert.

Vielen Menschen auf der Straße gingen die Veränderungen zu langsam voran. Warum wurden die Großindustriellen nicht enteignet? Warum wurden Bürokratie, Schulen, Universitäten nicht reformiert? Warum blieben in der Verwaltung, in Justiz und Polizei die Monarchisten im Amt? »Die Sozialdemokraten verstehen sich eher als Konkursverwalter des alten Regimes statt als Gründungsväter einer Demokratie«, pflegte Hendrik zu sagen, und damit hatte er sicher recht. Dabei hätte die Regierung, würde sie den berechtigten Erwartungen auch nur ansatzweise nachkommen, der Agitation der Radikalen wirkungsvoller den Wind aus den Segeln genommen als mit Drohungen und Gewalt.

Angesichts der unentwegten Versuche der Spartakisten und der Revolutionären Obleute, die Macht an sich zu reißen, war es vielleicht nicht verwunderlich, dass Ebert sich allzu sehr gefallen ließ, von den Militärs umworben zu werden. Es mochte sein, dass er die bolschewistische Gefahr über- und die Gefahr durch die Konterrevolution unterschätzte. Gregor hatte durch einen ehemaligen Kollegen der Politischen Polizei erfahren, dass Ebert und General Groener, der Nachfolger Ludendorffs, einen allzu vertrauten Umgang miteinander pflegten. Das war kein gutes Zeichen. Jedem musste klar sein, dass gerade von den Offizieren die größte Gefahr für die Republik ausging. Die Soldaten des Heimatheeres hatten gegen ihre Offiziere rebelliert, das Feldheer jedoch befand sich, zumindest hier und da, noch in der Hand der Obersten Heeresleitung.

Vorn tat sich etwas. Erste Matrosen verließen ohne Waffen das Gelände. Gregor stand auf und sah sich jeden von ihnen genau an, damit ihm Franz Hasler nicht durch die Lappen ging. Dabei mischte er sich unter die Soldaten, um zu hören, ob er Näheres über die getroffenen Vereinbarungen in Erfahrung bringen konnte. Anscheinend waren die Matrosen gegen Auszahlung der Löhne und das Versprechen einer Amnestie bereit, das Schloss zu räumen und zuzusichern, künftig keine bewaffneten Aktionen gegen die Regierung mehr zu unternehmen. Auch Otto Wels war freigelassen worden.

Immer noch redeten Arbeiter auf die Soldaten ein. An den Straßenkreuzungen bildeten sich Aufläufe, es wurden Ansprachen gehalten und Flugblätter verteilt, die Ebert als Konterrevolutionär brandmarkten und die Handlungsweise der Matrosen verteidigten. Nicht wenige Soldaten standen auf ihrer Seite. Das Schloss war nach wie vor besetzt, dennoch wurden bereits die ersten Maschinengewehre zurückgezogen. Es war Heiligabend, die Soldaten wollten nach Hause und das Weihnachtsfest im Kreise der Familie feiern, zum ersten Mal seit Jahren. Einige hatten Tannengrün an ihren Gewehrläufen befestigt, einer summte *Stille Nacht, heilige Nacht* vor sich hin, während er ein Maschinengewehr abbaute. Die Männer waren kaum zu halten, man konnte es ihnen nicht verdenken.

Gregor sah dem heutigen Abend nicht gerade frohen Herzens entgegen. Seine Eltern erwarteten ihn und Hendrik zum Abendessen, wie jedes Jahr. Weihnachten ohne Lilly – wie sollte er das nur aushalten? Vielleicht sollte er absagen. Irgendeine Ausrede würde ihm schon einfallen.

Vor dem Schloss wurde es ruhiger. Gregor hielt die Zeit für gekommen, um Franz Hasler zu suchen. Er straffte seine Schultern und begab sich zum Schloss. Wann immer er angehalten wurde, wies er sich als Mitglied der Kriminalpolizei aus und galt damit unter den Matrosen als Eichhorns Mann. Anstandslos wurde er durchgelassen.

Das Schloss befand sich in einem schlimmen Zustand, überall durchlöcherte Säulen und Wände. Eine Granate hatte das Dach zum Eingang des Weinkellers abgedeckt. Gregor stieg die Treppen hinauf und durchstreifte die kaiserlichen Räume. Die Türen standen zumeist offen, etliche Türfüllungen waren eingeschlagen, Scheiben, Fensterkreuze, Spiegel zerschossen, Teppiche verdreckt. Hier und da hielten sich rauchende Matrosen auf und beglückwünschten einander zu ihrem Sieg.

Plünderer hatten Schränke aufgebrochen, die Schubladen der Kommoden herausgerissen, die Schreibtischfächer durchwühlt. In wirrem Durcheinander lagen Staatskleider, Uniformstücke, Hüte, Stiefel herum. In den zerschlagenen Vitrinen fehlte alles von Wert. Akten waren verstreut, Schubladen als Aschenbecher benutzt, die Leinwand mehrerer Gemälde mit Bajonetten mutwillig durchschnitten worden.

Franz Hasler saß in einem Arbeitszimmer, die Füße auf dem Tisch. Er trug einen Jagdanzug, Lackschuhe, rote Strümpfe, die für eine Galauniform gedacht waren, und weiße Handschuhe. Vor sich hatte er eine kleine Standuhr stehen, mehrere Ringe lagen daneben.

»Gehst du wieder deinen Geschäften nach?«

»Hallo, Gregor«, sagte Franz und stieß einen Rauchring aus. »Du siehst das falsch. Ich wollte die Sachen nur in Sicherheit bringen.«

»Ich habe gesehen, wie ihr hier gehaust habt.«

»Das waren nicht wir. Im Gegenteil, wir haben das Schloss bewacht und gegen Plünderer geschützt.«

»Anscheinend nicht sehr erfolgreich.«

»Hattest du Sehnsucht nach mir, oder warum bist du hier?«

»Ich wollte mit dir noch mal über Joscha reden.« Gregor zog einen Stuhl heran und setzte sich.

»Du bist auch nicht gerade erfolgreich mit deiner Arbeit, was?«

Gregor erwiderte nichts. Er beobachtete Franz dabei, wie er weitere Rauchringe ausstieß und die Zigarette schließlich auf dem Schreibtisch ausdrückte. »Warst du es?«

Franz lehnte sich zurück. »Ach, Gregor, das hatten wir doch schon.«

»Ich habe keine befriedigende Antwort bekommen.«

»Natürlich nicht. Du fragst ja auch den Falschen. Weil du ein Opportunist bist wie wir alle.«

»Wie meinst du das?«

»Du hast nicht den Mumm, Hauptmann von Mörike unter Druck zu setzen, das meine ich.«

»Von Mörike? Was hat der damit zu tun? Der war zig Kilometer vom Ort des Geschehens entfernt.«

»Eher ein paar hundert Meter, würde ich sagen.« Franz grinste.

»Wenn du etwas weißt, dann raus damit.«

»Unser guter Hauptmann war an jenem Abend mit anderen Offizieren zu einer geheimen Besprechung gerufen worden. Hast du den Wagen mit seinem Adjutanten nicht gesehen? Sie haben im Haus des Brauereibesitzers getagt, nicht weit vom Krater entfernt, in dem Joscha gefunden wurde. Willst du etwa sagen, du wusstest nicht, dass von Mörike vor Ort war?«

29

Mühsame, langweilige Routinearbeit – manchmal trug sie Früchte. Gregor betrachtete die Taschenuhr in seiner Hand, das Monogramm im Gehäusedeckel, die Kratzer, die ihm nur allzu vertraut waren, Kratzer, die an der Front entstanden waren. Joschas Uhr.

Eigentlich hatte er die Hehler und Pfandleiher der Stadt wegen eines Raubmordes in Charlottenburg abgeklappert. Aus einem Instinkt heraus hatte er jedoch bei der Gelegenheit immer auch Joschas Uhr beschrieben, ohne selbst daran zu glauben, dass die jemals irgendwo auftauchen würde. Doch nun war genau das geschehen. Eine Frau hatte sie verkauft, möglicherweise eine Komplizin. Der beste Beweis, dass er mit seinem anfänglichen Verdacht recht gehabt hatte: Jemand hatte Joscha getötet und ausgeraubt und erst dann die Handgranate gezündet.

Die Beschreibung der Komplizin durch den Pfandleiher war nicht sonderlich hilfreich, immerhin wusste Gregor jetzt: Wer immer Joscha umgebracht hatte, befand sich höchstwahrscheinlich in Berlin. Wer von seinen Verdächtigen konnte das sein? Von Guntram und Franz wusste er sicher, dass sie hier waren, auch Hauptmann von Mörike und sogar Unteroffizier Bartels sollten sich in der Stadt aufhalten. Lothar hatte er noch nicht ausfindig machen können. Auch von Friedhelm keine Spur.

Gregor rieb sich die Arme. Es war kalt im Polizeipräsidium, wie überall. Der Kohlenmangel. Zwar war die augenblickliche Situation nicht so schlimm wie Anfang 1917, als die Temperaturen in Berlin auf minus dreißig Grad gesunken waren, aber schlimm genug, dass jeder Hausbesitzer in den ersten Stock umzog, um nicht die hohen Räume im Parterre beheizen zu müssen. Die Wartezimmer der Ärzte wurden nur erwärmt, wenn die Patienten Kohlen mitbrachten. Schulunterricht fand ohne Pause statt – das sparte ein Drittel Heizmaterial.

Gregor stand auf, ging ein paar Schritte, um die steifen Muskeln zu bewegen, und setzte sich wieder an seinen Schreibtisch. Zum wiederholten Mal blätterte er die Akten durch, die er nach Joschas Tod angelegt hatte. Darin stand alles, was von Bedeutung sein konnte: die Aussagen der Verdächtigen, ihr Werdegang, etwaige Verdachtsmomente, die gegenwärtige Adresse. Guntram, Franz, Lothar, selbst Friedhelm und Golo Bartels, alle waren sie hier versammelt. Nach dem Zusammentreffen mit Franz hatte Gregor auch Hauptmann von Mörike hinzugefügt, wobei er bei ihm auf Mutmaßungen angewiesen war, denn es war ihm bisher nicht gelungen, ihn aufzuspüren, um ihn zu der geheimen Unterredung zu befragen. Die Akten waren dünn, sehr dünn. Zwei, drei maschinengeschriebene Seiten.

Er hob den Kopf und horchte. Waren das Schüsse gewesen? Nein, alles still. Seine Fantasie spielte ihm einen Streich. Aber es mochte jeden Augenblick losgehen.

Gregor beschloss, einen Rundgang zu machen, um sich über die Lage zu informieren. Er verließ das Zimmer, wanderte durch die Gänge des Präsidiums und warf dabei einen Blick in die Büros, deren Türen zumeist offen standen. Auf Tischen und Bänken lag ein Wirrwarr aus Kochgeschirr, Seifenstücken, Tabaksbeuteln, Speck, Patronen und Lederzeug. Kisten mit Handgranaten standen herum. Matrosen saßen um die Schreibtische, rauchten, spielten Karten oder dösten. Manche unterhielten sich halblaut. An strategischen Punkten waren Maschinengewehre aufgestellt.

Die letzten Tage waren desaströs gewesen. Nach der »Blutweihnacht«, wie die Ereignisse um den Heiligen Abend herum jetzt genannt wurden, hatte die USPD ihre Zusammenarbeit mit den Mehrheitssozialisten aufgekündigt und war aus der Regierung ausgeschieden, weil sie Ebert die Schuld an der Eskalation der Gewalt gab. Der Spartakusbund wiederum hatte sich von der USPD gelöst und am ersten Januar die Kommunistische Partei Deutschlands gegründet. Die Spaltung der Arbeiterbewegung war damit endgültig vollzogen.

Gregor fand es schwer, sich ein umfassendes Bild von den Vorgängen zu machen. Der übergroßen Nähe Eberts zum Militär stand er genauso misstrauisch gegenüber wie alle anderen. Aber Otto Wels, der mittlerweile abgedankt hatte, war von den Matrosen misshandelt, die Führung des Landes mit Waffengewalt bedroht worden. Was blieb einer Regierung angesichts der fortwährenden Übergriffe radikaler Minderheiten anderes übrig, als um ihre Existenz zu kämpfen?

Die blutigen Zusammenstöße hatten den Volksbeauftragten klargemacht, dass sie in Berlin jederzeit erpressbar waren, dass die Nationalversammlung demzufolge woanders zusammentreten musste, wenn sie ungestört stattfinden sollte. Vielleicht in der Paulskirche in Frankfurt am Main, in Erinnerung an die Revolution von 1848. Oder in Kassel, Bayreuth oder Weimar. Weimar wäre gut, dachte Gregor, nicht nur wegen der zentralen Lage. Da könnte man die neue Republik in die Tradition des Humanismus stellen, in das Wirken Goethes und Schillers. Das würde sicher auch im Ausland wohlwollend vermerkt werden.

Er verließ die Flure des Präsidiums und ging nach oben, in den dritten Stock, um sich von einem der dortigen Fenster einen Überblick über die Situation draußen zu verschaffen.

Polizeipräsident Eichhorn hatte sich geweigert, seinen Posten zu verlassen, obwohl er sowohl vonseiten der Regierung als auch vom Zentral- und vom Vollzugsrat zum Rücktritt aufgefordert wurde. Gestern, am Sonntag, hatten USPD, KPD und die Revolutionären Obleute zu einer Demonstration gegen die Absetzung Eichhorns aufgerufen, der zweihunderttausend Menschen gefolgt waren. Die Situation war jedoch rasch außer Kontrolle geraten, bewaffnete Demonstranten hatten aus eigenem Antrieb Berliner Verlagshäuser besetzt, die Maschinen stillgelegt und die Zeitungsredaktionen nach Hause geschickt. Wer dort jetzt das Sagen hatte – niemand wusste es.

Die Führer der Demonstration glaubten wohl, die Zeit sei gekommen, den Aufstand bis zum Sturz der Regierung fortzusetzen, und hatten für heute einen Aufruf erlassen, um gegen die Regierung und für die Weltrevolution zu kämpfen. Ob damit ein bewaffneter Aufstand oder nur eine Massendemonstration wie gestern gemeint war – man konnte alles aus diesem Aufruf herauslesen.

Gregor sah aus dem Fenster. Die Nacht war hereingebrochen, bis auf das Licht aus den Fenstern des Präsidiums und vereinzelten Laternen lag der Alexanderplatz im Dunkeln. Hier und da standen Gruppen von Menschen und diskutierten, doch der Platz leerte sich zügig.

Den ganzen Tag über hatten die Massen bis zur Siegessäule gestanden und auf Anweisungen gewartet, auf ein Ziel, wenigstens ein Zeichen. Sie waren bereit, für eine gute Sache alles zu geben, selbst das Leben. Währenddessen tagten diejenigen, die das Ganze losgetreten hatten, und berieten sich, fassten Beschlüsse und verwarfen sie wieder, debattierten von Neuem und kamen zu keinem Ergebnis. In Kälte und Nebel hatten die Demonstranten ausgeharrt, Stunde um Stunde, und geschrien: »Nieder mit der Regierung Ebert-Scheidemann!« Heiser, hungrig und im Stich gelassen gingen sie nun nach Hause.

Gregor konnte nur den Kopf schütteln. Die Verantwortlichen des Aufrufs wussten natürlich, dass ein kommunistisches Berlin isoliert sein und vom Hinterland ausgehungert werden würde, sie hätten ihre Anhänger daher nicht mit revolutionären Phrasen aufhetzen dürfen. Sollten sie hingegen wirklich der Ansicht sein, dass die Zeit reif war, um die Revolution zu einem siegreichen Ende zu bringen, dann hätten sie die Führung des Aufstands übernehmen müssen. Wenn man schon die Massen mobilisierte, dann musste man auch einen Plan haben und dem Protest eine Richtung geben.

Was würden all diese Menschen, die ihren revolutionären Tatendrang nicht hatten ausleben können, morgen unternehmen? Was geschah im besetzten Zeitungsviertel? Und vor allem: Was hatte Friedrich Ebert vor?

30

Gregor hauchte in seine Hände und drückte sich tiefer in den Hauseingang. Er zog seine Taschenuhr hervor: gleich acht. Kalter Nieselregen tropfte ihm in den Nacken. Die Lindenstraße lag in trügerischer Ruhe. Licht aus den Fenstern der Wohnhäuser spiegelte sich auf den nassen Straßen. Die Besatzer des *Vorwärts*, der Zeitung der regierenden Sozialdemokraten, hatten sich gut verschanzt und Vorposten bis zum Halleschen Tor aufgestellt. Auf den Dächern befanden sich Bewaffnete, die ihnen Feuerschutz geben sollten.

Bereits in der Nacht waren jedoch die Zugangsstraßen von regierungstreuen Truppen in weitem Umkreis abgesperrt worden. Auf dem Belle-Alliance-Platz stand ein schweres Geschütz, zwei weitere befanden sich in der Alten Jakobstraße, um die Rückseite des Gebäudes unter Feuer zu nehmen. Überall Militärposten mit Sturmhelmen, das Gewehr über der Schulter, Handgranaten am Koppel.

Wieder hauchte Gregor in seine Hände. Was tat er hier an diesem Samstagmorgen? Hatte er nichts Besseres zu tun, als sich zum Kugelfang zu machen? Vor einer halben Stunde hatte er mit seinen Männern zwei Straßen weiter den Raubmörder gefasst, hinter dem er seit Tagen her war, er hätte also guten Gewissens nach Hause fahren und sich schlafen legen können. Aber das Geschehen um die Lindenstraße zog ihn unwiderstehlich an. Weil er das Gefühl hatte, dass sich hier und jetzt die Zukunft des Landes entscheiden würde.

Berlin hielt den Atem an. Die Bevölkerung wartete auf Gustav Noske, der anstelle der ausgetretenen USPD-Leute in die Regierung gewählt worden war, den Oberbefehl über alle Truppen bekommen und versprochen hatte, Berlin vom Straßenterror zu befreien. *Gewalt kann nur mit Gewalt bekämpft werden*, konnte man am Mittwoch in einem Aufruf der Regierung lesen. Gregor befürchtete das Schlimmste.

In der vergangenen Woche, seit Emil Eichhorn sich geweigert hatte zurückzutreten, war es immer wieder zu gewalttätigen Aktionen gekommen. Hier wurde eine Druckerei zurückerobert, dort eine andere besetzt. Um das Verlagshaus Mosse, in dem sich das Hauptquartier der Spartakisten befand, wurde ununterbrochen gekämpft, ebenso um das Reichstagsgebäude und einzelne Bahnhöfe, die die Aufständischen in die Hände zu bekommen versuchten, um das Einrücken von Verstärkung zu verhindern. Immer wieder fanden Demonstrationen und Gegendemonstrationen statt. Immer wieder wurden unbeteiligte Passanten von verirrten Kugeln getroffen; neulich hatte es gar jemanden während der Arbeit im Büro erwischt.

Zwar fanden gleichzeitig Verhandlungen zwischen Aufständischen und Regierung statt, bei denen Männer der Unabhängigen Sozialdemokraten zu vermitteln suchten, doch ohne Erfolg. Das lag zum einen daran, dass die Unterhändler ihre Barrikadenkämpfer nicht in der Hand hatten, weil sich allerlei lichtscheues Gesindel unter die Spartakisten mischte, dem es nur darauf ankam, ungestraft zu plündern. Zum anderen hatten die Mehrheitssozialdemokraten zur Bedingung gemacht, dass zunächst die besetzten Gebäude freigegeben werden müssten, was nicht geschah. Aber vielleicht war es Ebert ohnehin nur darum gegangen, Zeit zu gewinnen, um Noske die Gelegenheit zu geben, Truppen zu sammeln und Freiwilligenkorps aufzustellen.

Gregor ließ seinen Blick über das Industriegebäude schweifen, zwischen dessen drittem und viertem Hof die Räume des *Vorwärts* lagen. Eine Erstürmung würde nicht einfach sein, zumal die Aufständischen auch andere Räume des Gebäudekomplexes besetzt hatten, von denen aus sie die Belagerer unter Feuer nehmen konnten. Barrikaden aus Papierballen und Bücherbündeln dienten als Deckung, dahinter waren Maschinengewehre aufgestellt. Der Aufstand, weder geplant noch gewollt, entwickelte eine Eigendynamik, die nur ein schlimmes Ende nehmen konnte.

Auf der Brücke über dem Landwehrkanal wurde bereits gekämpft. Von einem Dach in der Friedrichstraße beschossen Spartakusleute mit einem Maschinengewehr die Angreifer. Mit gezielten Schüssen löschten die Soldaten die Bogenlampen der Straßenbeleuchtung und nahmen die Schützen unter Feuer.

Gegen acht begann der konzentrierte Angriff. Von der Belle-Alliance-Straße und der Blücherstraße arbeiteten sich die ersten Sturmtruppen heran. Minenwerfer kamen zum Einsatz, Geschosse schlugen in die Wohnungen der angrenzenden Häuser, abprallende Kugeln zogen Gebäude in weitem Umkreis in Mitleidenschaft. Überall sah man durchsiebte Fassaden und zerschossene Fenster. Qualmwolken wälzten sich über die Straße, Schreie waren zu hören.

Der Putz einer Hauswand zerplatzte unter dem Kugelhagel und rieselte auf Gregor herab. Hastig zog er sich tiefer in den Hauseingang zurück und fühlte sich dabei wieder in den Schützengraben versetzt. Die Explosionen, die Erschütterungen, die Schreie der Verwundeten … Der Krieg folgte ihm, wohin er auch ging. Er konnte ihm nicht entkommen.

Jemand flüsterte seinen Namen. Gregor drehte sich um.

Lothar Fichte drückte sich an die Hauswand, zitternd.

»Was machst du denn hier?«, fragte Gregor überrascht.

»Ich wohne da vorn.«

»In der Lindenstraße? Seit wann?«

»Seit ein paar Tagen. Als Kostgänger.« Lothar ergriff Gregors Handgelenk. »Es ist gut, dass ich dich treffe. Ich muss dich sprechen. Wegen Joscha. Ich wollte dich schon im Polizeipräsidium aufsuchen, aber seit da überall geschossen wird …«

Gregor hatte selbst einige Fragen, vor allem zu den Desertionsplänen, bei denen Joscha den Jungen erwischt hatte.

»Ich … ich habe etwas gesehen«, stotterte Lothar. »Etwas,

das deine Ermittlungen auf den Kopf stellt. Du gehst von völlig falschen Voraussetzungen aus.«

Eine Mine ließ das Gebäude, in dessen Schutz sie standen, erzittern.

»Nicht hier«, sagte Gregor. »Lass uns verschwinden.«

»Ich wollte gerade in meine Wohnung.« Lothar sah unsicher um die Ecke, wo heftig geschossen wurde.

Ungefährlich war es nirgends. Also konnten sie wohl ebenso gut versuchen, in Lothars Wohnung zu gelangen. Gregor packte den Jungen bei der Schulter und wartete auf eine Feuerpause. Als das Schießen einen Augenblick lang aufhörte, rannte er mit Lothar zu dessen Haus und warf sich mit ihm in den Eingang, ehe das Knattern der Maschinengewehre wieder einsetzte.

Beide keuchten.

Lothar war grün im Gesicht. »Erster Stock«, brachte er hervor und ging voraus.

Dass die Wohnung von mehreren Personen bewohnt wurde, war angesichts der vielen Kleidungsstücke und Schlafgelegenheiten offensichtlich. Auch Kinder mussten sich darunter befinden, wie man anhand der herumliegenden Puppen, Zinnsoldaten und Murmeln erkennen konnte. Es war jedoch niemand zu Hause.

»Setz dich«, sagte Lothar, »ich bringe nur meinen Mantel weg.« Kurz darauf kam er zurück. »Möchtest du etwas trinken?«

»Nein, danke. Heraus mit der Sprache: Was hast du gesehen?«

Lothar ging zum Fenster, um die Gardinen zuzuziehen. »Du wirst es nicht für möglich halten«, sagte er.

In diesem Augenblick klirrte es, Kugeln ließen den Stuck an der Decke zerplatzen und rissen faustgroße Löcher in die Wand.

Gregor warf sich herum.

Die Gardine wehte im Wind. Lothar war nirgends zu sehen.

Gregor sprang auf.

Der Junge lag auf dem Boden, zwischen Tausenden von Scherben. Die Dielen unter ihm färbten sich rot.

Mit einem Satz war Gregor bei ihm und versuchte, Lothars Hemd zu öffnen. Seine Hand war im Nu nass von Blut. Auch ohne Medizinstudium sah er, dass hier nichts mehr zu retten war.

Über ihm pfiffen weitere Kugeln durch die Fenster.

»Mhm …«, brachte Lothar heraus. Blut lief seine Mundwinkel hinunter.

»Nicht sprechen! Nicht sprechen!« Gregor hob den Kopf des Jungen und bettete ihn in seinen Schoß.

»I… i…«, flüsterte Lothar.

Gregor beugte sich zu seinem Mund herab.

»Ich … habe … Joscha –« Das Flüstern erstarb. Lothars Kopf fiel zur Seite.

Ein Schrei entrang sich Gregors Kehle, ein Schrei der Wut über das ununterbrochene Morden und ein weiteres sinnlos vergeudetes Leben. Mit der Faust schlug er auf den Boden. Mühsam kämpfte er seine Wut nieder, legte Lothars Kopf auf den Dielen ab und schloss ihm die Augen. Dann robbte er in den Flur, wo ihn keine verirrte Kugel treffen konnte, setzte sich an die Wand und lehnte seinen Kopf dagegen. Um ihn drehte sich alles.

Was hatte Lothar sagen wollen? Ich habe Joscha umgebracht? Wollte er in seiner letzten Minute sein Gewissen erleichtern? Das passte nicht zu der Aussage, er hätte etwas gesehen, das die Ermittlungen auf den Kopf stellen würde. *Du gehst von völlig falschen Voraussetzungen aus.* Sosehr sich Gregor das Hirn zermarterte, er vermochte sich nicht vorzustellen, was Lothar ihm hatte mitteilen wollen. Schließlich gab er es auf und schloss die Augen.

Lange saß er so, dachte nichts, ließ zu, dass sich sein Kopf und sein Herz leerten. Immer wieder schlugen Geschosse ein, Minen ließen den Boden erzittern, Teile des Mauerwerks des beschossenen Gebäudes stürzten ein.

Stunden später, als ihm bewusst wurde, dass das Schießen aufgehört hatte, richtete sich Gregor schwerfällig auf und verließ die Wohnung.

Der *Vorwärts* war anscheinend zurückerobert worden. Von der Fassade des Gebäudes war nicht mehr viel übrig. Hinter dem Haus musste ein Schuppen gebrannt haben, Rauch stieg aus den verkohlten Trümmern. Immer noch lagen Tote auf der Straße. Schaulustige hatten offenbar die Postenkette durchbrochen und auf Gefangene eingeschlagen. Auch vonseiten der Soldaten waren die Gefangenen mit Peitschen und Gewehrkolben misshandelt worden, hieß es. Etliche Besatzer hatte man einfach erschossen, darunter auch sieben Parlamentäre. Verwundete blieben ohne ärztliche Hilfe. Ein Offizier, der eine Zeit lang von den Spartakisten als Geisel festgehalten worden war und sich hinterher bei ihnen für die gute Behandlung bedanken wollte, war von seinen Kameraden zusammengeschlagen worden. Der Mob wütete.

Angewidert wandte sich Gregor ab und ließ sich durch die Stadt treiben.

Gegen Mittag wurde er Zeuge, wie Noske mit dreitausend Mann in Berlin einzog, obwohl der schwierigste Teil der Arbeit bereits erledigt war. Statt sich auf die regierungstreuen Arbeiter und die sozialistischen Freiwilligen zu stützen, führte er Freikorps aus den Resten der alten Armee an, die hauptsächlich aus kaiserlichen Offizieren und Unteroffizieren bestanden. Diese Leute waren die reaktionärsten unter den Soldaten, zudem entwurzelt und – im Gegensatz zu ihren Kameraden, die es vorzogen, in ihre alten Berufe zurückzukehren – ohne Perspektive. Ein gefährliches Gebräu.

Die Soldaten verstanden denn auch den Auftrag der neuen Regierung, für Ordnung zu sorgen, als Freischein und ließen ihrem Hass auf die Revolutionäre freien Lauf. Wieder wurden Gefangene misshandelt und Wehrlose erschossen. Obwohl die anderen Zeitungshäuser nahezu kampflos übergeben wurden, tobten sich die Soldaten in den folgenden Tagen aus und ertränkten die Revolution in Blut.

Das Polizeipräsidium, die letzte Bastion der Aufständischen, wurde am Sonntag mit Feldgeschützen sturmreif geschossen und erobert. Teile von Eichhorns Sicherheitswehr, die sich mit Arbeitern und Matrosen im Präsidium verschanzt hatten, waren bereits vorher aus Sorge um ihren Lohn zur Regierung übergelaufen, nachdem ihnen Amnestie versprochen worden war. Eichhorn selbst gelang mit der Kasse die Flucht.

Am Montag waren die Aufständischen besiegt. Dennoch ließ Noske weiter Freikorps in die Stadt einrücken. Das Generalkommando Lüttwitz besetzte die Innenstadt. Wohnungen wurden durchkämmt, fahrende Straßenbahnen angehalten und Männer und Frauen nach Waffen durchsucht. Die »braven Truppen«, wie sie in einem Aufruf der Regierung genannt wurden, begannen mit der Niederschlagung der radikalen Arbeiterschaft und der Suche nach den untergetauchten Anführern des Aufstands.

Zwei Tage später wurden Karl Liebknecht und Rosa Luxemburg ermordet.

III

Neun Jahre später
Samstag, 24. Dezember 1927, bis Sonntag, 22. Januar 1928

Die geheimen Rüstungen unter der Weimarer Republik bilden den Ariadnefaden – dünn aber blutig –, der vom Ersten Weltkrieg über den Hitler-Stalin-Pakt zu dem Inferno des Zweiten Weltkrieges führte.

Emil Julius Gumbel

31

»Ein Gespenst,« wiederholte Gregor wohl zum hundertsten Mal. »Ich habe ein Gespenst gesehen. Könnte ich mich geirrt haben? Nein. Er hat sich verändert, gewiss. Aber ich weiß, dass er es war. Ich weiß es.«

»Wir glauben dir ja«, erwiderte Diana.

Gregor schien sie nicht zu hören. »Ich kann es einfach nicht fassen. Joscha Luck. Lebt und spaziert munter durch Berlin.«

Diana legte ihre Hand auf seine. Zu anderen Zeiten hätte sie jetzt das Jagdfieber gepackt, aber im Augenblick wollte sie nur den Heiligen Abend genießen. Wenn ihr doch bloß nicht schon wieder übel wäre!

»Das bedeutet, dass damals jemand anderes ermordet wurde. Dass ich Jahre damit vergeudet habe, einen Mord aufzuklären, der gar nicht begangen wurde. Während der wirkliche Mord ungesühnt blieb und sich irgendwo jemand darüber ins Fäustchen lacht.«

Es beunruhigte Diana, wie aufgewühlt Gregor war. Er stand wieder unmittelbar unter dem Eindruck des Krieges, als wären die letzten neun Jahre ausgelöscht. Michael dagegen verhielt sich auffällig still. Was Gregor ihnen über seine Kriegserlebnisse erzählt hatte, weckte vermutlich böse Erinnerungen in ihm. Nur Hendrik wirkte einigermaßen heiter, doch das lag bloß daran, dass er einen Weihnachtsgruß von Josephine bekommen hatte.

»Es ist, als ob einem der Boden unter den Füßen weggezogen wird«, fuhr Gregor fort. »Dass Joscha am Leben ist, ändert alles. Ich muss noch einmal von vorn anfangen. Alles, was ich bisher geglaubt habe, war falsch.« Er schob seinen Teller beiseite. »Das hat Lothar gemeint, bevor er erschossen wurde: *Du gehst von völlig falschen Voraussetzungen aus*. Er muss Joscha gesehen haben. Vielleicht ist er ihm zufällig auf der Straße begegnet. Hätte ich das doch bloß damals schon gewusst!«

»Mach dich nicht verrückt«, versuchte Diana ihn aufzumuntern. »Du konntest es nicht wissen.« Auch sie legte jetzt das Besteck beiseite und wischte sich den Mund mit einer Serviette ab.

Das Essen hatte vorzüglich geschmeckt, aber sie waren alle viel zu durcheinander, um Hendriks Kochkünste würdigen zu können. Nur Michael aß als Einziger noch. Im Laufe der Zeit war er ziemlich geschickt darin geworden, mit seiner künstlichen Hand Messer oder Gabel zu benutzen. Immer noch versetzte es Diana einen Stich, ihren kleinen Bruder so zu sehen. Durch ihn war der Krieg all die Jahre hindurch präsent geblieben.

Sie war froh darüber, dass sie ihm wieder die Herzlichkeit entgegenbringen konnte, die er verdiente. Wie waren sie sich doch gegenseitig auf die Nerven gegangen, als sie noch auf engstem Raum miteinander leben mussten! Seit Gregor im Sommer eine Wohnung für ihn gefunden hatte, nur zwei Häuser weiter und im Erdgeschoss, sodass er mit seinem Rollstuhl ohne Hilfe überall hinkam, verstanden sie sich wieder besser.

»Ich mache ein Foto von euch«, sagte sie. »Kommt, stellt euch vor den Weihnachtsbaum.« Sie holte die Klappkamera, die sie Gregor geschenkt hatte, und knipste ein paar Bilder. Hier sind alle, die ich liebe, dachte sie. Ihr Mann, ihr bester Freund und ihr Bruder. Nur ihre Schwester fehlte, dann wäre das Glück vollkommen gewesen.

»Jetzt reicht's aber mit den Aufnahmen«, brummte Gregor.

»Eine noch, damit der Weihnachtsbaum zu Ehren kommt.«

Ihr Mann hatte die Tanne aber auch zu schön geschmückt! An den Zweigen hingen Glaskugeln von derselben Art, wie Herr Bethke sie herstellte, außerdem goldene und silberne Nüsse und Tannenzapfen, Metallspiralen, Strohsterne und Glöckchen. Geschickt hatte Gregor lose gezupfte Watte dazwischen verteilt und natürlich Lametta. Oben, auf der Spitze des Baumes, thronte ein Rauschgoldengel. Die Kerzen auf den Klemmlichthaltern leuchteten, Wachskerzen natürlich, die elektrischen Lichter in anschlussfertigen Ketten, die jetzt in Mode waren, hätten Diana die Stimmung verdorben. Unter dem Baum befanden sich die Geschenke – sie selbst freute sich am meisten über den Fußwärmer, wo sie doch so leicht fror –, Geschnitztes und Gedrechseltes aus dem Erzgebirge, ein weiterer Rauschgoldengel und reichlich Marzipan. Wunderbar kitschig!

Gregor schien ähnlich zu empfinden, denn er starrte den Rauschgoldengel an, und seine Gesichtszüge wurden weich. »Ich wünschte, unsere Eltern könnten das noch erleben«, sagte er. »Wenn ich 1918 geahnt hätte, dass es unser letztes gemeinsames Weihnachtsfest war …«

Aus Erzählungen wusste Diana, dass Gregor damals nur für zwei Stunden vorbeigekommen war und Arbeit vorgeschützt hatte, um früh wieder gehen zu können. Im folgenden Februar waren seine und Hendriks Eltern dann an den Folgen der dritten Welle der Spanischen Grippe gestorben. »Letztes Foto«, sagte sie demonstrativ fröhlich. »So, das war's.«

Gregor setzte sich nicht wieder an den Tisch, sondern wanderte ruhelos im Raum umher. »Ein Gespenst«, sagte er. »Joscha Luck lebt. Ich muss alles neu überdenken, und ich weiß kaum, wo ich anfangen soll.«

»Halten wir uns an Descartes«, erwiderte Hendrik. »Du brauchst gar nicht so die Augen zu verdrehen. Er hat eine Abhandlung über die Methoden des richtigen Vernunftgebrauchs geschrieben, überaus nützlich. Eigentlich basiert sie auf Platons *Sophistes* und Aristoteles' *Organon*, aber Descartes hat die Prinzipien zum ersten Mal auf sämtliches Wissen übertragen und dadurch … Ich sehe schon, das interessiert euch nicht, auch gut. Erste Regel: Niemals eine Sache als wahr zu akzeptieren, die nicht sicher als solche zu erkennen ist. Was können wir in diesem Fall als unumstößliche Tatsache ansehen? Dass dein ehemaliger Kamerad Joscha Luck lebt. Du bist dir sicher?«

»Daran gibt es keinen Zweifel.«

»Er hat keinen Zwillingsbruder oder so etwas?«

»Er war es. Er selbst.«

»Gut. Wenn wir das als gewiss annehmen, kommen wir zur zweiten Regel, die besagt, dass wir ein Problem in so viele Teile wie notwendig zerlegen sollten, um es leichter lösen zu können. Das bedeutet in diesem Fall erstens: Wer war der Tote, den du für Herrn Luck gehalten hast? Zweitens: Wer hat diesen bedauernswerten Menschen umgebracht und warum? Drittens: Wie gelangte die Erkennungsmarke von Joscha Luck dorthin?«

»Die Antwort auf deine letzte Frage liegt für mich auf der Hand. Joscha ist desertiert und hat es so aussehen lassen, als sei er tot, um einer Verfolgung zu entgehen. Deshalb die Vernichtung der Leiche durch eine Handgranate.«

»In Russland habe ich auch jeden Tag daran gedacht zu desertieren«, warf Michael ein. »Hätte ich es bloß getan!«

Unwillkürlich sahen alle auf seine künstliche Hand.

»Was geschieht mit Herrn Luck, wenn man ihn erwischt?«, fragte Diana.

»Wegen der Desertion?« Gregor zuckte die Achseln.

»Nichts. Seit dem Zusammenbruch der Monarchie fallen Deserteure unter Amnestie. Ein Mord ist natürlich etwas anderes.«

»Traust du ihm zu, dass er kaltblütig jemanden umgebracht hat, um mit ihm die Identität zu tauschen?«

»Eigentlich nicht. Aber ich bin lange genug bei der Kriminalpolizei, um zu wissen, dass jeder Mensch zu einem Verbrechen fähig ist. Besonders im Krieg.« Gregor fing wieder an herumzuwandern. »Ich muss ihn finden. Ich muss es wissen. Hat Joscha, dem ich vertraut habe wie keinem anderen, aus niederen Motiven einen Menschen getötet? Habe ich all die Jahre einen Mord gedeckt, ohne mir dessen bewusst zu sein?«

»Wir müssten herausfinden, wer der Tote war.«

»Das dürfte schwierig werden. Es wäre schon damals nicht einfach gewesen, bei dem Chaos, das da herrschte. Heute, nach all den Jahren, ist es schier unmöglich.«

»Bleiben wir bei Descartes. Was können wir als sicher annehmen? Doch wohl, dass es zumindest eine grobe Ähnlichkeit zwischen Joscha Luck und dem Unbekannten geben muss, sonst hätte er nicht so ohne Weiteres in dessen Identität schlüpfen können, oder?«

»Vermutlich hast du recht. Ein ähnliches Aussehen hätte zumindest das Risiko einer Entdeckung für ihn minimiert.«

»Und der Mord an Golo Bartels? Wie passt der da hinein? Descartes, Gregor, Descartes! Sind in beide Morde dieselben Menschen involviert?«

»Das hatte ich bisher angenommen, weil ich glaubte, damals wäre Joscha ermordet worden. Nur seine Kameraden hätten ein Motiv dafür gehabt, dieselben Menschen, die in Beziehung zu Bartels standen. Wenn der Tote von 1918 jedoch ein Fremder war …« Gregor schüttelte den Kopf. »Trotzdem. Über Fräulein Kanitz sind die beiden

Morde verbunden, das sagt mir mein Instinkt. Joscha muss in irgendeiner Beziehung zu ihr stehen, schließlich kam er aus ihrer Wohnung.«

»Aus dem Haus, in dem sie wohnt«, präzisierte Hendrik.

»Das dürfte kaum ein Zufall gewesen sein. Ich muss ihr noch mal auf den Zahn fühlen, und diesmal richtig. Aber nicht sofort. Es wäre fatal, unvorbereitet mit ihr zu sprechen. Zunächst muss ich mir eine Strategie überlegen.«

»Bitte erst nach den Feiertagen, Gregor«, sagte Diana. »Dein Toter hat neun Jahre gewartet, da werden ihm ein paar Tage mehr oder weniger nichts ausmachen.«

32

Das Automatenrestaurant in der Friedrichstraße war ein Palast aus Messing, Chrom und Glas, der damit warb, dass man in einem Etablissement mit Selbstbedienung weder warten noch ein Trinkgeld geben musste. Hühnchenpastete, Erdbeertorte oder Vanillepudding befanden sich hinter Glasscheiben in kleinen Fächern; warf man genug Münzen in den vorgesehenen Schlitz, klappte das Fenster auf und man konnte das gewünschte Gericht herausnehmen. Während der Inflation, als die Münzen wertlos wurden, war der Betrieb dieser Restaurants schwierig geworden, da die Automaten keine Scheine annehmen konnten; so mancher Laden musste damals schließen. Jetzt florierten sie wieder.

Diana war noch nie hier gewesen. Sie bevorzugte eine menschliche Bedienung, auch wenn Automatenrestaurants als Inbegriff der Zukunft galten. Gregor hielt ihr die Tür auf. Er war nicht begeistert gewesen, dass sie ihn begleitete, weil seit heute Morgen zu ihren üblichen Schwangerschaftsbeschwerden ein permanentes Ziehen im Unterleib, Kopfschmerzen und Zahnfleisch- und Nasenbluten hinzugekommen waren. Aber ihr fiel zu Hause die Decke auf den Kopf, also hatte sie ihren Willen durchgesetzt.

Um diese Zeit war das Restaurant kaum besucht. Vier ältere Damen hatten es sich auf einer Sitzgruppe bei Kaffee und Kuchen bequem gemacht, und an einem der Stehtische verdrückte ein Arbeiter eine Wurst.

Hier also arbeitete Fräulein Kanitz. Ihre Aufgabe war es, darauf zu achten, dass geleerte Fächer so schnell wie möglich wieder gefüllt und Salate oder frisch gepresste Orangensäfte, die zu lange standen, entsorgt wurden. Das jedenfalls hatte Gregor erzählt.

Der Anblick der Speisen ließ Dianas Magen knurren. »Ich muss etwas essen«, sagte sie.

»Ich hole dir was«, erwiderte Gregor. »Setz dich schon mal. Was möchtest du?«

»Ein Stück Torte.«

Er ging, um den Geschäftsführer aufzutreiben und um ein Gespräch mit Fräulein Kanitz zu bitten, und kam ein paar Minuten später mit einem Stück Schwarzwälder Kirschtorte und zwei Tassen Kaffee zurück.

Diana stürzte sich darauf, als wäre sie kurz vor dem Verhungern.

Skeptisch blickte Gregor auf ihren Bauch. »Da hat offenbar jemand einen gesunden Appetit«, meinte er.

Der Heißhunger dauerte nur eine Minute. Übergangslos empfand Diana Ekel und schob den Teller von sich.

»Magst du nicht mehr?«

Sie schüttelte den Kopf.

Gregor betrachtete die Torte. »Na, dann«, sagte er und machte sich über den Rest her. Als er fertig war, legte er die Gabel auf den Teller und wartete.

Fräulein Kanitz brauchte lange, ehe sie herauskam. Vielleicht hatte sie sich erst sammeln müssen, um ihnen gegenüberzutreten, sie schien jedenfalls nervös. »Guten Tag, Herr Kommissar«, sagte sie, als sie sich zu ihnen setzte. »Ich hoffe, Sie hatten ein schönes Weihnachtsfest.«

Gregor erwiderte nichts. Wortlos legte er ein Foto von Joscha Luck vor ihr auf den Tisch und sah sie an.

»Was … was soll ich damit?« Sie vermied jeden Blick auf das Foto, als befürchtete sie, ihre Augen könnten etwas verraten.

Sie hat Angst, dachte Diana. Sie hat uns erwartet, und sie hat Angst. Sie wusste, dass wir kommen, weil Herr Luck es ihr gesagt hat.

»Kennen Sie diesen Mann?«, fragte Gregor.

»Nein.«

»Vor drei Tagen, als wir zu Ihnen wollten, kam er aus Ihrem Haus.«

»Vielleicht war er bei einem Nachbarn.«

Gregor schwieg.

Fräulein Kanitz versuchte, ihre Hände ruhig zu halten; es gelang ihr nicht.

»Ich kann Sie einsperren lassen«, sagte Gregor, »wegen Behinderung einer polizeilichen Untersuchung.«

Sie sah fort und presste die Lippen aufeinander.

»Mein Assistent besorgt gerade einen Durchsuchungsbefehl für Ihre Wohnung. Was werden wir dort finden, was glauben Sie? Denken Sie gut nach. Gehen Sie im Geist alle Räume durch, die Schubladen, die Briefe, die Fotografien.«

»Er … er wollte mir bloß was verkaufen.«

»Und deswegen lügen Sie?«

»Er wollte mir …« Sie schluckte. »Kokain verkaufen.«

Wenn es nicht so ernst wäre, hätte Diana lachen müssen. Ausgerechnet Kokain! Fräulein Kanitz hatte vermutlich in ihrem Leben noch nicht mal eine Zigarette geraucht.

»Ich … ich habe ihm etwas abgekauft. Deswegen habe ich gelogen. Seinen Namen weiß ich nicht.«

»Hat er Ihnen aufgetragen, das zu sagen? Joscha? Wenn er mit Ihnen über mich gesprochen hat, dann wird er Ihnen auch verraten haben, dass ich niemals aufgebe. Wenn Sie mir nicht endlich die Wahrheit sagen, werden Sie den Rest Ihres Lebens über Ihre Schultern gucken, ob ich Ihnen bereits im Nacken sitze. Und wo immer Sie hingehen, werde ich Ihnen folgen.«

Fräulein Kanitz sah ihn wie hypnotisiert an. Wie ein Rehkitz, das von einer Hundemeute in die Enge getrieben wurde, dachte Diana. Hoffentlich hatte Gregor nie Grund, mit ihr in diesem schneidenden Ton zu reden.

Endlich sackte Fräulein Kanitz zusammen. »Er … er ist mein Verlobter«, flüsterte sie. Ihre Hände zitterten.

»So etwas dachte ich mir«, erwiderte Gregor. »Warum versteckt er sich?«

»Weil er damals desertiert ist.«

»Es gab eine Amnestie. Joscha hat nichts zu befürchten. Es sei denn, er hat einen Mord begangen, um sich dem Frontdienst zu entziehen.«

»Das hat er nicht, ich schwöre es Ihnen, Herr Kommissar!«

»Warum versteckt er sich also?«

»Weil ihm niemand glauben würde.«

»Dann soll er mit mir reden. Wenn er unschuldig an dem Mord ist, hat er von mir nichts zu befürchten. Wie nennt er sich jetzt?«

Fräulein Kanitz zögerte. Kaute auf ihren Lippen. Öffnete den Mund.

»Lügen Sie mich nicht an«, sagte Gregor, »sonst lernen Sie eine Seite von mir kennen, die Sie nicht kennenlernen wollen.«

Fräulein Kanitz schien den Tränen nahe. »Waldemar«, presste sie hervor. »Waldemar Neugebauer.«

»Danke. Und jetzt verraten Sie mir noch, was Sie im Büro von Golo Bartels zu suchen hatten.«

»Das … das war ich nicht!« Fräulein Kanitz schrie es beinahe.

»Sie lügen schon wieder«, sagte Gregor. Er nahm das Foto von Joscha Luck und steckte es ein. »Sagen Sie Ihrem Verlobten, ich gebe ihm zwei Tage, um mit mir Kontakt aufzunehmen. Falls er Angst hat, zum Präsidium zu kommen – wir haben einen privaten Telefonanschluss.« Er holte einen Stift hervor, kritzelte eine Nummer auf ein Stück Papier und reichte es ihr.

Sie nahm den Zettel wie betäubt entgegen.

Gregor erhob sich. »Sagen Sie ihm noch etwas: Wenn ich bis übermorgen nichts von ihm gehört habe, jage ich ihn mit allen Mitteln, die mir zur Verfügung stehen. Er wird keine ruhige Minute mehr haben, bis an sein Lebensende.«

33

Es gab vieles, was Hendrik an seinem Bruder bewunderte, ein paar Eigenschaften, die ihn störten, und ein, zwei Dinge, von denen er nicht wusste, wie er sie finden sollte. Gregors unermüdliche Versuche, trotz ständiger Fehlschläge etwas Grünes in seinem Büro zu züchten, gehörten dazu. Hendrik beäugte ein halbes Dutzend Töpfe mit Begonien, Primeln und Alpenveilchen auf der Fensterbank, deren Blumenerde mit Kaffeesatz und Teeblättern bedeckt waren. »Was ist das?«, wollte er wissen.

»Ich probiere verschiedene Dünger aus.«

»Und das hier?« Er deutete auf eine Schüssel mit Wasser, in der Eierschalen schwammen, die bereits unangenehm rochen.

»Gehört dazu. Ich habe gelesen, das gibt guten Dünger.«

»Wie lange liegen die schon hier?«

»Weiß nicht. Ein paar Wochen.«

Hendrik schüttelte den Kopf und nahm auf einem Stuhl Platz. Kritisch musterte er seinen Bruder, der in seinen Akten blätterte. Gregor schien sich von dem Schrecken der Begegnung mit einem Toten und den Erinnerungen an seine Kriegszeit erholt zu haben. Er wirkte wieder so nüchtern wie immer. »Was machst du?«, wollte Hendrik wissen.

»Es gibt mehrere Waldemar Neugebauers in Berlin. Edgar klappert sie gerade ab, und ich versuche herauszufinden, welcher von ihnen 1918 in Flandern gewesen sein könnte.«

»Warum in Flandern?«

»Ist das nicht offensichtlich? Waldemar Neugebauer, das muss der Tote im Bombenkrater gewesen sein. Joscha hat seinen Namen angenommen, andernfalls wäre Herr Neugebauer irgendwann einmal als vermisst gemeldet worden. Er war schließlich kein Soldat, sondern Zivilist, der sich überwiegend im Hinterland aufhielt. Und wenn Joscha nie enttarnt wurde, bedeutet das aller Wahrscheinlichkeit nach, dass der Tote nicht verheiratet war und keine Eltern mehr hatte. Wir suchen also nach einem Waldemar Neugebauer ohne Familie.«

»Vielleicht hat Fräulein Kanitz dir einen falschen Namen genannt.«

»Glaube ich nicht, dazu war sie zu verschreckt.« Er seufzte. »Ich wünschte, wir wären schon so weit, dass jede Polizeiwache ein Bildfunkgerät auf dem Tisch hat. Dann könnte ich ein Foto von Joscha herumschicken.«

Es klopfte. Kriminalrat Gennat schob seine Körpermasse ins Büro. »Ach, guten Tag, Professor. Auch mal wieder hier?« Er schüttelte Hendrik die Hand und wandte sich dann an Gregor. »Wie weit sind Sie mit der Sache Golo Bartels? Ich bekomme Druck vom Reichswehrministerium, die Angelegenheit fallen zu lassen.«

Auf Betreiben von Herrn von Mörike, wetten?, dachte Hendrik. Wie so oft fiel ihm ein passender Satz von Lichtenberg dazu ein: *Es ist fast unmöglich, die Fackel der Wahrheit durch ein Gedränge zu tragen, ohne jemandem den Bart zu sengen.*

»Wir haben eine Verdächtige, die in Beziehung zu Bartels stand und uns etwas verschweigt«, sagte Gregor. »Ich hoffe, sie bald so weit zu haben, dass sie ihr Geheimnis preisgibt.«

Gennats Blick fiel auf den Stapel abgegriffener Akten auf Gregors Schreibtisch. »Sagen Sie nicht, dass Sie immer noch versuchen, den alten Mord aus dem Krieg aufzuklären!«

»Ich bin überzeugt davon, dass es eine Verbindung zwischen damals und heute gibt.«

»Das ist eine fixe Idee von Ihnen, Lilienthal. Konzentrieren Sie sich auf den aktuellen Mord. Das da ist eine Ewigkeit her und geschah mitten im Krieg, es interessiert keinen mehr.«

Gregor nickte, aber Hendrik wusste genau, dass Gregor niemals einen Fall loslassen würde, in den er sich verbissen hatte, erst recht keinen, der ihm so nahe ging wie dieser.

Gennat schien es auch zu wissen, denn er warf entnervt die Hände hoch, ließ sie wieder fallen und sagte: »Ach, machen Sie doch, was Sie wollen. Hauptsache, Sie bringen mir bald Ergebnisse in der Sache Bartels.« Er drehte sich um und schlurfte zur Tür hinaus.

Gregor sah ihm nach. »Das ist das Gute an dem Alten«, meinte er, »er lässt einem freie Hand, solange man Erfolge vorzuweisen hat.«

Und Gregors Aufklärungsrate war zweifellos hoch. Hendrik nahm die Akten an sich und blätterte sie durch. Golo Bartels, Ottmar von Mörike, Franz Hasler, Guntram Beier, Friedhelm Bethke. Selbst eine Akte von Doktor Mentzel, dem Arzt, der Bethke Elektroschocks verabreicht hatte, befand sich darunter, obwohl er unmöglich an einem der Morde beteiligt sein konnte. Wenn Gregor etwas machte, machte er es richtig. Immerhin hatte Bartels in dem von Friedhelm Bethke angestrengten Prozess für Doktor Mentzel ausgesagt, es gab also eine flüchtige Beziehung zwischen den beiden.

Die Akten waren dünn, nur wenige beschriebene Blätter lagen darin. Zuunterst befand sich eine weitere Akte, ohne Namen auf dem Umschlag. »Und wer ist das?«

»Erinnerst du dich noch an den Verräter im Polizeipräsidium, der damals, als wir Rathenaus Leben zu retten versuchten, den Freikorps Informationen lieferte?«

Wie könnte Hendrik so etwas vergessen! Wegen dieses Mannes wäre er beinahe gestorben.

»Dies ist seine Akte. Bis jetzt ist es mir nicht gelungen herauszufinden, wer er ist, aber er ist immer noch aktiv. Bei Bartels haben wir Unterlagen gefunden, die darauf hindeuten, dass er weiterhin Kontakt zu den Freikorps hält. Ich bin ihm auf der Spur. Eines Tages wird er einen Fehler begehen.«

Anstelle des Verräters hätte Hendrik Angst. Gregor gab niemals auf, egal, wie lange es dauerte. Schon als Kind war er so gewesen. Mit sieben hatte er herausfinden wollen, ob es einen Weihnachtsmann gab. Andere Kinder hätten sich damit begnügt, Ältere zu fragen. Nicht so Gregor. Er führte ein regelrechtes Verhör mit sämtlichen Kindern der Nachbarschaft durch und ließ nichts gelten, was nicht durch Beweise untermauert wurde. Den ganzen Herbst hindurch grübelte er über dieses Problem und kam schließlich auf den Gedanken, am Heiligen Abend Mehl an Türen und Fenstern zu streuen. Wenn es einen Weihnachtsmann gab, musste er Fußspuren hinterlassen, nicht wahr? So war er um eine Illusion ärmer, aber um eine kriminalistische Erfahrung reicher geworden.

»Gibt es sonst noch etwas Neues?«, wollte Hendrik wissen.

»Allerdings. Ich habe mich in den vergangenen Tagen mit Korvettenkapitän Canaris beschäftigt.«

»Und? Was hast du herausgefunden?«

»Es ist ja ein offenes Geheimnis, dass die Schwarze Reichswehr immer wieder auf den Sturz der Republik hingearbeitet hat. Die reguläre Reichswehr unterstützt sie nach Kräften, durch Geldmittel, durch Unterkünfte, durch Material. Canaris ist dabei eine Schlüsselfigur. Er hat geholfen, Kapitän Ehrhardts diverse Terrororganisationen aufzubauen. Er war der Verbindungsmann zwischen Ehrhardt und dem Reichsmarineamt und hat nach dem missglückten Kapp-Putsch Ehrhardts Flucht nach Ungarn ermöglicht. Heute steht er in enger Fühlung mit republikfeindlichen Verbänden wie Stahlhelm, Studentischer Waffenring, Wikingbund. Um all das zu finanzieren, hat Canaris Waffenverkäufe ins Ausland organisiert, zum Beispiel an die irische Untergrundbewegung Sinn Féin. Dass er während der Revolutionswirren half, den Mord an Rosa Luxemburg zu vertuschen, sei hier nur am Rande erwähnt.«

»Ich weiß. Scheidemann hat ihn damals festnehmen lassen, nicht wahr? Aber General Lüttwitz hat seine Freilassung durchgesetzt.«

»So ist es. Mithilfe von Reichswehrminister Geßler ist die Reichswehr ein Staat im Staate geworden. Geßler wusste immer zu verhindern, dass Politiker sich in die Angelegenheiten der Armee einmischen. Im Dementieren war er groß. Selbst wenn er sich dabei auf lächerliche Weise selbst widersprach: Eine Schwarze Reichswehr hat es nie gegeben, sie ist längst aufgelöst, und wer von ihr spricht, begeht Landesverrat und wird verklagt.«

»Es weiß doch jeder, dass die Schwarze Reichswehr existiert. Wie oft hat der eine oder andere der inoffiziellen Soldaten versucht, vor Gericht Gehaltszahlungen und Versorgungsansprüche zu erstreiten!«

»In der Tat, deshalb –«

Die Tür wurde aufgerissen, Edgar Ahrens stürmte herein. »Hab ihn!«, rief er aus. »Besser gesagt: Ich hab ihn nicht, er ist getürmt. Aber ich weiß, welcher von den Neugebauers er ist. Die Nachbarn haben das anhand des Fotos bestätigt. Sie sagen, er ist gestern mit zwei Koffern weg.« Jetzt erst schüttelte er Hendrik die Hand.

»Fräulein Kanitz hat anscheinend keine Zeit verloren.« Gregor erhob sich. »Und das sollten wir auch nicht.«

34

»Waldemar Neugebauer«, sagte Herr Ferl. »Hätte nicht gedacht, dass ich diesen Namen noch mal zu hören bekomme.«

Ferls Name war bei der Durchsuchung von Joscha Lucks Wohnung zwischen den wenigen Habseligkeiten, die vom echten Neugebauer stammten, aufgetaucht. Er arbeitete in der Potsdamer Stadtverwaltung und verschwand beinahe hinter seinem wuchtigen Schreibtisch. Herr Ferl sprach und bewegte sich, als wäre er noch nicht richtig wach, und seine Ausführungen waren so trocken, dass man allein vom Zuhören Durst bekam. Es machte Diana zappelig, mit ihm auch nur im selben Raum zu sein.

»Es stimmt«, sagte Herr Ferl, »ich war damals in Flandern in der Verwaltung tätig. Ich war dem Etappen-Intendanten unterstellt und fürs Bekleidungsdepot und später auch für die Lebensmittelversorgung zuständig.«

»Und in dieser Eigenschaft haben Sie mit Herrn Neugebauer Geschäfte gemacht, wenn ich das richtig verstehe?«, fragte Gregor.

»Ja. Wir hatten ständig Engpässe. Neugebauer hat uns der Himmel geschickt. Er war … Man könnte ihn einen freischaffenden Kaufmann nennen. Er hatte keinen Laden oder so was, nicht mal ein Lager, soviel ich weiß. Aber Beziehungen.«

»Welcher Art?«

»Er konnte buchstäblich alles besorgen. Er hat ja da gelebt. In Flandern, meine ich. Ursprünglich stammt er wohl aus Sachsen. Genaueres habe ich nie erfahren. Er hat eine Französin geheiratet und ist mit ihr schon vor dem Krieg nach Belgien gezogen, daher die Kontakte.«

»Was ist aus ihr geworden?«

»Sie starb an irgendeiner Krankheit, 1916 oder 17.«

Dianas Magen kollerte, und ihre Blase drückte. Sie achtete nicht darauf.

»Hatte Herr Neugebauer Familie?«, erkundigte sich Gregor.

»Seine Eltern waren gestorben, und Geschwister besaß er keine, glaube ich. Er hat nicht viel darüber geredet.«

Niemand, der ihn vermisste, genau wie Gregor vermutet hatte. Ideale Voraussetzung, um dessen Identität zu übernehmen. Trotzdem, ein hohes Risiko, fand Diana. Aber vermutlich nicht größer, als wegen Desertion geschnappt zu werden.

»Erzählen Sie uns mehr über seine Arbeit.«

»Er ist viel herumgereist. Um neue Quellen aufzutun, nehme ich an. Vielleicht hat ihn auch der Tod seiner Frau ruhelos werden lassen. Er war so eine Art Zwischenhändler, verstehen Sie? Hat von Einheimischen gekauft und teurer wieder verkauft.«

»Legal?«

»Was war damals schon legal. Ich nehme an, vieles stammte aus zweifelhaften Quellen. Ich habe nicht nachgefragt. Warum interessiert Sie das alles? Es ist doch schon so lange her.«

»Wir haben Grund zu der Vermutung, dass jemand unter seinem Namen auftritt. Und möglicherweise an seinem Tod schuld ist.«

»Er ist also tot?«

»Mit ziemlicher Sicherheit.«

»Verstehe. Ich habe mich immer gefragt …«

Eine Welle von Übelkeit stieg in Diana auf. Nicht jetzt! Um Gottes willen, nicht jetzt! Sie machte sich steif und hielt die Luft an. Wenn sie sich hier übergab, würde Gregor sie nie wieder zu einer Befragung mitnehmen.

»Haben Sie ihn nicht vermisst, als er nicht mehr auftauchte?«

»Ich nahm an, dass er bei einem dubiosen Handel von der Gendarmerie verhaftet worden war. Oder untergetaucht ist, bevor ihn jemand fassen konnte. Ich habe nicht nachgeforscht, weil ich keine Aufmerksamkeit auf mich ziehen wollte. Ohnehin hatte ich alle Hände voll zu tun, Ersatz für ihn zu finden.«

»Und? Haben Sie?«

»Jemanden wie ihn kann man nicht ersetzen.«

Dianas Magen beruhigte sich wieder. Vorsichtig ließ sie ihren Atem entweichen, nicht zu schnell, um keinen neuerlichen Aufruhr in ihrem Körper hervorzurufen.

»Wie liefen die Geschäfte mit ihm ab?«

»Ich habe ihm mitgeteilt, wo es bei uns knapp wird, er hat entsprechenden Nachschub besorgt. Häufig waren auch andere Sachen dabei, was ihm eben so in die Hände fiel. Wir konnten ja alles gebrauchen.«

»Wie haben Sie ihn bezahlt?«

»Bar. Immer bar. Er bestand darauf.«

»Er hatte also viel Geld in den Taschen, wenn er von Ihnen kam.«

»Allerdings. Glauben Sie …?«

»Wer wusste davon?«

»Im Prinzip niemand. Aber da Herr Neugebauer regelmäßig kam und häufig mit einem Lastwagen voll Ware anrückte, konnte man sich natürlich seinen Teil denken. Außerdem, das muss ich leider sagen, war er nicht gerade vorsichtig. Nach einem erfolgreichen Geschäft ist er oft noch etwas trinken gegangen und hat dabei mit Geld um sich geworfen.«

Gregor zog einige Fotos aus seiner Manteltasche und breitete sie vor Herrn Ferl aus. »Sehen Sie sich diese Bilder genau an«, sagte er. »Erkennen Sie jemanden wieder?«

Herr Ferl studierte die Fotos so gründlich wie ein Sachverständiger, der die Echtheit eines Gemäldes bestätigen sollte. Die Aufnahme von Joscha Luck sagte ihm offenbar nichts, denn er schüttelte den Kopf. Dafür tippte er nach einiger Überlegung auf ein anderes Bild. »Der hier. Der war mal zugegen, als Herr Neugebauer gerade Ware ablud.«

»Sind Sie sicher?«

»Absolut. Der hat so komische Fragen gestellt.«

»Was für Fragen?«

»Ob das alles wieder nur für die Offiziere sei und so.«

»Verstehe.« Gregor nahm das Foto an sich.

Diana spähte über seine Schulter.

Die Aufnahme zeigte Guntram Beier.

35

Wenn schon der Besuch eines Ganovenlokals für Touristen ein Ereignis war, dann stellte der alljährliche Silvesterball der Ringvereine die Krönung dar. *Immertreu* feierte dieses Jahr im Haus Vaterland am Potsdamer Platz.

Es hatte etwas Absurdes und zugleich Rührendes, Hunderte von Ganoven in Frack und Smoking und die weiblichen Begleitungen, nicht selten Prostituierte, in Abendkleidern zu sehen. Protzige Ketten, Brillantringe, goldene Uhren, sogar ein Diadem wurden zur Schau gestellt. Berlins Unterwelt spielte bürgerliche Gesellschaft. Das Orchester, das zum Tanz aufspielte, bestand ebenfalls aus Ganoven. Zu vorgerückter Stunde drängte sich so mancher Taschendieb mit seiner Braut auf der Tanzfläche.

Nebenbei wurde die Zusammenkunft dazu genutzt, Geschäfte zu machen. Safeknacker tauschten Informationen über Sicherheitssysteme aus, Fassadenkletterer verabredeten sich zu einem Einbruch, Zuhälter suchten nach Straßenmädchen, ein Versicherungsbetrug wurde geplant.

Unter den Gästen fanden sich auch prominente Schauspieler, Anwälte und Richter, deshalb fielen Hendrik und Gregor kaum auf, als sie sich unter die Feiernden mischten. Eigentlich hatten sie vorgehabt, mit Diana und Michael Essen zu gehen, aber die Silvesterbälle waren schon seit Wochen ausverkauft, sämtliche Tanzorchester der Stadt ausgebucht. Teuer war ein solches Vergnügen außerdem; ein Festdiner im Eden oder im Adlon kostete vierzig Reichsmark, selbst das Excelsior verlangte noch achtzehn Reichsmark. Wohl oder übel waren sie deshalb zu Hause geblieben. Gregor hatte allerdings keine Ruhe gehabt, eine erneute Befragung seiner Verdächtigen brannte ihm auf den Nägeln. Und weil Diana sich nicht wohlfühlte und entschieden hatte, früh zu Bett zu gehen, waren sie jetzt hier.

Franz Hasler stand weit oben auf Gregors Liste der Verdächtigen. Nicht an erster Stelle, aber gleich danach. »Ein Diebstahl würde zu ihm passen«, hatte er vorhin zu Hendrik gesagt, allerdings auch zugegeben: »Raubmord ist natürlich eine andere Kategorie.«

Hauptverdächtiger war für ihn immer noch Guntram Beier. Schon wegen seiner Nähe zu den Freikorps, mit denen der ermordete Golo Bartels zu tun gehabt hatte, jetzt, nach der Aussage von Herrn Ferl, dass Beier über Waldemar Neugebauers Geschäfte Bescheid wusste, umso mehr. Ihn hätte sich Gregor am liebsten vorgenommen, aber Herr Beier war über Silvester für ein paar Tage zu seinen Eltern nach Bad Kreuznach gefahren, deshalb musste das warten.

Hendrik und Gregor schoben sich zwischen dicht stehenden Tischen und tanzenden Paaren hindurch und hielten Ausschau nach Franz Hasler.

»Ärgert es dich, dass Joscha getürmt ist, obwohl du ihm ein vertrauliches Gespräch angeboten hast?«, wollte Hendrik von seinem Bruder wissen.

Gregor schüttelte den Kopf. »Ich kann ihn verstehen. Er hat mich neun Jahre nicht gesehen. Woher soll er wissen, ob er mir noch vertrauen kann? Über kurz oder lang erwischen wir ihn sowieso. Ich lasse Fräulein Kanitz überwachen.«

»Glaubst du, er wird sich mit ihr treffen? Es muss ihm doch klar sein, wie gefährlich das ist.«

»Wenn die beiden wirklich ein Paar sind, wird ihn das nicht davon abhalten.«

Gelächter machte sie auf Franz Hasler aufmerksam. Er stand mit einer illustren Gruppe aus Lokalpolitikern und Schauspielerinnen zusammen, ein Sektglas in der Hand, und schien sich großartig zu amüsieren.

Gregor kämpfte sich zu ihm vor. »Können wir dich kurz sprechen?«, fragte er.

»Gregor!«, rief Hasler aus und legte einen Arm um seine Schultern, als habe er einen lange vermissten Freund entdeckt. »Darf ich vorstellen: mein alter Kumpel aus'm Krieg«, sagte er zu den anderen.

Die Gruppe prostete ihm zu.

»Was sind denn deine guten Vorsätze fürs neue Jahr?«

Gregor machte sich höflich, aber bestimmt los. »Kommst du mit da rüber?«

»Er ist ein bisschen steif, der gute Gregor«, lachte Hasler, folgte ihm aber zu einem weiß gedeckten Tisch, auf dem sich bereits leere Teller und Gläser stapelten. »Was gibt's denn so Dringendes?«

»Neuigkeiten.« Gregor hatte offenbar beschlossen, seinen einstigen Kriegskameraden zu überrumpeln, denn er sagte ohne Einleitung: »Joscha lebt.«

Franz Hasler sah ihn an, als sei er nicht sicher, ob Gregor ihn aufs Glatteis locken wollte. »Im Ernst?«

»Er hat seinen Tod vorgetäuscht, um zu desertieren.«

Jetzt lachte Hasler. »Gerissen! Der hat uns schön geleimt, was? Ich wünschte, ich wär damals auf den Dreh gekommen.«

»Mittlerweile scheint er ein umtriebiger Geschäftsmann geworden zu sein. Er besitzt zahlreiche Firmen über ganz Berlin verteilt. Halbseidene Firmen, soweit ich das beurteilen kann. Wir sind noch dabei, sie zu untersuchen. Du weißt nicht zufällig, wo Joscha sich aufhält?«

»Wie kommst du denn darauf? Halbseidene Firmen, was? Da hast du gleich an den guten Franz gedacht. Tss, tss. Du änderst dich aber auch nie.«

»Und du? Hast du dich geändert?«

»Gibt keinen Grund dafür.«

»Sagt dir der Name Waldemar Neugebauer etwas?«

»Nee.«

Gregor reichte ihm ein Foto. Es handelte sich um ein Gruppenfoto der Lehrlinge eines großen Warenhauses, auf dem Waldemar Neugebauer nahezu unterging. Unscharf war es außerdem, aber er hatte kein anderes auftreiben können. Gregor deutete auf ein Gesicht in der Mitte. »Der hier.«

Franz Hasler nahm das Foto, betrachtete es und zuckte mit den Achseln. »Und wer soll dieser Neugebauer sein?«

»Der Mann, der an Joschas Stelle im Bombentrichter lag. Du weißt nichts darüber?«

»Woher denn?«

Gregor ließ ihn nicht zu Atem kommen. Er legte ein weiteres Foto auf den Tisch: Adele Kanitz. »Kennst du diese Dame?«

Franz Hasler pfiff durch die Zähne. »Nee. Aber ich hätte nichts dagegen, sie kennenzulernen. Stellst du sie mir vor?« Er lachte, als Gregor die Fotos mit steinerner Miene wieder einsteckte. »Mensch, Gregor, du kannst einem leidtun. Jahr um Jahr strampelst du dich ab und kommst doch keinen Schritt voran. Und wofür das alles? Damit dein Chef dir auf die Schultern klopft? Da lob ich mir doch mein Gewerbe.«

»Du bist schon immer den einfachen Weg gegangen.«

»Klar. Warum soll ich mir das Leben schwerer machen als nötig?« Selbstzufrieden lehnte sich Hasler in seinem Stuhl zurück. »Na los, Gregor, sag schon: Was sind deine guten Vorsätze für 1928?«

»Ausgerechnet du fragst mich nach guten Vorsätzen?«

»Was ist daran so seltsam? Ich hab welche.«

»So?«

»Klar: nie wieder von euch Brüdern gekrallt zu werden.« Franz lachte.

Gregor wollte etwas erwidern, doch in diesem Augenblick ertönte ein Tusch. Mitternacht.

Die Menge jubelte, Paare fielen sich in die Arme. Auch Franz war aufgesprungen, schüttelte Hände und stieß mit Vereinsmitgliedern an.

Hendrik beobachtete die Küsse und Umarmungen und wurde traurig. Wie Josephine wohl den Silvesterabend verbrachte? Ob sie auch irgendwo feierte? Bestimmt.

Eine Betrunkene schmiegte sich von hinten an ihn, lallte ihm etwas ins Ohr und wandte sich dem Nächsten zu. Hendrik ertrug die Fröhlichkeit nicht länger. »Gehen wir?«, fragte er seinen Bruder.

»Ich bin mit Franz noch nicht fertig.«

»Dann verabschiede ich mich jetzt von dir. Ich gehe nach Hause.«

Gregor nickte, ohne die Augen von seinem Verdächtigen zu lassen.

Ernst Gennat war ebenfalls anwesend, stellte Hendrik fest, während er dem Ausgang entgegenstrebte. Der Kriminalrat stieg gerade auf die Bühne und ergriff den Taktstock. Es war wohl so etwas wie Tradition, dass er als Höhepunkt der Feier das Ganovenorchester dirigierte. Demonstrativ hob er den Arm, und die Musik begann. *Siehste wohl, da kimmt er, lange Schritte nimmt er …*

Hendrik trat hinaus in die Kälte. Er war froh, dass der Wind ihm ins Gesicht biss, es lenkte ihn von seiner traurigen Stimmung ab.

Glocken läuteten. Von den Kirchtürmen bliesen Posaunenchöre. Feuerwerkskörper knallten, Raketen zischten in die Luft, Knallfrösche explodierten. Wildfremde Menschen verbrüderten sich auf offener Straße und wünschten einander das Beste fürs kommende Jahr. Hinter den erleuchteten Fenstern der Häuser sah Hendrik Familien beim Bleigießen, Junggesellenrunden, in denen fleißig Punsch ausgeschenkt wurde, Paare vor ihrem Weihnachtsbaum.

Eine Weile wanderte er so durch die Stadt und ließ sich schließlich auf den Stufen eines Hauseingangs nieder. In der Ferne knallte und zischte es immer noch. Einmal raste ein Feuerwehrwagen an ihm vorbei. Aufgedrehte Menschen bevölkerten die Fußwege, wünschten ihm ein frohes neues Jahr, lachten und tanzten. Hendrik erwiderte ihre Wünsche halbherzig.

1928. Würde es ein glücklicheres Jahr für ihn werden als das letzte? Der Ärger an der Universität, die randalierenden Studenten … Vielleicht sollte er in sich gehen und sein Leben grundsätzlich überdenken. Wann, wenn nicht an Silvester, wäre der richtige Augenblick dazu?

Er lehnte sich zurück und ließ das vergangene Jahr vor seinem inneren Auge Revue passieren. Nein, glücklich war er nicht gewesen. Es gab Dinge, die ihm Freude bereiteten, gewiss. Das Beisammensein mit Diana und seinem Bruder. Der Privatunterricht für Anton Broscheck. Kleine Dinge. Aber im Großen und Ganzen?

Wenn er ehrlich war, fiel es ihm immer schwerer, morgens aufzustehen und dem Tag ins Auge zu sehen. Hatte er sich so sein Leben vorgestellt? Dass er die Universität mit Widerwillen betrat? Dass er sich dabei ertappte, Kollegen aus dem Weg zu gehen? Dass er abends das Gefühl hatte, kostbare Lebenszeit zu vergeuden? Er glaubte an das, was er tat. Aber war das genug? Was hatte er der Welt gegeben? Was blieb von ihm, wenn er eines Tages starb?

Er könnte natürlich seine Lehrtätigkeit aufgeben. Nur – was dann? Die Philosophie war sein Leben. Darüber nachzudenken, wie die Welt aussehen könnte, den Geheimnissen des Daseins auf die Spur zu kommen …

Vielleicht war es ein passender Vorsatz für das neue Jahr, sein Leben einer Prüfung zu unterziehen. Nüchtern, ohne falsche Sentimentalität. Und dann entsprechend zu handeln.

Wie so oft schöpfte er Trost aus einem Satz von Lichtenberg: *Ich kann freilich nicht sagen, ob es besser werden wird, wenn es anders wird; aber so viel kann ich sagen, es muss anders werden, wenn es gut werden soll.*

Auch über sein Privatleben sollte er nachdenken. Es war nicht so, dass er sich einsam fühlte, im Gegenteil: Er kam gut mit sich allein klar. Aber er vermisste doch einen Menschen in seinem Leben, mit dem er alles teilen konnte: den Alltag, seine Gedanken, Sehnsüchte.

Hendrik griff in seine Manteltasche und holte das Neujahrsgeschenk für Josephine hervor, einen Stoffpinguin, den er neulich im Warenhaus entdeckt und aus einer Laune heraus gekauft hatte. Josephine liebte Pinguine. Und Marzipan, deshalb gab es noch ein Glücksschwein aus Marzipan dazu, das einen Pfennig im Maul trug. Albern, was? Sollte er ihr das wirklich vorbeibringen?

Er steckte das Geschenk wieder ein.

Ein Einbeiniger auf Krücken humpelte vorbei und wünschte ihm alles Gute zum neuen Jahr. Seine Wangen waren gerötet, seine Augen glänzten.

Hendrik grüßte zurück. Was beschwere ich mich eigentlich?, dachte er. Mir geht es gut. Selbst im Krieg bin ich glimpflich davongekommen. Wenn ich bedenke, was Gregor durchgemacht hat … Nie zuvor hatte sich sein Bruder so geöffnet. Ein gutes Zeichen. Eine Art Durchbruch.

Wie von selbst wanderten Hendriks Gedanken zum Großen Krieg zurück und von dort zur Revolution. *Das* war ein Grund, depressiv zu werden. Mit welchen Hoffnungen hatten sie damals den Umschwung willkommen geheißen! Und was war von ihren Träumen geblieben? Regierungskrisen, Putschversuche, politische Morde, Hindenburg als Reichspräsident, eine Schwarze Reichswehr, Hitlers Schlägertrupps. Stück für Stück versuchten die alten Eliten, das Rad zurückzudrehen. Selbst Russland, das manche Revolutionäre als Vorbild beklatschten, hatte sich als Enttäuschung erwiesen. Im November erst war es Stalin gelungen, seine Gegner aus der Partei auszuschließen und Trotzki, Kamenew und Sinowjew in die Verbannung zu schicken.

Liegt es in der Natur des Menschen, durch Macht korrumpiert zu werden? Seine Ideale zu verraten für ein paar Privilegien? So viele Probleme gilt es anzupacken, doch unsere Politiker verstricken sich lieber in Richtungskämpfe. Schon die Monarchisten haben nicht begriffen, was Karl Julius Weber ihnen hätte sagen können: *Von oben herab muss reformiert werden, wenn nicht von unten herauf revolutioniert werden soll.*

Die Morgendämmerung war nicht mehr fern und Hendrik völlig durchgefroren. Deshalb erhob er sich und fing wieder an, durch die Straßen zu wandern. Kein Nachtschwärmer begegnete ihm mehr, fast alle Fenster waren dunkel. Die Straßenreinigung nahm bereits ihre Arbeit auf und kehrte die zerfetzten Überreste der Feuerwerkskörper zusammen, die die Straße bedeckten. Es roch nach Schießpulver.

Seine Beine trugen ihn von selbst bis nach Charlottenburg zu Josephines Wohnung. Unschlüssig stand er vor ihrem Briefkasten. Holte noch einmal den Pinguin aus seiner Tasche. Schüttelte den Kopf, drehte sich um und ging nach Hause.

36

Als Guntram Beier aus dem Keller kam, hatten es sich Hendrik und Gregor bereits auf den Treppenstufen bequem gemacht und begutachteten die blutroten Plakate, die sich vor seiner Wohnungstür stapelten, die Flugblätter und den Kleister.

»Du bist also derjenige, der hier überall die KPD-Plakate überklebt«, sagte Gregor.

Guntram Beier hielt im Schritt inne, fing sich aber sogleich und stieg die letzten Stufen hoch, ohne auf die Bemerkung einzugehen.

Gregor betrachtete das oberste Plakat. »Herr Goebbels hält wieder eine seiner öffentlichen Hasstiraden, ja?«

»*Doktor* Goebbels«, verbesserte sein ehemaliger Kriegskamerad.

»Er legt großen Wert darauf, was?« Gregor erhob sich. »Ehrlich gesagt, ich verstehe dich nicht. Wie kannst du einem Kerl wie Hitler folgen? Dass du ein Anhänger von Kapitän Ehrhardt warst – na schön, dir hat sein schneidiges Auftreten imponiert, das Militärische seiner Organisation, die Kompromisslosigkeit, das Gefühl, zur nationalen Elite zu gehören, das kann ich nachvollziehen. Aber Hitler? Der mit Großindustriellen und Kriegsgewinnlern paktiert, auf die du immer herabgesehen hast?«

»Das ist eine Lüge«, brauste Beier auf.

»Es stand doch gerade in der Zeitung, hast du es nicht gelesen? Seine Mittelsmänner haben fleißig Gelder gesammelt: von Baronen und Fabrikbesitzern, von Geheimräten und Universitätsprofessoren, von all den Leuten, die du aus tiefstem Herzen verabscheust. Glaubst du, das geht ohne

Zugeständnisse? Glaubst du, die tun das aus Edelmut, ohne dafür eine Gegenleistung zu verlangen?«

»Was die Zeitungen schreiben, ist alles Verleumdung.«

»Alles?«

»Das meiste.«

»Und der Rest?«

»Es gibt eben selbst unter Kriegsgewinnlern Menschen mit Gewissen. Menschen, die bereit sind, für die nationale Sache Opfer zu bringen.«

»Hitler hat auch in Amerika sammeln lassen, in der Schweiz und in der Tschechoslowakei. Die Schweizer haben damals, vor dem Hitlerputsch, einen Betrag von dreiunddreißigtausend Franken zur Verfügung gestellt, die sie nach einem erfolgreichen Putsch zurückhaben wollten. Klingt das für dich nach Selbstlosigkeit? Für mich klingt das nach einer Investition.«

»Ich rede nicht mit dir über Dinge, die du doch bloß in den Schmutz ziehst.«

»Mir auch recht. Reden wir über Mord.«

»Ich hatte seit Jahren keinen Kontakt mehr zu Bartels, das habe ich dir bereits gesagt.«

»Ich rede nicht von Bartels. Ich rede von Waldemar Neugebauer.«

»Wer soll das sein?«

»Der Mann, der 1918 in Flandern Kleidung und Lebensmittel besorgt hat. Der Mann, den du des Geldes wegen ermordet hast.«

»Spinnst du? Ich weiß nicht mal, von wem du sprichst.« Es wirkte echt. Hendrik suchte nach einem Anzeichen von Schreck oder Schuldbewusstsein und fand nichts.

»Ich spreche von diesem Mann hier.« Gregor holte das Foto heraus, das Hendrik schon kannte. »Funktioniert dein Gedächtnis jetzt besser?«

Guntram Beier zuckte die Achseln.

»Es gibt einen Zeugen, der dich mit ihm gesehen hat.«

»Kann sein, dass ich den mal getroffen habe. Hast du dir jedes Gesicht gemerkt, das dir im Krieg begegnet ist?«

»Du hast ihn damals gefragt, ob die Sachen, die er organisiert, bloß für die Offiziere sind.«

»Stimmt, jetzt weiß ich wieder. Der Kerl ist also tot? Ich habe damit nichts zu tun. Was soll das überhaupt? Was interessiert dich plötzlich ein Mord von damals?«

»Joscha lebt. Wusstest du das?«

»Was?«

»Dieser Mann hier war der Tote, den wir all die Jahre für ihn gehalten haben.«

Beier begriff. »Ist getürmt, was? Desertiert. Die feige Sau. Haut ab und lässt seine Kameraden im Stich. Solche Dreckskerle gehören an die Wand gestellt.«

»Hier geht es nicht um Joscha, sondern um Waldemar Neugebauer. Ermordet im März 1918.«

»Ich bin ihm bloß das eine Mal begegnet.«

»Wie?«

»Zufällig. Ich kam vorbei, als er gerade seinen Lastwagen entlud. Und was da nicht alles zum Vorschein kam! Anständige Stiefel, Erdbeeren, sogar schottischer Whisky. Es hat mich geärgert. Du weißt ja, was wir die meiste Zeit über zu fressen bekamen.«

»Und?«

»Nichts und. Ich habe ein paar Bemerkungen darüber gemacht, dass die guten Dinge wohl kaum bis in unsere Baracke gelangen würden, und das war's.«

»Du bist ihm nicht zufällig gefolgt? Oder in einem der Lokale wiederbegegnet, wo du gesehen hast, wie er mit Geld um sich warf?«

»Nein.«

Gregor holte das Foto von Fräulein Kanitz hervor. »Was ist mit ihr?«

»Kenne ich nicht. An die würde ich mich erinnern.«

Gregor steckte die Fotos wieder ein, sichtlich unzufrieden. »Na schön, Guntram. Wenn dir noch was einfällt – du weißt ja, wo du mich findest.«

Hendrik erhob sich, um seinem Bruder zu folgen.

Sie waren schon auf dem nächsten Absatz, als Herr Beier ihnen hinterherrief. »He, Gregor! Du solltest dich uns anschließen. Alle unterschätzen Hitler, aber er ist ein großer Mann. Ein Visionär. Wenn es einer schafft, die nationalen Kräfte zu vereinen und Deutschland zu neuer Größe zu führen, dann er. Du wirst sehen, er wird uns alle überraschen.«

Gregor drehte sich zu ihm um. »Genau das befürchte ich.«

37

Auch nachts musste Diana häufig zum Klosett, weil sie Druck auf der Blase verspürte, deshalb war sie es, die abnahm, als das Telefon gegen vier Uhr morgens klingelte.

»Sie werden vom Polizeiamt Charlottenburg verlangt«, sagte das Fräulein vom Amt.

»Um diese Zeit?«

»Möchten Sie das Gespräch nicht annehmen?«

»Doch, doch.«

»Ich verbinde.«

Es klickte, dann meldete sich eine männliche Stimme: »Guten Abend, äh, Morgen. Wachtmeister Bruck hier.«

»Guten Morgen. Diana Lilienthal.«

»Ich bitte um Entschuldigung für die Störung, aber ich habe hier eine Mitteilung auf meinem Schreibtisch, in der jedes Polizeirevier angewiesen wird, Ihren Mann sofort zu benachrichtigen, also zu jeder Tages- und Nachtzeit, wenn es ein Vorkommnis gibt, in das eine der folgenden Personen verwickelt ist, und, äh, eine dieser folgenden Personen … also, wir haben hier eine Strafanzeige gegen einen Friedhelm Bethke wegen Einbruch und Vandalismus …«

»Warten Sie, ich hole meinen Mann.«

Zehn Minuten später waren sie auf dem Weg nach Charlottenburg. Diana hätte ohnehin nicht schlafen können, und der Vorfall war viel zu aufregend, um zu Hause zu bleiben. Außerdem tat Herr Bethke ihr leid. Anscheinend hatte er die Praxis seines einstigen Peinigers verwüstet.

Wachtmeister Bruck begrüßte sie verlegen und entschuldigte sich tausendmal, weil er zur Unzeit angerufen hatte.

»Dafür bin ich Ihnen dankbar«, beruhigte ihn Gregor. »Was ist los?«

»Hausbewohner haben uns verständigt, dass jemand in der Praxis eines gewissen Doktor Mentzel randaliert. Als wir ankamen, fanden wir dort alles zerschlagen vor und haben den Tatverdächtigen festgenommen. Der Besitzer, Doktor Mentzel, gibt gerade seine Aussage zu Protokoll. Er hat natürlich Anzeige erstattet. Und weil Sie doch diese Mitteilung herumgeschickt hatten, dachte ich –«

»Sie haben völlig richtig gehandelt. Darf ich mit dem Gefangenen sprechen?«

»Selbstverständlich. Gehen Sie dort hinein, ich bringe Ihnen den Mann.«

Gregor und Diana begaben sich in einen Nebenraum, setzten sich und warteten. Kurz darauf kehrte Wachtmeister Bruck zurück und drückte Friedhelm Bethke, der niemanden ansah, auf einen Stuhl.

»Danke«, sagte Gregor. »Eine Bewachung wird nicht nötig sein. Schicken Sie den Doktor herein, sobald Ihr Kollege mit dem Protokoll fertig ist.«

Der Wachtmeister nickte und zog sich zurück.

Gregor betrachtete sein Gegenüber. »Was machst du wieder für Sachen«, sagte er schließlich.

»T… tut mir leid.«

»Willst du etwas trinken? Kaffee?«

Herr Bethke nickte.

Gregor stand auf und ging nach draußen, um einen Kaffee zu holen.

Jetzt erst wagte Herr Bethke, Diana anzusehen. »Guten Morgen, Frau Lilienthal. Tut mir leid, dass ich Ihnen Unannehmlichkeiten bereite.«

»Guten Morgen, Herr Bethke. Ist nicht weiter schlimm.«

Mehr sprachen sie nicht miteinander. Was sollten sie auch sagen? Diana war froh, als ihr Mann zurückkam und eine Tasse Kaffee vor dem Gefangenen hinstellte.

»Nun erzähl mal: Was ist passiert?«

Herr Bethke trank einen Schluck und setzte die Tasse wieder ab. »Ich hatte den Kerl eigentlich aus meinem Kopf verbannt. Aber seit unserem Gespräch kurz vor Weihnachten musste ich immerzu an ihn denken. Ich … ich wollte wissen, wie er so lebt, wie seine Praxis aussieht. Ein blöder Einfall. Ich war betrunken. Als ich vor diesem noblen Haus stand, feinste Gegend, das polierte Messingschild mit seinem Namen … Ich fand es ungerecht, dass dieser Verbrecher alles hat, während ich kaum weiß, wie ich mich ernähren soll, weil mir dank seiner Diagnose keine Entschädigung bewilligt wird.«

»Du bist wieder arbeitslos?«

»Bis die nächste Saison beginnt. Bis dahin nehme ich Gelegenheitsarbeiten an. Wenn ich welche bekomme.«

»Und dann bist du in die Praxis eingebrochen?«

»War ganz einfach. Die Tür war nicht besonders gesichert. Ich wollte wissen, wie es drinnen aussieht. Alles vom Feinsten. Goldene Türknäufe. Kamin. Verspiegelte Wände. Es … es überkam mich einfach. Da war ein Schürhaken, und ich fing an, auf alles einzuschlagen, was mir im Weg stand. Mir war klar, dass ich mich da in etwas reinreite, was mich Kopf und Kragen kosten würde. Ich … wollte aufhören, aber ich konnte nicht. Ich konnte einfach nicht.«

Die Tür öffnete sich. Doktor Mentzel kam herein, erkannte Gregor und wich zurück. »Sie!«, fauchte er.

»Nehmen Sie Platz.«

»Mit Ihnen rede ich nicht. Ich gehe.«

»Sie gehen dann, wenn ich es sage.« Gregor deutete auf einen Stuhl.

»Ich weigere mich, mich mit Ihnen zu unterhalten.«

Gregor erhob sich.

»Rühren Sie mich nicht an!«

»Das hatte ich nicht vor. Lassen Sie uns diese Angelegenheit wie zivilisierte Menschen klären.« Nachdrücklich wiederholte Gregor seine Geste.

Widerwillig nahm Doktor Mentzel Platz, rückte aber von den anderen ab.

Diana nahm den Arzt in Augenschein. Er hatte Wohlstandsspeck angesetzt, trug einen teuren Anzug, aus dem eine goldene Uhrkette ragte, und trat mit der Empörung eines Mannes auf, der gewohnt war, auf der Sonnenseite des Lebens zu stehen. Er warf ihr einen kurzen Blick zu, fragte sich vermutlich, wer sie war und was sie hier zu suchen hatte.

Gregor räusperte sich. »Obwohl ich das Verhalten von Herrn Bethke nicht billige, muss ich zugeben, dass ich es angesichts Ihrer damaligen Verfehlungen menschlich verständlich finde.«

»Ich habe mir nichts zuschulden kommen lassen.«

»Und was ist mit den Elektroschocks?«

»Ich habe meinen Patienten die beste Pflege nach modernsten medizinischen Erkenntnissen angedeihen lassen.«

»Ich würde das eher Folter nennen. Sie haben bei Männern, die der Krieg stumm gemacht hat, Metallkugeln in den Kehlkopf eingeführt, um Erstickungsanfälle auszulösen und sie zum Schreien zu bringen.«

»Das mag Außenstehenden brutal erscheinen, in Wahrheit handelt es sich um eine äußerst humane Therapie, weil sie den Patienten heilt. Das wüssten Sie, wenn Sie etwas von Medizin verstehen würden.«

»Tun Sie doch nicht so, als wäre es Ihnen um die Menschen gegangen, die zu Ihnen gebracht wurden. Die Männer sollten wieder einsatzfähig gemacht werden und den Granathagel an der Front einer Behandlung durch Schlächter wie Sie vorziehen. Sie haben für Nachschub in den Schützengräben gesorgt, das ist alles.«

»Das Wohl des Vaterlandes hat dem Arzt wichtiger zu sein als das Wohl des Einzelnen.«

»Und dabei sind Sie buchstäblich über Leichen gegangen.«

»Ich verbitte mir derartige Unterstellungen!«

»Unter Ihren Händen sind Patienten gestorben, oder etwa nicht?«

»Minderwertige, die eine entsprechende pathologische Konstitution aufwiesen. Sonst wären sie ja nicht gestorben. Sonst wären sie gar nicht erst krank geworden. Alles Mögliche wurde doch in den Lazaretten abgeladen: Haltlose, Versager, pathologische Lügner, geschlechtlich Abnorme. Der Zusammenhang solcher Parasiten der Gesellschaft mit Suchtanfälligkeit, Kriminalität und Prostitution ist ja bekannt. Wir Frontärzte haben immer auch einen Kampf gegen die innere Entartung geführt. Der Krieg ist nicht die Ursache für Krankheiten, er bringt lediglich bereits disponierte Anlagen zum Ausbruch. Und wir hatten es zudem mit jeder Menge Simulanten zu tun. Mit willensschwachen, überempfindlichen Naturen, die nicht krank waren, sondern nur faul oder feige. Volksschädlinge, die es sich auf Kosten der anderen gemütlich machen wollten. Diese Untauglichen und Selbstsüchtigen zu hätscheln, hätte bedeutet, die Schultern der Leistungsfähigen zu belasten. Natürliche Auslese wird auf den Kopf gestellt, wenn man Minderwertige auf Kosten der Wertvollen begünstigt.«

Ich hätte doch nicht mitkommen sollen, dachte Diana. Die Rohheit dieses Mannes drehte ihr den Magen um und weckte unliebsame Erinnerungen. Damals, als sie und Gregor gerade begannen, sich ineinander zu verlieben, hatte sie ihn manchmal nach dem Krieg gefragt und immer nur ausweichende Antworten bekommen. Eines Tages hatte er von ihren Fragen genug gehabt. »Willst du es wirklich wissen?«, hatte er gesagt. »Dann zeige ich es dir.«

Sie waren in eine Spezialklinik für Gesichts- und Kieferverletzte gefahren. Diana hatte nicht gewusst, dass es solche Lazarette überhaupt gab. Kaum jemand hatte eine Ahnung von ihrer Existenz. Sie lagen am Rande von Berlin, weit draußen, da, wo niemand die Patienten zu Gesicht bekam. Wo niemand Fragen stellte. Die Klinik beherbergte Kriegsopfer, die auch nach mehrjähriger Behandlung nicht entlassen werden konnten. Menschen, die dreißig und mehr Operationen hinter sich hatten und künstlich ernährt werden mussten. Menschen, bei denen man das Innere der Mundhöhle mit Kehlkopf, Speiseröhre und Luftröhre sehen konnte wie bei einem anatomischen Präparat. Menschen mit zusammengeflickten Gesichtern, bei denen Operationen oft bei vollem Bewusstsein, ohne Narkose vorgenommen werden mussten.

»So war der Krieg«, hatte Gregor zu ihr gesagt.

Noch heute bescherte ihr die Erinnerung daran Albträume.

Doktor Mentzel war noch nicht fertig. »Es ist ein Zeichen für den Niedergang unserer Zivilisation, dass wir Zufluchtsstätten für die Schwachsinnigen, die Krüppel und die Kranken bauen und so auf Dauer das Blut unserer Rasse schwächen«, fuhr er fort. »Die Wilden, die ihre lebensunfähigen Stammesmitglieder töten, haben da eine gesündere Einstellung. Der Mensch ist – das hat der Krieg überzeugend gelehrt – so elastisch, dass die meisten Kriegsteilnehmer auch die grauenvollsten Erlebnisse ohne gesundheitlichen Schaden überwinden. Aber der Neurotiker wird aufgrund seiner seelischen Konstitution stets erklären, dass er zu hart angefasst wurde.«

Herr Bethke zitterte.

Diana schenkte ihm ein aufmunterndes Lächeln, das er jedoch nicht bemerkte.

»Im Vergleich zu Ihnen sind Ihre Patienten in der Tat kerngesund«, stellte Gregor fest.

»Ja, reden Sie nur! Wegen weichen Naturen wie Ihnen haben wir den Krieg verloren. Ohne die Asozialen, die Sie hier in Schutz nehmen, hätte es keine Revolution gegeben. Es ist der erregbare, psychopathische Typus, der in seiner fanatischen Verbohrtheit die Massen zur Revolte aufwiegelt. Solche wie der da.« Er deutete auf Herrn Bethke. »Hat er durch seinen Vandalismus nicht bewiesen, wie degeneriert er ist und wie recht ich mit meinen Worten habe?«

Gregor hatte offenbar genug. »Wie groß ist der Schaden, der in Ihrer Praxis entstanden ist?«

»Das kann ich noch nicht sagen. Aber er geht zweifellos in die Tausende.«

»Kein Vergleich zum Schaden, den Sie bei Herrn Bethke angerichtet haben, indem Sie ihn um eine Invalidenrente gebracht haben.«

»Der ist nicht invalide. Nur wehleidig. Und wir Ärzte hatten auch die Pflicht, den Staat nicht über Gebühr zu belasten und mit seinen finanziellen Ressourcen sparsam umzugehen. Der Mann hat keine Rente verdient! Und was Sie angeht«, Doktor Mentzel spuckte seine Worte regelrecht aus, »Sie sind nicht besser als er. Sie haben sich damals auf hinterhältige Weise um die Strafe gedrückt, die Sie verdient hätten, weil Sie mich, einen Arzt und Offizier, angefallen haben. Sie gehören nicht zur Polizei, Sie sind selbst ein Verbrecher.«

Diana hielt den Atem an. Würde Gregor wütend werden?

Nicht im Mindesten. Er beugte sich nur leicht vor und sah seinem Gegenüber in die Augen. »Und was ist mit einem Arzt, der Drogen verkauft?«, sagte er leise. »Was ist der in Ihren Augen?«

Doktor Mentzel versuchte, seinem Blick standzuhalten; es gelang ihm nicht.

»Ich würde vorschlagen, Sie ziehen Ihre Anzeige gegen Herrn Bethke zurück.«

»Ich denke nicht daran!«

»Was meinen Sie, soll ich mir mal Ihren Morphiumbestand ansehen? Und herausfinden, ob die Menge, die Sie aus medizinischen Gründen bestellt haben, auch wirklich für medizinische Zwecke verwendet wird?« Gregor griff nach seiner Aktentasche, holte eine Akte heraus, die er offenbar eingesteckt hatte, ehe sie zum Revier gefahren waren, und warf sie dem Arzt hin.

Nach einem unsicheren Blick schlug Doktor Mentzel sie auf. »Sie sammeln Informationen über mich?«, fragte er.

»Seit neun Jahren.«

Der Arzt fing an zu blättern. Seine Finger zitterten dabei.

Niemand sagte ein Wort.

Als er die Akte schloss, war von seiner Empörung nichts mehr übrig.

Gregor stand auf und ging zur Tür. »Wachtmeister Bruck«, rief er, »würden Sie bitte hereinkommen? Doktor Mentzel möchte seine Anzeige zurückziehen.«

38

Der Durchbruch kam mit einem Anruf von Edgar.

Diana und Hendrik waren gerade bei Gregor im Büro. Die Überwachung von Fräulein Kanitz hatte bisher nicht viel gebracht, sie verhielt sich vorsichtig und rechnete anscheinend damit, beschattet zu werden. Da die Befragung der Verdächtigen allerdings ergebnislos verlaufen war und auch Herr Bethke nichts von Waldemar Neugebauer wusste, blieb die Observierung die letzte Hoffnung auf eine Wende.

Am siebten Januar, einem Samstag, um drei Uhr nachmittags rief Edgar Ahrens an, der zu diesem Zeitpunkt für die Beobachtung von Fräulein Kanitz eingeteilt war. Gregor nahm ab, Hendrik und Diana drängten sich um ihn, sobald klar wurde, worum es ging, und versuchten mitzuhören.

»… hat sich verdächtig benommen und versucht, etwaige Verfolger abzuschütteln«, hörten sie Edgar sagen. »Ziemlich amateurhaft. Ich bin dran geblieben. Am Ende hat sie mich zu ihm geführt.«

»Er ist es? Du bist dir sicher?«

»Kein Zweifel. Sie sitzen im *Café Trumpf*.«

»Wir sind schon unterwegs. Lass ihn nicht entwischen.«

Sie stürzten aus dem Büro. Zwei Minuten später saßen sie in einem Polizeiauto und rasten Richtung Ku'damm.

Es schüttete wie aus Eimern. Die Scheibenwischer hatten Schwierigkeiten, der Wassermassen Herr zu werden. Diana dachte an ihre Schwester. London war in der Nacht von der schlimmsten Flutkatastrophe seit Menschengedenken heimgesucht worden. Die Themse war infolge einer Springflut überraschend über die Ufer getreten und hatte die Einwohner im Schlaf überrascht. Mehrere Menschen waren gestorben, etliche obdachlos. Marianne lebte zwar mit ihrem Mann außerhalb der Stadt, dennoch machte sich Diana Sorgen.

Edgar wartete vor dem Café und hielt Ausschau nach ihnen. »Sie sind noch drin«, begrüßte er sie.

»In Ordnung«, sagte Gregor. »Gute Arbeit. Du bist seit acht Stunden auf den Beinen, geh nach Hause und schlaf dich aus. Ich übernehme das hier.«

»Bist du sicher?«

»Ja. Geh schon.«

Edgar schien nicht böse darum. Er nickte ihnen zu und machte sich auf den Heimweg.

Zu dritt betraten sie das Café.

Die Gesuchten saßen an einem Tisch und diskutierten. Kaffee und Kuchen hatten sie nicht angerührt. Als Fräulein Kanitz sie bemerkte, wollte sie aufspringen und fliehen, aber ihr Begleiter blieb ruhig sitzen und legte seine Hand auf ihre. »Hallo, Gregor«, sagte er.

»Hallo, Joscha.«

»Er hat nichts getan«, rief Fräulein Kanitz. »Lassen Sie ihn in Ruhe!«

»Schon gut, Liebes«, sagte Herr Luck.

»Du hast mich erwartet?«, fragte Gregor.

»Es war nur eine Frage der Zeit. Du warst schon immer hartnäckig. Und ich bin es müde davonzulaufen.«

»Du hast gewusst, dass das passiert?« Fräulein Kanitz war fassungslos.

»Geahnt.«

»Du hättest nicht zurückkommen dürfen.«

»Und ohne dich leben? Nein.«

Diana, Gregor und Hendrik setzten sich zu dem Paar an den Tisch. Ein Kellner kam, um die Bestellung aufzunehmen. Während sie darauf warteten, dass ihnen Tee und Kaffee gebracht wurde, plauderten sie über Belanglosigkeiten, als hätten sie sich lediglich zum Kaffeeklatsch verabredet.

»Du siehst müde aus«, sagte Gregor.

»Bin ich auch.«

Die beiden Männer sahen sich an. Zum ersten Mal konnten sie einander in Ruhe betrachten.

»Du hast dich verändert«, sagte Joscha. »Um die Augen herum. Als hättest du all das abgestreift, was früher noch unentschieden war.« Er wandte den Blick ab. »Ich habe das von deiner Frau gehört, als ich wieder in Berlin war. Ein paarmal war ich drauf und dran, dir zu schreiben. Aber du warst Polizist.«

Gregor ging nicht darauf ein. »Ich finde es immer noch unfassbar, dass du lebst.«

»Tut mir leid, wenn ich dir bei unserer letzten Begegnung einen Schrecken eingejagt habe.«

»Das hast du in der Tat.«

»Vor allem tut es mir leid, dass ich dir das Leben schwer gemacht habe. Von allen Menschen auf der Welt ausgerechnet dir.«

Der Kellner kam und brachte die Getränke. Sobald er außer Hörweite war, straffte sich Joscha. »Ich bin jetzt bereit«, sagte er. »Was willst du wissen?«

»Nicht!«, rief Fräulein Kanitz.

»Ich will endlich reinen Tisch machen, Liebes. Ich will nicht länger bei jedem Geräusch zusammenzucken und damit rechnen, dass mir jemand die Hand auf die Schultern legt, um mich zu verhaften. Es ist besser so, glaub mir.«

Fräulein Kanitz sackte auf ihrem Sitz zusammen. Joscha ergriff ihre Hand. Dann sah er Gregor erwartungsvoll an.

»Fang mit damals an«, sagte der. »1918.«

»Eine schlimme Zeit. Du weißt, wie es mir ging. Ich habe es kaum noch ausgehalten. Das Morden, die Angst, die Schinderei … Unentwegt habe ich mir den Kopf zerbrochen, wie ich dem entkommen könnte.«

»Hast du Waldemar Neugebauer umgebracht?«

»Nein. Ich bin zufällig über seine Leiche gestolpert. Es war eine warme Nacht, ruhig, und ich wollte der Enge unserer Unterkunft entkommen. Deshalb bin ich spazieren gegangen, habe geraucht, nachgedacht. Und dann fand ich ihn. Jemand hatte ihm die Kehle durchgeschnitten.«

»Wenn du es nicht warst – hast du eine Idee, wer es gewesen sein könnte?«

»Ich war allein dort, soweit ich das beurteilen kann. Niemand in der Nähe. Zuerst wollte ich loslaufen, um es zu melden. Dann bemerkte ich plötzlich, dass der Tote mir nicht unähnlich sah. Dieselbe Größe, dieselbe Statur … Eine Chance, wie man sie nur einmal bekommt. Seine Brieftasche lag neben ihm. Das Geld fehlte, aber seine Papiere waren noch da. Also …«

»Also hast du mit ihm die Identität getauscht«, half Gregor.

»Ja.«

»Und dafür gesorgt, dass nicht mehr genug von ihm übrig blieb, um ihn zu identifizieren.«

»Das fiel mir nicht leicht. Merkwürdig, oder? Man sollte meinen, nach all dem, was wir im Krieg erlebt haben, dass es mir keine Schwierigkeiten bereiten würde, einen Toten zu verstümmeln. Aber irgendwie kam es mir … undankbar vor. Na ja, ich habe es schließlich durchgezogen und die Handgranate entsichert. Dann bin ich getürmt und habe mich nach Berlin durchgeschlagen. Ein paarmal bin ich von Patrouillen angehalten worden, aber die Papiere haben sie immer überzeugt.« Joscha hielt inne und trank einen Schluck Kaffee.

Fräulein Kanitz hatte sich anscheinend damit abgefunden, dass die Wahrheit ans Licht kam. Sie legte einen Arm um ihren Verlobten und lehnte den Kopf an seine Schulter. Es berührte Diana eigentümlich. Sie stand kurz davor, in Tränen auszubrechen. Eine Folge ihrer Schwangerschaft, die sie emotionaler als sonst reagieren ließ, aber das Wissen darum half ihr nicht, ihre Gefühle in den Griff zu bekommen.

»Zuerst habe ich nur die Gelegenheit beim Schopf ergriffen, um dem Wahnsinn zu entkommen«, fuhr Joscha fort.

»Weiter habe ich nicht gedacht. Aber dann, in Berlin … Ich konnte ja schlecht unter meinem eigenen Namen leben, das war zu gefährlich. Also habe ich über diesen Waldemar Neugebauer Erkundigungen eingezogen. Und das Glück war mir hold. Es stellte sich heraus, dass er keine nahen Verwandten besaß. Da bin ich er geworden.«

»Die Uhr«, sagte Gregor. »Ich dachte, dein Mörder hätte deine Taschenuhr verkauft, aber das warst du selbst.«

»Meine Schwester hat sie für mich zur Pfandleihe gebracht. Sie hat mir übrigens von der Befragung erzählt und wie hartnäckig du meinen Mörder suchst. Es gefiel ihr nicht, dass ich dich im Dunkeln ließ. Es gefiel mir ja selbst nicht. Sie hat mir deswegen ziemlich den Kopf gewaschen.«

»Auf ihre Weise hat sie versucht, mich davon abzubringen, meine Zeit zu verschwenden. Nur, dass ich es nicht verstanden habe.«

»Konntest du auch nicht.«

»Zumindest verstehe ich jetzt das seltsame Verhalten deiner Familie.«

»Sie haben sich alle unwohl gefühlt, dir etwas vorzumachen. Aber sie wollten mich schützen.«

»Ich mache ihnen keinen Vorwurf. Dir auch nicht. Nicht deswegen. Nicht wegen 1918.«

Joscha nickte. »Golo Bartels.«

»Ja, Golo Bartels.«

»Er kam zu mir, kurz nach Ende des Krieges.«

»Er hat gewusst, dass du lebst? Wie du dich nennst?«

»Er hat gezielt nach mir gesucht. Zuerst dachte ich, er müsse der Mörder gewesen sein. Wer sonst konnte all diese Dinge wissen? Aber er lag damals verwundet im Lazarett, erinnerst du dich? Die einzige Erklärung, die ich habe, ist, dass jemand anderes – der wahre Mörder – ihm verraten hat, dass ich noch lebe und unter welchem Namen.«

»Wer?«

»Ich habe nicht den leisesten Schimmer.«

»Was wollte Bartels von dir?«

»Er hat mich erpresst. Er wusste, dass ich auch nach der Amnestie nicht an die Öffentlichkeit gehen konnte, weil alle Welt mich für den Mörder von dem Mann halten würde, dessen Identität ich angenommen habe.«

»Er wollte Geld von dir?«

»Es ging nicht um Geld. Sie haben mich als Aushängeschild benutzt. Ich sollte Deckfirmen aufbauen, um dort illegal Freikorpsleute unterzubringen. Die *Bonheur* Möbelmanufaktur in Moabit, die *Beatitude* Uniformschneiderei in Reinickendorf, die *Felicità* Wachschutzgesellschaft in Weißensee ...«

»Varianten des Wortes ›Glück‹. Gibt es einen Grund dafür?«

»Nur ein privater Scherz. Wenn man meinen Nachnamen englisch ausspricht, dann bedeutet er Glück. Ich dachte, wenn ich ihn schon nicht mehr selbst benutzen darf ... Viel Glück hat es mir allerdings nicht gebracht.« Er fuhr sich durchs Haar und bemühte sich, den Faden wiederzufinden. »Ich habe Waffen versteckt und Geld gewaschen, indem ich falsche oder überteuerte Rechnungen für die Reichswehr ausstellte. Manchmal habe ich auch als Mittelsmann hohe Beträge von offiziellen Militärstellen an die Schwarze Reichswehr übergeben.«

»Das heißt, durch deine Botengänge kennst du Beteiligte, ihre Tarnbezeichnungen, Treffpunkte, Waffenverstecke, Losungsworte und so weiter?«

»Ja.«

Diana konnte sehen, wie es in Gregors Kopf arbeitete. Vielleicht ließ sich mit diesen Informationen etwas anfangen. Waffenverstecke ausheben, Fememörder festsetzen und dergleichen.

»Aber es wurde immer schlimmer«, fuhr Joscha fort. »Zweimal musste ich falsche Alibis liefern. Einmal einen blutigen Wagen sauber machen und eine Leiche entsorgen.«

»Leiche?«

»Ich weiß nicht, wer es war oder warum der Mann umgebracht wurde. Ich habe ihn bloß mit Kabelschutzmuffen beschwert und im Kanal versenkt. Aber dann …«

Fräulein Kanitz blickte auf und drückte seine Hand.

»Bei einem Mord mache ich nicht mit«, sagte Joscha. »Das habe ich ihnen klipp und klar gesagt. Irgendwo gibt es eine Grenze.«

»Was für ein Mord?«

»Ein Fememord. Irgendeiner, der den Mund nicht halten konnte und der Schwarzen Reichswehr zu gefährlich wurde. Ich sollte helfen, ihn umzubringen.«

»Du hast dich geweigert?«

»Allerdings.«

»Und dann?«

»Bartels hat mir gedroht.« Joscha schwieg.

»Womit?«

Fräulein Kanitz antwortete an seiner Stelle. »Er hat gedroht, mir etwas anzutun«, sagte sie leise. »Sie wollten Joscha immer tiefer reinziehen, damit er nie wieder aus der Sache herauskommt.«

Gregor begriff. »Und deswegen sind Sie zu Golo Bartels gegangen.«

»Ich habe ihm Geld geboten. Ich habe ihn angefleht, Joscha in Ruhe zu lassen. Er hat mich nur ausgelacht.«

Joscha legte seine Hand auf ihre. »All die Jahre habe ich getan, was Bartels von mir verlangte. Seine Demütigungen ertragen, sein feistes Grinsen. Die rohen Kerle, die bei mir einquartiert wurden. Aber niemand bedroht Adele ungestraft. Niemand.«

Fräulein Kanitz weinte leise vor sich hin.

»Da hast du ihn getötet.«

»Wenn ich schon einen Mord begehen muss, dann wenigstens an jemandem, der den Tod verdient hat.«

Lange war nichts anderes zu hören als Fräulein Kanitz' Schluchzen. Diana musste sich zusammenreißen, um nicht mitzuweinen.

»Du hättest nach dem Krieg zu mir kommen sollen«, sagte Gregor schließlich.

»Dann wäre ich für einen Mord ins Gefängnis gewandert, den ich nicht begangen habe.«

»Jetzt hast du einen begangen.«

»Ja.«

Eine Weile schwiegen alle am Tisch.

»Und von Mörike?«, fragte Gregor. »Bartels hat für ihn gearbeitet. Wie viel von alledem weiß er?«

»Das kann ich nicht sagen. Er interessiert sich nicht für Details, die hat er immer seinen Untergebenen überlassen. Er weiß jedenfalls von der Geldwäsche. Und von mir. Außerdem ist er in den Phoebus-Skandal verwickelt.«

»Ja?«

»Er hat von dem anscheinend sicheren Geschäft mit der Phoebus gehört und wollte mit dabei sein. Nicht für sich, sondern um die finanzielle Unterstützung für die Schwarze Reichswehr zu erhöhen. Deshalb hat er mit dem Geld spekuliert, das für die Freikorps bestimmt war.«

»Und verloren.«

»Und verloren«, bestätigte Joscha. »Ich musste das Geld damals zu Lohmann bringen.« Er blickte zu Boden. »Verhaftest du mich jetzt?«

»Ich muss es tun.«

Joscha nickte. Er hatte es nicht anders erwartet. Fräulein Kanitz weinte an seiner Schulter. Er legte einen Arm um sie.

Jetzt liefen Diana doch die Tränen über die Wangen.

Gregor räusperte sich. »Wenn ich dir die Möglichkeit gäbe, in Ruhe deine Angelegenheiten zu ordnen, von deiner Familie Abschied zu nehmen und dich anschließend freiwillig zu stellen, was das Gericht sicher wohlwollend berücksichtigen würde, zumal wenn ich zu deinen Gunsten aussage – würdest du zu fliehen versuchen?«

Joscha schüttelte den Kopf. »Ich will nicht länger in Angst leben.«

»Dann gebe ich dir zwei Tage. Ich verlasse mich auf dich.«

Diana war überrascht. Auf ein bloßes Wort hin ließ Gregor einen Mörder laufen? Das sah ihm gar nicht ähnlich. Andererseits lernte man einen Menschen im Schützengraben wohl gut genug kennen, um zu wissen, ob man ihm vertrauen konnte. Und die beiden Männer verband mehr als eine oberflächliche Kameradschaft, das hatte sie mittlerweile begriffen.

»Danke, Gregor.« Joscha suchte nach Worten. »Wo du gerade so großzügig bist – wäre es vermessen, dich zu bitten, mir eine Woche Zeit zu geben? Mein Vater hat am Freitag eine schwere Operation. Ich würde gern bis danach warten, ehe ich …«

Gregor sah Joscha in die Augen. »Ich habe dein Wort?«

»Das hast du.«

39

Gregor betrat das Büro von Ottmar von Mörike, ohne anzuklopfen, eine bewusste Unhöflichkeit, wie Hendrik klar war.

Der Major schnauzte ihn denn auch sofort an: »Was fällt Ihnen ein, einfach hier hereinzuplatzen?«

Gregor beachtete ihn gar nicht. »Nehmt alles mit, was ihr finden könnt«, sagte er zu seinen Assistenten, die nach ihm durch die Tür drängten.

Edgar und zwei weitere Männer fingen an, Schubladen zu öffnen und Akten in einem Wäschekorb zu verstauen.

Der Major fuhr auf seinem Stuhl in die Höhe. »Was erlauben Sie sich?«

Gregor hielt ihm ein Blatt Papier vor die Nase. »Diesmal habe ich einen Durchsuchungsbefehl.«

»Unmöglich! Man hat mir zugesichert … Ich … ich verbiete Ihnen –«

»Setzen Sie sich.«

»Ich denke nicht daran. Ich werde –«

»Sofort!«, bellte Gregor.

Der Major erstarrte. Ließ sich langsam auf den Stuhl sinken.

Gregor zog ebenfalls einen Stuhl heran und nahm auf der anderen Seite des Schreibtisches Platz. »Ich würde gern noch einmal mit Ihnen über die ›Verwaltungssachen‹ sprechen, die Golo Bartels für Sie erledigt hat«, sagte er mit sanfter Stimme, von der Hendrik wusste, dass sie höchste Gefahr für den jeweiligen Gesprächspartner bedeutete. »Zum Beispiel wüsste ich gern, ob das auch Mord mit einschließt.«

»Das ist impertinent! Sie –«

»Fememord, um genau zu sein«, fuhr Gregor ungerührt fort. »Und falls Sie meine Fragen nicht auf der Stelle beantworten, nehme ich Sie mit ins Präsidium. In Handschellen.«

Der Major schien zu begreifen, dass die Situation ernst war. »Ich weiß nicht, wovon Sie sprechen.«

»Ich spreche davon, dass Ihr Untergebener, Golo Bartels, an mehreren Fememorden beteiligt war, und ich möchte gern wissen, ob diese Morde in Ihrem Auftrag geschahen.«

Ottmar von Mörike wurde rot, beherrschte sich aber diesmal. »Nein«, erwiderte er zwischen zusammengebissenen Zähnen, »natürlich nicht.«

»Aha. Und da Sie ja so ein Unschuldslamm sind, wissen Sie natürlich auch nichts über die Waffenverstecke, die Herr Bartels in Ihrem Auftrag angelegt hat.«

»Nein, ich –«

»Oder über folgende Firmen, die Freikorpsleuten, darunter flüchtigen Verbrechern, Unterschlupf gewähren: die *Bonheur* Möbelmanufaktur in Moabit, die *Beatitude* Uniformschneiderei in Reinickendorf, die *Felicità* Wachschutzgesellschaft in Weißensee …«

»Sie haben ja keine Ahnung«, knurrte Ottmar von Mörike, »Sie und all die aufgeblasenen Politiker und Zeitungsschmierer, die sich so gern empören! Wir sorgen dafür, dass Deutschland wehrfähig bleibt. Wir verteidigen unser Vaterland. Wir sind diejenigen, die –«

»Ich bin es leid, von Männern, die moralisch mit Raubmördern und Zuhältern auf einer Stufe stehen, patriotisches Blabla zu hören, sobald sie die Verantwortung für ihre Taten übernehmen sollen.«

Der Major schnappte nach Luft. »Ich lasse mich nicht länger von Ihnen beleidigen«, tobte er. Doch die Polizisten, die Schränke öffneten und Akten entnahmen und dabei nicht eben rücksichtsvoll vorgingen, verunsicherten ihn.

Gregor ließ ihn nicht zu Atem kommen. »Die Nacht vom dreiundzwanzigsten auf den vierundzwanzigsten März 1918«, sagte er.

Der Themenwechsel überraschte den Major. »Bitte?«

»Sie waren zu einer geheimen Besprechung mit mehreren Offizieren ins Etappengebiet gerufen worden, in das Haus eines Brauereibesitzers. Nicht weit von einem Krater entfernt, in dem in jener Nacht ein Mann ermordet wurde, Waldemar Neugebauer. Hatten Sie etwas damit zu tun?«

All die Jahre hatte Gregor diese Frage nicht gestellt, nicht stellen können, weil er wusste, dass er nichts gegen von Mörike in der Hand hatte und sich der Major in einer unangreifbaren Position befand, geschützt von einer Reichswehr, die keine Fragen über ein Geheimtreffen zulassen würde. Jetzt, da sein Verdächtiger verunsichert war, hielt er wohl den Zeitpunkt für gekommen.

»Das ist eine ungeheuerliche Unterstellung«, rief von Mörike aus. »Un-ge-heuer-lich.«

Gregor sah ihn nur an.

»Nein, natürlich nicht«, polterte der Major.

Zu Hendriks Überraschung hakte Gregor nicht nach. »Also zurück zu Golo Bartels«, sagte er stattdessen. »Er hat für Sie die Schwarze Reichswehr mit Geld und Material versorgt.«

Das Hin und Her zwischen den Zeiten brachte den Major offenkundig durcheinander. Seine Selbstsicherheit zeigte Risse. »Was, äh, was sagen Sie? Nein, ich … ich habe damit nichts zu tun.«

»Gestern haben wir einige Nester der Schwarzen Reichswehr ausgehoben und dabei interessante Dokumente sichergestellt. In eben diesem Augenblick werden weitere Verstecke gestürmt und Freikorpsleute verhaftet. Ohne Zweifel wird uns das zusätzliche Beweise bescheren.«

»Ich habe mit alledem nichts zu tun.« Mit einem Taschentuch wischte sich der Major Schweiß von der Stirn. »Ich schwöre, ich …«

Gregor erhob sich. »Ist auch egal«, sagte er. »Ich weiß nicht, ob Sie für die Ermordung von Waldemar Neugebauer im März 1918 verantwortlich sind. Oder ob Sie Ihre Hand bei den Fememorden Ihres Untergebenen im Spiel hatten. Vielleicht finde ich noch etwas, um Sie hinter Gitter zu bringen, das würde mich freuen. Aber fürs Erste genügt mir, was ich habe. Zweifellos wird die Reichswehr Sie decken und alles vertuschen, wie sie das immer tut. Um eine Gefängnisstrafe werden Sie möglicherweise herumkommen. Mit Ihrer Karriere dürfte es allerdings vorbei sein. Selbst die Reichswehr kann sich jemanden, der derart kompromittiert ist wie Sie, nicht leisten.«

Seine Pension wird trotzdem üppig ausfallen, dachte Hendrik. Wie die der Offiziere der kaiserlichen Armee.

»Wir sind fertig, Chef«, sagte einer von Gregors Assistenten.

»Gut.«

Die Polizisten verschwanden nach draußen.

»Dann lassen wir Sie jetzt allein.« Gregor ging zur Tür. »Oh, noch etwas«, sagte er, während er sich zum Major umdrehte. »Dass die Reichswehr Sie decken wird, ist eine Sache. Aber ob es den Freikorpssoldaten gefällt, dass Sie deren Geld verspielt haben?« Er tippte sich an den Hut und verließ mit Hendrik das Büro.

40

Es war Hendriks Idee gewesen, sich endlich die Neufassung von Fritz Langs *Metropolis* im Kino anzusehen, um auf andere Gedanken zu kommen. Anfang letzten Jahres, als der Film herauskam und sowohl Kritiker als auch Publikum enttäuschte, hatten sie ihn verpasst, aber die gekürzte Fassung sollte gut sein, hatte Diana gehört. Bei fünf Millionen Reichsmarkt Produktionskosten wäre das auch angeraten. Die Herstellung des Films hatte dazu beigetragen, die UFA in finanzielle Schwierigkeiten zu bringen, wodurch wiederum Alfred Hugenberg in die Lage versetzt wurde, die marode Firma aufzukaufen. Vermutlich würde er die Filmindustrie wie zuvor seine Zeitungen in den Dienst völkischer Propaganda stellen.

Diana hätte lieber einen Tonfilm gesehen. Vor Kurzem war in Amerika ein Film mit Gesangsnummern von Al Jolson herausgekommen, *The Jazz Singer*. Marianne hatte ihn schon gesehen, weil sie nämlich, wie Diana inzwischen wusste, während der Flutkatastrophe gar nicht in London, sondern in New York gewesen war, und schrieb begeistert über den Film. Anders als bei früheren Versuchen mit Ton schien das Ergebnis in diesem Fall überzeugend zu sein.

Das Eintrittsgeld fürs Kino war jedenfalls verschwendet, denn weder Hendrik noch Gregor noch Diana konnten sich auf das Geschehen auf der Leinwand konzentrieren. Zu sehr gingen ihnen immer noch die Rätsel um Joscha Luck und die Mordfälle im Kopf herum.

»Glaubst du, dass er die Wahrheit gesagt hat?«, flüsterte Diana.

»Joscha? Ja.«

Dann wäre zwar der Fall Golo Bartels aufgeklärt, aber der Mord von 1918 würde auf ewig ungelöst bleiben. »Es gibt keine Möglichkeit herauszufinden, wer Waldemar Neugebauer umgebracht hat, oder?«

»Ohne ein persönliches Motiv wohl eher nicht«, erwiderte Hendrik mit gedämpfter Stimme. »Es war Raubmord an einem Unbekannten. Jeder könnte es getan haben.«

»Ich weiß nicht«, flüsterte Gregor, »ich bin immer noch überzeugt, dass einer meiner Verdächtigen damit zu tun hat.«

»Wirklich?«, entfuhr es Diana. »Aber all die Jahre bist du bei deinen Nachforschungen doch davon ausgegangen, dass Joscha Luck ermordet wurde und nicht Waldemar Neugebauer. Was bringt dich –«

»Psst«, kam es von hinten.

Sie störten den Filmgenuss. Diana lehnte sich zurück und bemühte sich, den Mund zu halten. Es fiel ihr schwer. Genau genommen war es ein Ding der Unmöglichkeit. »An wen denkst du dabei?«, wisperte sie.

»An niemanden im Besonderen. Es ist nur so ein Gefühl. Irgendjemand hat gewusst, dass Joscha Luck lebt, und es Golo Bartels gesteckt, deswegen konnte der ihn erpressen, nicht wahr? Nach menschlichem Ermessen kann das nur der Mörder gewesen sein.«

»Könnten wir nicht –«

Das »Psst!« von hinten klang diesmal schärfer.

Diana schob sich an Gregor und Hendrik heran. »Könnten wir nicht zusammentragen, was wir wissen?«, hauchte sie. »Systematisch, wie Hendrik das immer macht?«

Im Licht, das von der Leinwand reflektiert wurde, sah sie, wie Gregor sich nach den Zuschauern hinter ihnen umdrehte. »Lasst uns nach draußen gehen«, sagte er.

Gebückt schlichen sie aus der Sitzreihe und begaben sich ins Foyer des Kinos.

»Vielleicht keine schlechte Idee«, meinte Gregor. »Ich gebe zu, ich bin dermaßen durcheinander, dass ich kaum einen klaren Gedanken fassen kann.«

Hendrik hatte bereits einen seiner legendären Bleistiftstummel und ein Stück Papier hervorgekramt. »Also, wen haben wir?«

»Guntram Beier und Franz Hasler.«

»Friedhelm Bethke.«

»Wir dürfen Joscha Luck nicht außer Acht lassen, auch wenn du überzeugt bist, dass er die Wahrheit sagt.«

»Gut, gut. Schreib es auf, Hendrik.«

»Müssen wir nicht auch diejenigen mit auf die Liste setzen, die inzwischen gestorben sind?«, gab Diana zu bedenken.

»Wen meinst du? Golo Bartels?«

»Vor allem Lothar Fichte. Auch wenn die beiden jetzt tot sind, könnten sie doch mit dem Mord zu tun gehabt haben.«

»Also schön, sicher ist sicher.«

»Aber was soll ich aufschreiben?«, fragte Hendrik. »Ein Alibi hat keiner von ihnen. Das Motiv kennen wir: Raubmord. Das könnte auf jeden zutreffen. Worüber also wollen wir uns klar werden?«

Stimmt, dachte Diana. Eigentlich macht es keinen Sinn, eine Liste zu erstellen.

»Verflixt!«, entfuhr es Gregor.

Hendrik rieb sich das Kinn. »Ich glaube, wir gehen es falsch an«, sagte er. »Wir sollten uns stattdessen Georg Christoph Lichtenberg zu Herzen nehmen.«

Gregor stöhnte, und auch Diana verdrehte die Augen. Typisch Hendrik!

»Ich weiß nicht, was ihr habt«, sagte der. »Es ist nicht das erste Mal, dass wir Lichtenberg wesentliche Erkenntnisse verdanken, oder?«

»Jaja, schon gut«, beschwichtigte Gregor, »keine Vorträge jetzt. Was hat dein Lichtenberg für einen Vorschlag zu machen?«

Hendrik ignorierte den ironischen Unterton seines Bruders. »*Neue Blicke durch die alten Löcher*«, sagte er. »Wir suchen den Mann, der gewusst haben muss, dass Joscha Luck lebt, weil wir annehmen, dass er mit dem Mörder von Waldemar Neugebauer identisch ist, richtig?«

Gregor nickte.

»Außerdem muss dieser Mann in irgendeiner Beziehung zu Golo Bartels stehen und ihm davon erzählt haben, darauf sollten wir uns konzentrieren. Gehen wir deine Ermittlungen noch mal Stück für Stück durch. Du hast die Verdächtigen verhört, um etwas über den Mord an Golo Bartels herauszubekommen. Jetzt überprüfen wir die Gespräche ein weiteres Mal in Bezug auf die Frage: Wer war Bartels' Helfer?«

»In Ordnung.«

Während Diana und Gregor immer wieder neue Gedanken einwarfen, notierte Hendrik:

1. Joscha Luck
War erwiesenermaßen bei der Leiche. Wir haben nur sein Wort, dass er N. nicht selbst getötet hat. Es muss keinen weiteren Beteiligten geben. Denkbar, dass er Bartels zufällig über den Weg lief, von ihm erkannt und danach erpresst wurde.

2. Franz Hasler
Keine Bez. zu Bartels oder N. festzustellen.

3. Guntram Beier
Hat N. zumindest flüchtig gekannt und wg. einer Lieferung mit ihm gesprochen. Bartels hat Freikorps finanziert, dadurch persönl. Bez. zw. ihnen denkbar.

4. Friedhelm Bethke
Kann den Mord an N. nicht begangen haben → Lazarett. Außerdem nicht gut auf Bartels zu sprechen wg. Aussage Mentzel-Prozess, pers. Bez. daher unwahrscheinlich.

5. Ottmar von Mörike
Vorgesetzter von Bartels, kann ihm also jederzeit von Luck erz. haben. War in der Nähe des Tatorts, als der Mord an N. geschah.

6. Golo Bartels
Wenn er N. ermordet hat, wusste er, dass Luck lebt. Es muss keinen weiteren Beteiligten geben. Aber kann den Mord nicht begangen haben → Lazarett.

7. Lothar Fichte
Wusste vermutlich, dass Luck lebt, wollte es Gregor verraten, ehe er starb. Hätte es auch Bartels (absichtlich oder zufällig) verraten können. Aber keine Bez. zu N. festzustellen.

Diana las, was Hendrik geschrieben hatte, und fand es wenig hilfreich. Bethke und Bartels fielen wegen ihres Aufenthalts im Lazarett zum Zeitpunkt des Mordes aus, Joscha Lucks Aussage glaubte sie, und Lothar Fichte war fast noch ein Kind gewesen, als der Mord geschah, er schien ihr ebenfalls nicht als Täter infrage zu kommen. Blieben Hasler, Beier und von Mörike. Sie reichte das Papier an Gregor weiter.

»Verdammt«, entfuhr es ihm, nachdem er sich die Aufzeichnungen durchgesehen hatte, »bei dem bisschen, was wir hier haben, bräuchten wir schon eine gehörige Portion Glück, um irgendwas herauszufinden.«

Hendrik lächelte.

Dann gluckste er.

Schließlich brach er in lautes Gelächter aus.

»Was ist denn mit dir los?«, erkundigte sich Gregor.

»Glück, in der Tat«, keuchte Hendrik. »*Bonheur. Beatitude. Felicità.* Und – *Fortuna Import-Export.*«

»Verdammt, verdammt, verdammt!«, entfuhr es Gregor. »Ich war so besessen davon, von Mörike hinter Gitter zu bringen, dass ich weder nach links noch nach rechts geguckt habe.«

»Ist das nicht absurd?«, lachte Hendrik. »Sein eigenes Alibi verrät ihn!«

Jetzt fing auch Gregor an zu lachen. »Du hast recht. Wie komisch!«

Diana war verwirrt. »Wovon redet ihr?«

Die beiden Männer konnten sich kaum beruhigen. Immer wenn Gregor zu einer Erklärung ansetzte, fing er wieder an zu lachen.

Diana stemmte die Hände in die Hüften. Sie wollte mitlachen!

»Du …«, keuchte Gregor, schnappte nach Luft, atmete tief durch und fing noch einmal an. »Du warst nicht dabei, als wir Franz Hasler das erste Mal befragt haben, deshalb kannst du es nicht wissen. Als Alibi für die Zeit der Ermordung von Golo Bartels gab er an, Geschäften bei der *Fortuna Import-Export* nachgegangen zu sein. Es wäre schon ein seltsamer Zufall, wenn das nicht eine von Joschas ›Glücks‹-Firmen ist.«

»Und ein noch größerer Zufall, wenn er dort Geschäften nachging, ohne zu wissen, wer der Besitzer der Firma ist.«

»Vor allem: Da Joscha uns verraten hat, dass es sich bei seinen Firmen um Tarnorganisationen zur Geldwäsche und Unterbringung von Freikorpsleuten handelt, dürfte klar sein, dass Franz in die Machenschaften der Schwarzen Reichswehr verstrickt ist.«

»Und damit wiederum haben wir die Verbindung zu Golo Bartels.«

Jetzt kicherte auch Diana.

41

Ungefähr hundert Männer in Frack und Lackschuhen, Zylinder in der Hand, standen um das offene Grab, während der Regen auf sie niederrieselte. Viele trugen Kränze mit weißen Chrysanthemen. Das Banner des Ringvereins *Immertreu* wehte über ihren Köpfen. Vier stämmige Kerle waren eben dabei, einen reich geschmückten Sarg in das Grab hinabzulassen, während ein Männerchor *So nimm denn meine Hände* anstimmte.

Nachdem der Gesang verebbt war, herrschte für kurze Zeit Stille. Dann trat einer der Männer ans Grab, sprach ein paar Worte, nahm eine Handvoll Erde und warf sie auf den Sarg. Andere folgten seinem Beispiel. Kavalier-Atze war es, den sie hier begruben, wusste Gregor, ein unbedeutendes Mitglied des Vereins, aber eben ein Mitglied.

Eine Blaskapelle setzte ein und spielte *Üb immer Treu und Redlichkeit*. Ein Mann nach dem anderen nahm Abschied, legte einen Kranz nieder und reihte sich wieder zwischen den anderen ein.

Bevor die Anwesenden ihre Zylinder aufsetzen und zum Leichenschmaus davoneilen konnten, löste sich Gregor aus dem Schatten eines Baumes und trat auf Franz Hasler zu, der am Rand der Gruppe stand. »Kann ich dich kurz sprechen?«

»Hallo, Gregor. Immer noch erfolglos auf der Suche nach deinem Mörder?«

»Nicht erfolglos.« Gregor ging ein paar Schritte beiseite.

Franz, neugierig geworden, folgte ihm.

Gregor atmete tief durch. Edgar hatte Nachforschungen angestellt und bestätigt, dass die *Fortuna Import-Export* zu Joscha Lucks alias Waldemar Neugebauers Firmenverbund gehörte. Dass Franz an der Ermordung von Neugebauer schuldig war, daran zweifelte Gregor nicht mehr. Hatte er bei der damaligen Befragung nicht beinahe losgelacht, als er hörte, der Tote solle Joscha sein? Es wäre ihm allerdings lieber, eine Bestätigung aus Franz' Mund zu hören, schließlich basierte sein Verdacht auf dürftigen Indizien. Ein weiteres Problem bestand darin, einen neun Jahre alten Mord zu beweisen. Eine schnelle Lösung würde es hier sicher nicht geben.

Eins nach dem anderen. Zunächst musste sich Gregor seiner Sache sicher sein. Franz war ein Maulheld; vielleicht würde ihm das eine oder andere unbedachte Wort entschlüpfen, wenn Gregor ihm auf den Zahn fühlte. Allein, ohne Zeugen, das könnte ihn gesprächig machen. Falls das funktionierte, würde Gregor ihm anschließend auf den Fersen bleiben. Unerbittlich. Joscha hatte irgendwann aufgegeben, weil er es nicht länger ertrug, sich ständig nach seinem Verfolger umsehen zu müssen. Franz war zwar ein zäherer Brocken, aber es mochte auch bei ihm gelingen. Eine andere Chance sah Gregor jedenfalls nicht.

»Also, was gibt’s?«

»Ein paar zusammenpassende Puzzleteile. Derjenige, der Waldemar Neugebauer umgebracht hat, wusste, dass Joscha Luck lebt, stimmt’s? Und er hat dieses Wissen mit Golo Bartels geteilt, damit der ihn erpressen und für seine Zwecke benutzen konnte.«

»Und jetzt willst du wissen, ob ich derjenige war.«

So direkt hatte es Gregor nicht angehen wollen, aber da Franz nun mal fragte, nickte er.

Zu seiner Überraschung grinste sein Gegenüber ihn an. »Bist doch heller, als ich dachte«, sagte Franz. »Ja, ich hab mich mit Bartels zusammengetan und mir ’n bisschen Zubrot verdient. Schmuggel, Hehlerei – das Übliche eben, du kennst das ja. Ich hab ihm damals vorgeschlagen, Joscha als Boten zu benutzen. Unser guter Joscha hatte keine große Wahl, was?« Er lachte.

Das Gespräch nahm eine Wendung, auf die Gregor nicht vorbereitet war. Warum diese Offenheit? Welchen Trick hatte Franz in der Hinterhand?

»Das hätte noch ewig so weitergehen können«, fuhr Franz fort, »aber Bartels musste es mal wieder übertreiben. Der brauchte immer einen, den er quälen konnte. Jetzt hat er seinen Lohn bekommen. Mir war natürlich gleich klar, dass Joscha ihm die Kugeln verpasst haben muss. Ehrlich gesagt, hat es mich gewundert, dass es so lange gedauert hat. Ärgerlich bloß, dass meine Nebeneinnahmen dadurch aufgehört haben zu sprudeln. Na ja, wenn etwas Gras über die Sache gewachsen ist, quatsche ich mal mit von Mörike. Mal sehen, was da noch für mich drin ist.«

»Und der Mord an Neugebauer?«

»Ach, das. Der war mir schon Monate vorher aufgefallen, wie er immer mit Geld um sich warf. Als ich ihn dann zufällig wiedersah, hab ich ein bisschen gespannt und bin ihm gefolgt. Beim Bombenkrater hat er sich mit so ’nem Kerl mit Balkonfresse getroffen, heimlich. Krumme Geschäfte und so. Als der andere fort war, hab ich ihn kaltgemacht. War auch nicht schlimmer, als ein paar Tommys abzuknallen. Der Kerl war völlig überrascht, hat gedacht, sein Kumpel kommt noch mal zurück. Das war ein derber Abend für mich, hat mir einen Haufen Kies eingebracht.«

»Was bist du doch verroht, Franz.«

»Haben wir im Krieg nicht alle unsere Unschuld verloren?«

»Warum erzählst du mir das? Hast du keine Angst, dass ich dich verhafte?«

»Und dann? Ich streite alles ab, was willst du dagegen unternehmen?«

»Das Wort eines Kommissars gegen das Wort eines Ganoven?«

»Das Wort eines Kommissars, der sich nicht gerade mit Ruhm bekleckert hat. Der jahrelang einem Phantom hinterhergelaufen und allen damit auf die Nerven gegangen ist. Der damals schon falsche Schlüsse gezogen hat und nun plötzlich behauptet, jemand anderes sei kaltgemacht worden. Der frustriert ist und einen Sündenbock braucht, um gut dazustehen. Jeder Anwalt zerreißt dich in der Luft. Und du weißt, der Ringverein beschäftigt Spitzenanwälte.«

»Der Ringverein duldet keinen Mörder in seinen Reihen. Es wird deinen Kumpels nicht gefallen, dass du jemanden umgebracht hast.«

»Hab ich ja nicht. Ich bin bloß das Opfer eines Greifers, der sein Versagen vertuschen will.« Franz lachte laut. »Ach, Gregor, wenn du dein Gesicht sehen könntest! Allein dafür hat sich das Gequatsche gelohnt.«

»Vielleicht lasse ich es darauf ankommen.«

»Spar dir den Schmus. Du bist vielleicht frustriert, weil du mir nichts am Zeug flicken kannst, ich wette sogar, du überlegst, ob du mir ungestraft eine reinhauen kannst. Aber du weißt genau, dass du mit so 'ner schwachen Anklage nicht durchkommst. Die fällt auf dich selbst zurück.« Franz wieherte vor Vergnügen. »O Mann, Gregor, du kannst einem beinahe leidtun. Bildest dir immer so viel auf deine Korrektheit ein und musst mich jetzt laufen lassen und die Schnauze halten, obwohl du weißt, dass ich einen abgemurkst habe. Sitzt in deinem stickigen Büro und brütest vor dich hin und siehst zu, wie ich ungeschoren davonkomme. Das ist bitter, was? Na los, schlag zu, du brennst doch geradezu darauf, wetten?« Er hielt ihm das Kinn hin.

Gregor zwang sich, ruhig weiterzuatmen.

»Nicht?«, fragte Franz. »Immer noch korrekt? Schade. Hätte gern mal gesehen, wie du die Beherrschung verlierst. Ehrbegriffe sind was für Verlierer, aber das kapierst du einfach nicht. Mann, was hab ich mich all die Jahre über dich amüsiert! Dein Getue um Recht und Gesetz und das ganze Blablabla, und während all der Zeit hast du dich von mir leimen lassen. Du bist im Eimer, weißt du das? Du magst dir einbilden, was Besseres zu sein als ich, aber hier stehe ich und lache dir ins Gesicht, und du kannst nichts dagegen tun. Ehrlich, das ist fast so derb wie mit 'ner Schnalle im Bett.« Franz gab ihm einen Klaps auf die Schulter und ging lachend davon.

42

Diana hatte aufgeregt geklungen, geradezu ängstlich. »Bitte, komm sofort!« Zuerst hatte Hendrik angenommen, es hätte etwas mit dem Kind in ihrem Bauch zu tun, aber dem schien es gut zu gehen. Es war Gregor, dem ihre Sorge galt. Er benehme sich merkwürdig, hatte sie gesagt. Tat er das nicht immer? Was mochte an seinem Verhalten so ungewöhnlich sein, dass es Diana derart erschreckte?

Gregor saß im Dunkeln, den Oberkörper vornübergebeugt, die Unterarme auf die Oberschenkel gestützt, und starrte vor sich hin.

»Das geht schon seit Stunden so«, flüsterte Diana Hendrik zu. »Wenn man ihn anspricht, gibt er bloß einsilbige Antworten. Er muss nachdenken, hat er gesagt.«

Hendrik setzte sich seinem Bruder gegenüber. »Hallo, Gregor«, sagte er.

»Mhm«, erwiderte der abwesend. Dann erst schien er zu begreifen, wer da mit ihm gesprochen hatte. »Hendrik? Was machst du denn hier?«

»Ich wollte nach dir sehen. Geht es dir gut?«

»Mhm.« Und schon blickte er wieder zu Boden.

Diana setzte sich zu ihm und legte ihren Arm um ihn. Er schien es nicht einmal zu bemerken.

Hendrik überlegte, wie er zu seinem Bruder durchdringen konnte. Mit einem Scherz vielleicht? Mit einem Zitat von Lichtenberg? Oder indem er ihm klarmachte, dass er Diana mit seinem Verhalten erschreckte? »Hör mal –«

»Sch!«, unterbrach ihn Gregor. Doch dann, ohne dass sich ein Grund dafür erkennen ließ, richtete er sich plötzlich auf. »Ich habe eine Entscheidung zu treffen«, sagte er.

»Eine Entscheidung von großer Tragweite.« Sein Blick fiel auf Hendrik. »Du hier?«

Das hast du vor zwanzig Sekunden schon festgestellt, dachte Hendrik, doch bevor er eine Chance bekam, die Worte auszusprechen, griff sein Bruder über den Tisch und packte seinen Arm.

»Das trifft sich gut«, sagte er, »vielleicht können deine Philosophen mir einen Weg weisen. Lass uns philosophieren.«

Hendrik wollte so etwas erwidern wie: Hallelujah, ein Wunder ist geschehen!, aber die Bemerkung blieb ihm im Halse stecken. »Ich glaube, dazu ist jetzt nicht der rechte Zeitpunkt.«

»Um sich über sich selbst klar zu werden, ist immer der rechte Zeitpunkt. Deine Worte. Also: Was haben deine Philosophen dazu zu sagen?«

»Wozu?«

»Wenn das Rechtssystem versagt, wenn man keine Möglichkeit hat, einen Verbrecher seiner gerechten Strafe zuzuführen – hat man dann das Recht, das Gesetz in die eigenen Hände zu nehmen?«

»Was meinst du damit? Selbstjustiz?«

»Beantworte meine Frage.«

»Es geht um Franz Hasler, ja? Du kannst ihm nichts nachweisen und willst … was denn eigentlich?«

»Eine Antwort. Von dir.«

»Tu's nicht«, sagte Diana. »Was immer du vorhast, du wirst daran kaputtgehen.«

»Ich habe gar nichts vor. Ich habe lediglich eine theoretische Frage gestellt. Also?« Er sah Hendrik auffordernd an.

»Nun«, sagte der langsam, »wenn es dir um Gerechtigkeit geht, dann musst du zunächst klären, was das überhaupt ist: Gerechtigkeit. Worum geht es dabei, deiner Meinung nach?«

»Allgemein gesprochen?«

»Ja.«

»Ich würde sagen: um Regeln, die uns eine Orientierung und dem Einzelnen Schutz gewähren. Jeder Mensch versucht, seine Interessen durchzusetzen. Ohne diese Regeln würde Faustrecht herrschen und der Stärkere den Schwächeren unterjochen. Gerechte, also ausgewogene Regeln sorgen für Frieden innerhalb einer Gemeinschaft.«

»Und was ist die Grundlage für diese Regeln? Seit Kant nicht länger Gott oder die Natur, sondern die Vernunft. Die Freiheit des Einzelnen muss dort eingeschränkt werden, wo sie die Freiheit des anderen bedroht. Darauf zielt der kategorische Imperativ ab: *Handele so, dass die Maxime deines Willens jederzeit zugleich als Prinzip einer allgemeinen Gesetzgebung gelten können.* Wir haben die Verpflichtung, notfalls auch gegen unsere Wünsche zu handeln, um der Gerechtigkeit willen.«

»Akzeptiert. Aber –«

»Augenblick. Um zu verhindern, dass jeder sich nach Gutdünken sein eigenes Recht schafft, besitzt der Staat das Gewaltmonopol, weil man davon ausgeht, dass es sich dabei um eine neutrale Instanz handelt, die nicht selbst betroffen und somit unparteiisch ist. Dass das in der Realität nicht immer funktioniert, steht auf einem anderen Blatt. Zumindest verdanken wir Montesquieu den Gedanken der Gewaltenteilung, dass also gesetzgebende, rechtsprechende und ausführende Gewalt sich gegenseitig kontrollieren und somit Machtmissbrauch verhindern sollen.« Langsam kam Hendrik in Fahrt. »Reden wir über den Teil, der dich interessiert: die Strafe. Ein Mord ist geschehen, und du forderst Gerechtigkeit. Was heißt das? Wem steht sie zu, und warum? Dem Opfer? Der Gesellschaft?«

»Beiden. Für die Gesellschaft ist es wesentlich, sich nach jeder Tat zu vergewissern, dass die Verletzung von Regeln geahndet wird. Einen Täter zu bestrafen, bedeutet, die Ordnung wiederherzustellen, die der Täter verletzt hat. Die Waage ins Gleichgewicht zu bringen. Hätte eine Tat keine Konsequenzen, gäbe es auch keine Sicherheit, dann würde Willkür herrschen. Der Tote wiederum hat es verdient, dass der Wert seines Lebens gewürdigt wird. Lässt man einen Mörder laufen, sagt man damit nichts anderes, als dass das Leben des Ermordeten nicht von Belang war.«

»Davon hat der Tote aber nichts.«

»Ich fühle mich ihm verpflichtet.«

»Er ist tot.«

»Wenn ich jemandem ein Versprechen gebe, gilt das dann plötzlich nichts mehr, sobald dieser Mensch tot ist?«

»Du hast Waldemar Neugebauer kein Versprechen gegeben.«

»Ich versprach jedem Menschen in diesem Land, für Gerechtigkeit zu sorgen, oder nicht?«

»Er hat zuletzt in Belgien gelebt.«

»Sein Mörder lebt hier. Aber das ist Haarspalterei. Die Details spielen keine Rolle, Hendrik, das mit dem Versprechen ist nur ein Beispiel.«

»Ich würde sagen: Es kommt darauf an. Wenn du einem Menschen versprochen hast, nach seinem Tod auf seine Kinder achtzugeben, sollte das Versprechen natürlich eingehalten werden, weil es Auswirkungen auf Lebende hat.«

»Und wenn ich ihm verspreche, sagen wir, seinen Leichnam in der Schweiz bestatten zu lassen, weil da seine Verwandten beerdigt sind? Die Einhaltung dieses Versprechens würde mich eine Menge Zeit und Geld kosten. Und wenn ich deiner Ansicht folge, muss ich mich an mein Versprechen nicht länger gebunden fühlen, weil der Tote es ja nicht merkt. Aber mache ich damit nicht das Versprechen, das ich ihm zu Lebzeiten gab, wertlos?«

Hendrik dachte nach. »Ehrlich gesagt, habe ich darauf keine gute Antwort.« Er wünschte, es wäre anders. Er wünschte, er könnte seinem Bruder geben, was der offenbar brauchte. Als Kind hatte Gregor ihm oft solche Fragen gestellt: Ist das Leben eigentlich lang oder kurz? Warum gibt es das Böse auf der Welt? Glaubst du an Gerechtigkeit? Hendrik hatte es immer als besonderen Vertrauensbeweis angesehen. Es hatte ihn stolz gemacht, dass der große Bruder sich mit solch existenziellen Fragen an den kleinen wandte. Aber waren seine Antworten je mehr gewesen als Taschenspielertricks des Geistes?

»Wir sind vom Thema abgekommen«, sagte Gregor. »Ich würde es ja nicht für Waldemar Neugebauer tun, sondern für die Lebenden.«

»Was hast du vor?«

»Franz Hasler darf nicht mit einem Mord davonkommen.«

»Geht es dir um Rache?«

»Nein. Abgesehen von ein paar spöttischen Bemerkungen hat er mir nichts getan, und Waldemar Neugebauer habe ich nicht gekannt. Aber ihn jetzt davonkommen zu lassen, noch dazu wo er vor mir mit seiner Tat geprahlt hat – muss das nicht wie eine Einladung für ihn sein weiterzumachen?«

»Du stellst schwierige Fragen«, erwiderte Hendrik. »Im Zweifel halte ich es in solchen Fällen mit Sokrates: *Es ist besser, Unrecht zu leiden, als Unrecht zu tun.*«

»Das ist mir zu abstrakt. Sag mir: Hat man nicht auch eine moralische Verpflichtung zu verhindern, dass ein Verbrecher durch die Maschen des Gesetzes schlüpft?«

»Auf der Basis von Recht und Gesetz? Ja. Auf der Basis von Selbstjustiz? Nein. Ist es gerecht, dass Menschen hungern? Ist es gerecht, dass Völker unterworfen werden? Die Welt ist ungerecht. Warum greifst du gerade diese eine Ungerechtigkeit heraus, um sie zu beseitigen?«

»Weil ich persönlich betroffen bin und es in der Hand habe, für Gerechtigkeit zu sorgen.«

»Also bestimmt der Zufall, wo Gerechtigkeit geübt wird und wo nicht?«

»Ich kann nicht im Alleingang die Welt retten. Aber ich kann in meinem Umfeld dazu beitragen, dass die Welt ein Stück besser wird.«

»Wenn du Recht und Gesetz in die eigenen Hände nimmst, öffnest du der Willkür Tür und Tor. Was ist beim nächsten Mal, wenn du kein Geständnis bekommst? Wenn du dir nur zu neunundneunzig Prozent sicher bist? Ist es dann in Ordnung, ein Urteil zu vollstrecken? Und bei siebenundneunzig Prozent? Bei neunzig? Wo liegt die Grenze? Und wenn du dich irrst? Wenn der Mensch, den du für einen Mörder hältst, unschuldig ist, obwohl die Indizien gegen ihn sprechen? Wenn er vielleicht sogar ein Geständnis ablegt, obwohl er unschuldig ist, weil er jemand anderen schützen will? Und warum du? Was gibt dir das Recht, darüber zu bestimmen, wer schuldig ist und wer nicht? Ein Urteil zu fällen und zu vollstrecken? Gott zu spielen? Auch ein Verbrecher hat das Recht auf einen Verteidiger. Dieses Recht nimmst du ihm, wenn du als Kläger und Richter in einer Person auftrittst. Möchtest du in einem Land leben, in dem Polizeibeamte das Gesetz in die eigenen Hände nehmen?«

Gregor rieb sich die Schläfen, als hätte er Kopfschmerzen.

Hendrik fühlte sich hilflos. Irgendwie kamen ihm seine philosophischen Betrachtungen mit einem Mal wie leeres Gerede vor. Aber das waren sie nicht! Sie waren ein Mittel der Erkenntnis, das einem dabei half, Schicksalsschläge und Ungerechtigkeiten zu ertragen. Der Willkür des Lebens nicht länger ausgeliefert zu sein. Einen Sinn im Dasein zu finden.

Gregor rieb sich immer noch die Schläfen. »Wenn man zulässt, dass ein Verbrecher ungestraft davonkommt und weiter morden kann, macht man sich dann nicht mitschuldig?«

»Du hast dein Möglichstes getan, Gregor. Und vor allem: Du weißt nicht, ob Franz Hasler noch einmal mordet. Deine Schlussfolgerungen basieren einzig auf Vermutungen.«

»In der Theorie klingt das gut. In der Praxis geht es bei solchen Abwägungen immer um Menschenleben. Was ist, wenn ein Kind entführt wird und dabei ist, in irgendeinem Loch zu verhungern, während ich einen Verdächtigen gefasst habe, der nicht reden will? Wie weit darf ich gehen, um die Wahrheit aus ihm herauszubekommen?«

»Ein klassisches Dilemma. Du weißt nicht wirklich, ob dein Verdächtiger das Kind gefangen hält oder nicht. Vielleicht vergreifst du dich an einem Unschuldigen. Alles, was ich dir sagen kann, Gregor, ist dies: Wenn du zu gesetzlosen Mitteln greifst, ist das möglicherweise menschlich verständlich, ich könnte nicht mal sagen, ob ich in so einer Situation nicht genauso handeln würde, und ganz sicher würde ich mich nicht über jemanden, der so eine Verzweiflungstat begeht, moralisch erheben. Aber aus der Distanz des Nichtbetroffenen heraus weiß ich trotzdem, dass es falsch ist.«

Gregor fuhr sich mit beiden Händen durchs Haar und schüttelte den Kopf. »Wie kann man moralisch bleiben angesichts einer unmoralischen Welt?« Die Frage bedrückte ihn sichtlich.

»Ich bin dir keine große Hilfe, was?«, erwiderte Hendrik.

Gregor zuckte die Achseln. »Du hast die Dinge für mich ein Stück weit klarer gemacht, das ist viel wert. Am Ende werde ich meine Entscheidung ohnehin allein treffen müssen.«

Und anschließend damit leben, dachte Hendrik.

43

Wenn man sich einmal entschieden hat, ist es besser, nicht zurückzublicken. Gregor schob alle Zweifel beiseite und wartete einfach, ohne sich länger mit Für und Wider zu quälen. Falls Franz seinem gewohnten Tagesrhythmus folgte, würde er innerhalb der nächsten halben Stunde das Haus verlassen, um einzukaufen. Gregor lehnte sich gegen die Wand der Tordurchfahrt und beobachtete die Straße.

Eine Kunde betrat die Schusterwerkstatt gegenüber, der abgetragenen Kleidung nach ein Arbeiter. Ein Kohlenträger zog einen Karren mit Briketts vorüber. Ein Rentner putzte seine Brille. Zwei Frauen mit Einkaufstaschen standen vor einer Bäckerei und hielten einen Schwatz, die Ältere gestikulierend, die Jüngere zu allem nickend. Nachbarinnen vielleicht. Zwei Knirpse sausten an Gregor vorbei, um sich zu verstecken. Am Eingang neben dem Haus, in dem Franz wohnte, hielt sich ein vielleicht fünfjähriges Mädchen die

Augen zu und zählte laut, wobei sie ab Dreizehn unsicher wurde und die Fünfzehn übersprang. Ein junger Bursche, der es eilig hatte, blieb unvermutet stehen und durchforstete sämtliche Manteltaschen, bis er einen Schlüssel zum Vorschein brachte. Ein Radfahrer schob fluchend sein Rad am Rinnstein entlang; es hatte hinten einen Platten.

Nach etwa zwanzig Minuten wurde Gregors Geduld belohnt. Franz Hasler trat vor die Tür, zündete sich eine Zigarette an und schlenderte davon. Sobald er außer Sicht war, löste sich Gregor aus dem Schatten der Tordurchfahrt, überquerte die Straße und betrat das Haus, in dem sein einstiger Kriegskamerad wohnte. Im zweiten Stock hielt er inne, lauschte, ob jemand kam, zog sich seine Handschuhe über und machte sich am Schloss zu schaffen.

Die Tür war leicht zu öffnen. Franz verließ sich offenbar darauf, dass seine Kollegen von der Einbrecherzunft seine Wohnung verschonen würden. Gregor schlüpfte nach drinnen und schloss die Tür hinter sich.

Von Ordnung hielt Franz nicht viel, überall lagen Zeitungen und Kleidungsstücke herum, eine halb geleerte Tasse Kaffee stand auf dem Tisch, die Untertasse wies dunkle Ränder auf. Der Aschenbecher daneben quoll über von Kippen; überhaupt waren an allen möglichen und unmöglichen Stellen volle Aschenbecher verteilt: auf einem Stuhl, auf dem Boden, im Regal. Es roch nach kaltem Rauch.

Gregor öffnete die Leinentasche, die er bei sich trug. Joscha hatte ihn ungläubig angesehen, als er ihn heute Morgen, einen Tag bevor er sich der Polizei stellen wollte, in seinen Plan einweihte. Vermutlich hatte er ihm im ersten Moment nicht geglaubt, jedenfalls tat er sich schwer damit, ihm die gewünschten Sachen auszuhändigen. Im Gegensatz zu Fräulein Kanitz, die Gregor in Tränen aufgelöst um den Hals gefallen war.

Ein Glück, dass Joscha zu ängstlich gewesen war, den roten Mantel zu entsorgen! Fräulein Kanitz hatte ihn gewaschen, dreimal; nach menschlichem Ermessen dürften keine Spuren zurückgeblieben sein, die auf ihren Verlobten hinwiesen. Gregor ging zum Kleiderschrank, nahm einen Bügel heraus und hängte den Mantel darauf. Die Mütze legte er ins Hutfach. Dann ging er ins Bad, sah sich um und fand, wie erhofft, eine Bürste. Behutsam löste er die darin befindlichen Haare, kehrte damit ins Zimmer zurück und verteilte sie auf dem Mantel. Anschließend schloss er den Schrank wieder.

Während es von Vorteil war, dass Franz den Mantel nicht sofort entdeckte, verhielt es sich mit dem Armeerevolver anders. Gregor drapierte ihn gut sichtbar auf dem Tisch, nachdem er vorsichtshalber die Patronen entfernt hatte.

Dann schlich er zur Wohnungstür, hielt sein Ohr dagegen, öffnete sie einen Spalt, als nichts zu hören war, und spähte hinaus. Niemand zu sehen. Er huschte ins Treppenhaus, schloss die Tür ab und ging die Treppe hinunter, während er sich die Handschuhe auszog. Niemand begegnete ihm, unbehelligt erreichte er die Straße. Eilig suchte er die nächste Telefonzelle auf und bestellte Edgar und zwei weitere Männer zu sich. Dann begab er sich wieder auf seinen Beobachtungsposten.

Die Polizeibeamten trafen zehn Minuten später ein. Wie verabredet hatten sie den Polizeiwagen in einer Seitenstraße geparkt, um keinen Verdacht zu erregen. Flüsternd klärte Gregor sie darüber auf, dass es zuverlässige Beweise gegen Franz Hasler wegen des Mordes an Golo Bartels gäbe und sie nur darauf warteten, bis er nach Hause zurückkehrte, um ihn festzunehmen.

Nicht lange danach bog er auch schon um die Ecke, zwei voll bepackte Taschen in den Händen.

»Schnappen wir ihn uns?«, fragte Edgar.

»Noch nicht.«

Franz Hasler betrat den Hauseingang und verschwand drinnen.

Gregor bezwang seine Ungeduld. In Gedanken folgte er ihm die Treppe nach oben, in den zweiten Stock. Franz würde die Taschen abstellen müssen, um aufzuschließen. Den Schlüssel hervorkramen, ins Schloss stecken, drehen. Jetzt würde er die Taschen wieder aufnehmen und seine Wohnung betreten. Die Tür schließen. Die Taschen irgendwo abstellen. Dabei würde er die Waffe bemerken. Schrecksekunde. Jemand war bei ihm eingedrungen! Ein rascher Blick in die Zimmer, um sich zu überzeugen, dass niemand ihm auflauerte. Entspannung. Keine unmittelbare Gefahr. Gang zum Tisch. Wer hatte den Armeerevolver dagelassen? Franz würde die Waffe in die Hand nehmen. Fingerabdrücke hinterlassen.

»Jetzt!«, presste Gregor hervor.

Die Männer stürzten über die Straße, die Treppe hoch. Gregor bedeutete ihnen, still zu sein. Dann klopfte er, zaghaft, wie es eine Nachbarin tun würde, nicht die Polizei.

Schritte.

Franz öffnete, erkannte, wer vor ihm stand, begriff im selben Augenblick, dass er in eine Falle getappt war, und wollte die Tür wieder zuschlagen, doch Gregor hatte bereits seinen Fuß dazwischen. Gemeinsam drückten die Polizisten die Tür auf, drangen in die Wohnung ein und jagten hinter Franz her, der in die Küche zu entkommen versuchte, gegen einen im Weg stehenden Stuhl stieß, der ihn eine wertvolle Sekunde kostete, einen Aschenbecher vom Regal griff und seinen Verfolgern entgegenschleuderte. Das Geschoss verfehlte sein Ziel, dann waren die Polizisten auch schon über ihm. Hasler schlug und trat um sich, wurde gepackt, gab sich jedoch nicht geschlagen, riss sich los, wütete und tobte und war am Ende den vereinten Bemühungen der Beamten nicht gewachsen, die ihn überwältigten.

Gregor warf einen raschen Blick zum Tisch: Die Waffe war bewegt worden. Gut. Er wandte sich Franz zu, der sich immer noch heftig wehrte. »Franz Hasler, ich verhafte dich wegen Mordes an Golo Bartels.«

»Was?«

»Du hast schon richtig gehört.«

»Spinnst du? Du weißt genau, dass ich es nicht war.«

Edgar hatte angefangen, Schubladen hervorzuziehen und Schränke zu öffnen. Jetzt hielt er den Bügel mit dem Weihnachtsmannkostüm hoch. »Sieh mal, was ich gefunden habe!«, rief er triumphierend.

Franz bekam große Augen. Mit einem Schrei gelang es ihm, sich von den Beamten, die ihn festhielten, loszureißen; er rammte dem einen den Ellbogen in die Magengrube und versetzte dem anderen einen Kinnhaken, hechtete zum Tisch, griff nach dem Revolver und richtete ihn auf die Polizisten. »Keinen Schritt weiter!«

Die Beamten erstarrten.

Die Waffe ist nicht geladen, dachte Gregor. Das kann ich natürlich nicht wissen. Aber ich kann darauf setzen, dass es mir gelingen würde, seine Überraschung auszunutzen.

Er duckte sich und sprang nach vorn.

Der Arm mit dem Revolver schwenkte zu ihm herum.

Klick.

Klick.

Gregor packte Franz' Arm und versuchte, ihm den Revolver zu entwinden, Franz schlug damit nach ihm. Sie rangen miteinander. Die anderen Beamten überwanden ihren Schreck und griffen ein. Gerangel, Schläge, Flüche. Es war nicht leicht, Franz zu überwältigen, er wehrte sich mit Fäusten, Füßen und Zähnen und schrie dabei wie ein Tier. Doch mit vereinten Kräften gelang es ihnen schließlich, ihm den Arm auf den Rücken zu drehen.

Mit blutunterlaufenen Augen stierte er Gregor an. »Du«, keuchte er und wand sich im Griff der Polizisten, »du hast mir das alles untergejubelt.«

»Immer die gleiche Leier«, sagte Gregor gespielt gelangweilt, »ihr seid alle unschuldig, nicht wahr?«

»Du willst mir einen Mord andrehen, den ich nicht begangen habe, weil –« Er wurde sich der vielen Zeugen bewusst und biss sich auf die Lippen.

»Weil?«, fragte Gregor.

Franz antwortete nicht.

»Weil?«

»Weil du mich für … was anderes nicht krallen kannst.«

»Du darfst gern in die Welt hinausposaunen, was du sonst noch auf dem Kerbholz hast. Wir sind begierig, es zu hören.«

»Ich bin unschuldig! Das ist Polizeiwillkür!«

»Für jemanden mit deinen moralischen Überzeugungen bestimmt unerträglich.« Gregor wandte sich an Edgar. »Führt ihn ab, die Beweise hier dürften ausreichen.«

Wieder wehrte sich Franz. »Das zahle ich dir heim«, tobte er.

»Raus mit ihm!«

Franz zappelte wie wild, doch die Kriminalbeamten, die ihn aus der Wohnung zur Treppe drängten, hielten ihn eisern im Griff. »Tu nicht so scheinheilig«, brüllte er, »du bist auch nicht besser als ich!«

Das Schreien und Poltern entfernte sich. Gregor blieb allein zurück. In aller Ruhe streifte er sich die Handschuhe wieder über, nahm den Armeerevolver vom Tisch und ließ ihn in eine mitgebrachte Papiertüte fallen. Hielt die Tüte hoch. Betrachtete sie.

Viel Glück, Joscha!, dachte er. Mach etwas aus deinem neuen Leben.

44

Es war das erste Mal, dass Gregor sie zu Lillys Grab mitnahm. Diana betrachtete es als Zeichen, dass er sich verändert hatte. Dass er weicher geworden war. Offener. Sie war optimistisch, dass die Erinnerungen, die ihn verfolgten, seine Albträume und Selbstzweifel, der Vergangenheit angehörten. Die neuerliche Konfrontation mit den Menschen aus seiner Zeit als Soldat hatte etwas in ihm aufgebrochen. Vor allem aber hatte er endlich über die Dinge gesprochen, die all die Jahre an ihm genagt und ein Gefühl von Unzulänglichkeit hinterlassen hatten.

Nur an seiner Wortkargheit änderte sich offenbar nichts. Auf dem Weg hierher hatte sie mit ihm über den Rücktritt von Reichswehrminister Geßler sprechen wollen, aber er hatte nur einsilbig geantwortet. Eigentlich hätte ihn diese

Neuigkeit interessieren müssen, war sie doch von nicht geringer Bedeutung für die Zukunft des Landes.

Geßler hatte mit seinem Rücktritt natürlich verhindern wollen, dass er in der anstehenden Haushaltsdebatte Rede und Antwort stehen musste, zum Phoebus-Skandal, zu seiner Amtsführung, zur Existenz der Schwarzen Reichswehr. Sein Sturz war unausweichlich gewesen. Vermutlich würden jetzt die Verstrickungen zwischen Militärführung und Freikorps unter den Teppich gekehrt werden. Wieder einmal.

Es gab bereits Gerüchte über Geßlers Nachfolger. Hendrik hatte sich vorhin mit Josephine getroffen, deren Vater einen Offiziersrang bekleidete, und von ihr erfahren, dass es vermutlich Hindenburgs Wunschkandidat Generalleutnant a. D. Wilhelm Groener werden würde. Damit säßen dann sowohl im Reichspräsidentenamt als auch in der Führung des Reichswehrministeriums Männer, die unter dem Kaiser zur Obersten Heeresleitung gehörten. Eine beängstigende Vorstellung.

Ein plötzliches Schwindelgefühl brachte Diana dazu, sich an einem Grabstein abzustützen. So etwas geschah in letzter Zeit öfter. Schwindel, morgendliche Übelkeit ... Und müde war sie auch andauernd. Ihr Kind verlangte ihr so manches ab. Behutsam legte sie eine Hand auf ihren Bauch. Ich bin da, mein Schatz. Ich gebe gut auf dich acht, damit dir nichts geschieht. Ich freue mich auf dich. *Wir* freuen uns auf dich.

Diana hob den Blick und sah zu, wie Gregor, eine Rose in der Hand, stumme Zwiesprache mit seiner früheren Frau hielt. Wie er so dastand, verspürte sie ein plötzlich aufwallendes Gefühl von Liebe zu ihm. Lass ihn gehen, Lilly, dachte sie. Du wirst immer seine erste Liebe bleiben, aber erlöse ihn von seinen Schuldgefühlen.

In seinem Gesicht zuckte es.

Ich liebe dich, Gregor. Du ahnst nicht, wie sehr.

Sie machte sich Sorgen um ihn. Irgendetwas hatte sich ereignet, das spürte sie, etwas, das ihn belastete. Es hatte mit Franz Hasler zu tun, so viel war klar. Gregor hatte ihn heute Morgen verhaftet, aber die näheren Umstände kannte sie nicht. Gegen Mittag war ihr Mann nach Hause gekommen und hatte getan, was er immer tat, wenn ein Fall zu seiner Zufriedenheit abgeschlossen war: Er hatte sich mit einer Tasse Tee in sein Arbeitszimmer gesetzt und in Heindls *Kriminaltechnik* oder Schneickerts *Kriminalistische Spurensicherung* geblättert. Es war eine Art Ritual. Diesmal jedoch blieb das sonst übliche Gefühl der Befriedigung aus. Nur Sekunden später hatte er das Buch wieder zugeschlagen, sich zum Fenster begeben und eine halbe Stunde lang hinausgeschaut, ohne sich zu regen, während der Tee kalt wurde.

Irgendetwas hatte er getan. Eine Entscheidung getroffen. *Eine Entscheidung von großer Tragweite.* Diana befürchtete, dass er nicht auf Hendrik gehört hatte. *Wenn man keine Möglichkeit hat, einen Verbrecher seiner gerechten Strafe zuzuführen – hat man dann das Recht, das Gesetz in die eigenen Hände zu nehmen?*

Was mochte Gregor unternommen haben? Sicher war er gegenüber Franz Hasler nicht gewalttätig geworden, das passte nicht zu ihm. Aber was dann? Sie wusste, es hatte keinen Sinn, ihn direkt danach zu fragen. Sie durfte ihn nicht drängen. Er würde darüber reden, wenn er so weit war. Er würde ihr alles erzählen, daran zweifelte sie nicht. Nachher vielleicht, wenn sie zu Hause waren. Spätestens morgen.

Gregor bückte sich und legte die Rose vor Lillys Grabstein nieder. »Ich versuche, mir immer vorzustellen, wie sie jetzt wohl aussehen würde«, sagte er unvermittelt, »aber es geht einfach nicht. Es geht nicht.«

Diana trat neben ihn. »Dich trifft keine Schuld an ihrem Tod«, sagte sie. »Du hättest ihr nicht helfen können. Und dass du nicht bei ihr warst, als sie starb, lag nicht in deiner Hand. Lilly hätte dir keine Vorwürfe gemacht, da bin ich sicher. Sie wäre die Erste gewesen, dir zu sagen, dass du dich nicht dein Leben lang quälen sollst für etwas, was du nicht zu verantworten hast.«

Gregor nickte, aber es war offensichtlich, dass er ihr nur halb zugehört hatte. Er schien wieder in ein stummes Zwiegespräch mit seiner früheren Frau vertieft. Ob er sein Gewissen erleichterte, indem er ihr beichtete, was er heute Morgen getan hatte?

Diana schlang ihre Arme um ihn und drückte ihren Mann an sich. Du bist nicht allein, Gregor. Ich bin da, an deiner Seite. Was immer du getan hast, wir werden es durchstehen. Wir haben schon so viele Krisen überstanden: den Großen Krieg, die Revolution, die Fehlgeburt … Wir werden auch das überstehen. Gemeinsam.

NACHWORT

Auch in diesem Band sind wieder alle handelnden Personen frei erfunden, mit Ausnahme natürlich von Joseph Goebbels und Horst Wessel. Der historische Hintergrund dagegen ist gründlich recherchiert, angefangen bei der Darstellung des Weltkriegs und der Revolution bis hin zur Beschreibung der Wahl der Modekönigin oder der Produktion von Weihnachtsschmuck.

Ich bin selbst immer wieder verblüfft darüber, wie viel von dem, was uns heutzutage als modern verkauft wird, in Wahrheit Schnee von gestern ist. Automatenrestaurants, Fotoautomaten, Zugtelefone, Bildtelegrafie, Ohropax, beheizte Straßenbahnen, Geschirrspüler, Drillbohrer, elektrische Lichter an Weihnachtsbäumen – all das ist in der Weimarer Republik bereits Alltag gewesen. Auch die Einführung der Sommerzeit ist keine Erfindung der Moderne, sondern des Kaisers, um Energie für den Krieg zu sparen. Ähnliches gilt für die Sprache: *Flitterwochen*, *Picknick*, *Bulle* für Polizist, *sauer sein* – so wurde bereits in den Zwanzigerjahren gesprochen.

Mit der Darstellung historischer Ereignisse bis hin zu den Wetterbedingungen nehme ich es in aller Regel genau; diesmal habe ich allerdings eine winzige Eigenmächtigkeit begangen und den Weihnachtsmarkt, der üblicherweise zwischen dem zehnten und zwölften Dezember begann, um gut eine Woche vorverlegt, weil ich sonst den Modeball zeitlich nicht hätte einordnen können.

Wie immer möchte ich mich zum Schluss bei all denen bedanken, die mir meine oft kuriosen Fragen beantwortet haben (Wie wurde der gewöhnliche Soldat angesprochen? Auf welche Weise rotierten die Soldaten zwischen Front, Reserve und Ruhestellung?): Prof. Dr. Bernhard R. Kroener, Universität Potsdam, Dr. Markus Pöhlmann, Wissenschaftlicher Mitarbeiter am Zentrum für Militärgeschichte und Sozialwissenschaften der Bundeswehr in Potsdam, und Prof. Dr. Gerhard Hirschfeld, Historisches Institut der Universität Stuttgart. Natürlich geht mein Dank auch wieder an meinen Kollegen Wolf-Rüdiger Kuhl für hilfreiche Kommentare zur Rohfassung des Romans.

EMPFEHLENSWERTE LITERATUR ZUM THEMA:

Gute Einführungen in das Thema Erster Weltkrieg bieten GERHARD HIRSCHFELD, GERD KRUMEICH, IRINA RENZ (Hg.): *Enzyklopädie Erster Weltkrieg* (Verlag Ferdinand Schöningh, Paderborn 2014), MARKUS PÖHLMANN, HARALD POTEMPA, THOMAS VOGEL: *Der Erste Weltkrieg 1914–1918. Der deutsche Aufmarsch in ein kriegerisches Jahrhundert* (Bucher Verlag, München 2014), MICHAEL EPKENHANS: *Der Erste Weltkrieg* (Verlag Ferdinand Schöningh, Paderborn 2015) und GERD KRUMEICH: *Der Erste Weltkrieg – Die 101 wichtigsten Fragen* (C. H. Beck, München 2011). Den Schlachtenverlauf kann man verfolgen in KRIEGSGESCHICHTLICHE FORSCHUNGSANSTALT DES HEERES: *Der Weltkrieg 1914–1918. Die militärischen Operationen zu Lande*, in diesem Fall Band 14: *Die Kriegsführung an der Westfront im Jahre 1918* (Ernst Siegfried Mittler & Sohn, Berlin 1944) oder im Internet unter http://digi.landesbibliothek.at/viewer/image/AC03617607/1/ bzw. die dazugehörigen Karten unter http://digi.landesbibliothek.at/viewer/image/AC03617635/1/.

Zur Erfahrung des Lebens an der Front sind besonders interessant BERND ULRICH & BENJAMIN ZIEMANN (Hg): *Frontalltag im Ersten Weltkrieg* (Klartext Medienwerkstatt, Essen 2008), PHILIPP WITKOP: *Kriegsbriefe gefallener Studenten* (Georg Müller Verlag, München 1929),

WOLFGANG EMMERICH: *Proletarische Lebensläufe* (Rowohlt Verlag, Reinbek bei Hamburg 1976), WOLF-RÜDIGER OSBURG: *Hineingeworfen* (Aufbau Verlag, Berlin 2014) und natürlich autobiografische Romane wie die von Adam Scharrer, Erich Maria Remarque und anderen.

Zum Thema Fahnenflucht und Kriegsgerichtsbarkeit fand ich hilfreich: CHRISTOPH JAHR: *Gewöhnliche Soldaten. Desertion und Deserteure im deutschen und britischen Heer 1914–1918* (Vandenhoeck & Ruprecht, Göttingen 1998) und BENJAMIN ZIEMANN: *Gewalt im Ersten Weltkrieg. Töten – Überleben – Verweigern* (Klartext Verlag, Essen 2013).

Den Umgang mit Kriegszitterern und die menschenverachtenden Methoden, mit denen Ärzte versucht haben, Kriegsversehrte wieder fronttauglich zu machen, kann man nachlesen in PETER RIEDESSER & AXEL VERDERBER: *»Maschinengewehre hinter der Front«* (Fischer Verlag, Frankfurt am Main 1996), OTTO VON SCHJERNING u. a.: *Handbuch der ärztlichen Erfahrungen im Weltkriege 1914/1918, Band IV: Geistes- und Nervenkrankheiten* (Barth, Leipzig 1922/1934) und GÜNTER KOMO: *Für Volk und Vaterland* (Lit Verlag, Münster und Hamburg 1992). Zur Organisation des Ärztewesens an der Front finden sich detaillierte Informationen in WILHELM HIS: *Die Front der Ärzte* (Verlag von Oelhagen & Klasing, Bielefeld und Leipzig 1931) und W. HOFFMANN: *Die deutschen Ärzte im Weltkriege. Ihre Leistungen und Erfahrungen* (Ernst Siegfried Mittler & Sohn, Berlin 1920).

Die wirtschaftliche Lage in der Heimat während dieser Zeit beschreibt besonders anschaulich PROF. DR. AUGUST

SKALWEIT: *Die deutsche Kriegsernährerwirtschaft* (Deutsche Verlags-Anstalt, Stuttgart, Berlin und Leipzig 1927).

Wirtschaft gehört nicht zu meinen Leib- und Magenthemen, dennoch muss ich einen schmalen, aber überaus interessanten Band erwähnen, dessen zugrunde liegende Streitschrift sich schon 1919 auf prophetische Weise mit den Folgen des Versailler Friedensvertrages beschäftigte, nämlich JOHN MAYNARD KEYNES: *Krieg und Frieden. Die wirtschaftlichen Folgen des Vertrags von Versailles* (Berenberg Verlag, Berlin 2014).

Kein historisches Ereignis wird so kontrovers bewertet wie eine Revolution. Ich teile die Einschätzung einiger Historiker, dass die vorherrschenden Meinungen zu diesem Thema einer komplexen Wirklichkeit nicht gerecht werden, weder der Standpunkt, dass die Mehrheitssozialisten unter dem Druck der Ereignisse nicht anders hätten handeln können, noch die Überzeugung, dass jeder Konflikt und jede blutige Auseinandersetzung die Folge konterrevolutionärer Absichten war. Um zu einer differenzierten Einschätzung der Ereignisse von Oktober 1918 bis Januar 1919 zu gelangen, habe ich mich daher mit einem breiten Spektrum an Interpretationen, auch unmittelbar Betroffener, beschäftigt und autobiografische Aussagen sowohl von Ebert, Scheidemann und Noske als auch von Barth, Eichhorn und Liebknecht gelesen. Am aufschlussreichsten fand ich jedoch in ihren höchst unterschiedlichen Positionen, jeder für sich beredt argumentierend, ARTHUR ROSENBERG: *Geschichte der Weimarer Republik* (Europäische Verlagsanstalt, Hamburg 1991), SEBASTIAN HAFFNER: *1918/19. Eine deutsche Revolution* (Rowohlt Taschenbuch Verlag, Reinbek bei Hamburg 1981), HERMANN MÜL-

LER-FRANKEN: *Die November-Revolution* (Der Bücherkreis GmbH, Berlin 1928), EDUARD BERNSTEIN: *Die deutsche Revolution von 1918/19* (J.H.W. Dietz Nachf., Bonn 1998) und RICHARD MÜLLER: *Eine Geschichte der Novemberrevolution* (Die Buchmacherei, Berlin 2012). Darüber hinaus zog ich gelegentlich die Dokumentensammlung von GERHARD A. RITTER & SUSANNE MILLER: *Die deutsche Revolution 1918–1919 – Dokumente* (Hoffmann und Campe, Hamburg 1975) zu Rate.

Bei der Recherche zum Phoebus-Skandal habe ich mich vor allem an die damaligen Tageszeitungen gehalten, aber auch das Buch von MICHAEL MUELLER: *Canaris* (List, Berlin 2007) genutzt.

Um die Situation der Anhänger Hitlers in Berlin 1927/28 zu rekonstruieren, hat mir insbesondere die Biografie von RALF GEORG REUTH: *Goebbels* (Piper Verlag, München 2012) geholfen, außerdem DANIEL SIEMENS: *Horst Wessel – Tod und Verklärung eines Nationalsozialisten* (Siedler, München 2009).

Und über die Ringvereine fand ich manch Nützliches in PETER FERARU: *Muskel-Adolf & Co. Die Ringvereine und das organisierte Verbrechen in Berlin* (Argon, Berlin 1995) sowie WERNER MALZACHER: *Berliner Gaunergeschichten* (Haude & Spenersche Verlagsbuchhandlung, Berlin 1970).

HORST BOSETZKY
Abgerechnet wird zum Schluss

978-3-8392-2207-2 (Paperback)
978-3-8392-5607-7 (pdf)
978-3-8392-5606-0 (epub)

NEUER BERLIN-KRIMI VOM ALTMEISTER -KY

Carlo Kolbatzki ist im Leben gescheitert und lebt ärmlich in einer Laube, als er von seinem Neurologen die Diagnose Gehirntumor erhält – lange wird er nicht mehr zu leben haben. Kolbatzki will Selbstmord begehen, doch als er den Lauf an die Schläfe setzt, besinnt er sich eines anderen und beschließt, zunächst alle die umzubringen, die sein Leben ruiniert haben. Auf seiner Abschussliste steht auch Hansjürgen Mannhardt, der ihn einst hinter Gitter gebracht hat. Die ersten vier Namen konnte Kolbatzki abhaken, nun wäre Mannhardt an der Reihe …

JANA JÜRSS
Ostseekiller

978-3-8392-2244-7 (Paperback)
978-3-8392-5663-3 (pdf)
978-3-8392-5662-6 (epub)

WARNEMÜNDE KOPFLOS! Sieben Frauenköpfe in sieben Tagen, aufgespießt auf einen Dreizack. Mutmaßlicher Täter: Neptun. Der Gott des Meeres, ein Mythos – der Mörder? Die Polizei ist ratlos. Der IT-Spezialist Hannes Liebermann, Dorothea Wilke, eine Schauspielerin am Volkstheater Rostock und ein pensionierter Hauptkommissar kommen einer tragischen Geschichte auf die Spur, die zwar nicht bis in die Antike, dafür aber in die deutsch-deutsche Vergangenheit zurückreicht.

GMEINER SPANNUNG

FRANZISKA STEINHAUER
Spreewald-Tiger

978-3-8392-2263-8 (Paperback)
978-3-8392-5687-9 (pdf)
978-3-8392-5686-2 (epub)

ALTE WUNDEN Unruhiges Treiben am Gehege der Tiger. Als das Raubtier aus dem Wasser steigt, findet die Idylle im Cottbuser Tierpark ein abruptes Ende: Aus dem Maul des Tiers ragt ein menschlicher Arm. Kommissar Peter Nachtigall und sein Team nehmen die Ermittlungen auf. Passt der Arm zu der aktuellen Vermisstenmeldung? Und wo sind die anderen Leichenteile? Nachtigall gerät in ein Geflecht aus gefährlichen Geheimnissen und rätselhaften Familienbanden.

PATRICIA HOLLAND MORITZ
Mordzeitlose

978-3-8392-2236-2 (Paperback)
978-3-8392-5653-4 (pdf)
978-3-8392-5652-7 (epub)

DIE WURZEL DES BÖSEN Margrit Kunkel wächst in einer brandenburgischen Gärtnerei auf, ihr Studium führt sie durch die Botanischen Gärten der Welt. Bald gilt sie als Koryphäe und übernimmt die Leitung der Holländischen Gartenakademie in Berlin. Ihr Modell des »Slow Gardenings« scheint auch ihren Mitarbeitern Harmonie zu verleihen. Diese wird jedoch jäh gestört, als Margrit im Kakteenhaus auf eine menschliche Hand stößt. Wären da nicht bereits die ungeklärten Todesumstände ihrer Mutter, das seltsame Verschwinden von Margrits erstem Freund und ein Ermittler, der beunruhigende Zusammenhänge herstellt, hätte sie den Fund der Polizei gemeldet. Doch so nimmt sie die Sache lieber selbst in die Hand.

GMEINER SPANNUNG